U0898599

红豆/著

Life of Firefighters

最帅逆行

[上册]

新世界出版社
NEW WORLD PRESS

图书在版编目（CIP）数据

最帅逆行 ： 上下册 / 红豆著. -- 北京 ： 新世界出版社, 2020.1

ISBN 978-7-5104-6976-3

Ⅰ.①最… Ⅱ.①红… Ⅲ.①长篇小说－中国－当代 Ⅳ.①I247.5

中国版本图书馆CIP数据核字(2019)第251961号

最帅逆行（上下册）

作　　者：红　豆
责任编辑：黄　倩
责任印制：王宝根
责任校对：宣　慧
出版发行：新世界出版社
社　　址：北京西城区百万庄大街24号(100037)
发 行 部：(010)6899 5968　(010)6899 8705（传真）
总 编 室：(010)6899 5424　(010)6832 6679（传真）
http://www.nwp.cn
http://www.nwp.com.cn
版 权 部：+8610 6899 6306
版权部电子信箱：nwpcd@sina.com
印　　刷：天津中印联印务有限公司
经　　销：新华书店
开　　本：710mm×1000mm　1/16
字　　数：452千字　印张：33.75
版　　次：2020年1月第1版　2020年1月第1次印刷
书　　号：ISBN 978-7-5104-6976-3
定　　价：79.00元（上下册）

水火无情，前路未知，危难时刻，他们是最帅的逆行英雄。
谨以此书致敬最帅逆行者！

目录 *CONTENTS*

第一章　狭路相逢

1

早上七点，惠仁私家医院的电梯里就塞满了身着白大褂的医生，每个人脸上的表情都很紧张。

电梯刚刚抵达住院部的三层，医生们鱼贯而出。

走在最前面的主任医生步子迈得很大，后面的人一路小跑，却又不敢超过他。直到一行人来到走廊的岔路口，从另一个方向传来高跟鞋的声音。

咔咔咔，鞋跟踩在大理石地面上，又清又脆。白大褂的末端在那女人的小腿上摇摇摆摆，不疾不徐。

走在后面的男医生们纷纷向女人行注目礼。

——宋子悠，不过二十几岁，惠仁医院最美丽的女医生，却是个冰山美人，一贯的冷若冰霜，整日素着颜，却愣是找不到一丝这个年纪本该有的清纯。

这里面唯有主任医生好像没有看向宋子悠，或者说他是有意“忽略”，径自带头拐向另一边。

等众人在一部贵宾和领导专用的电梯前站定，站在队尾的几位医生纷纷从后面让开一条道，让宋子悠穿过队尾，站到主任医生的后面。

“你怎么又迟到了？”宋子悠旁边的女医生突然发问，明显是说给主任医生听的。

宋子悠却淡定自若地盯着电梯上面的数字，开口时是字正腔圆的女中音：“现在还有三十秒才到七点，严格来讲，我是早到。”

两人的对话一字不漏地钻进后面医生们的耳朵里，众人开始窃窃私语，指指点点。直到电梯间响起叮的一声，门开了。

一个神情肃穆，同样身着白大褂的老人，从电梯里迈了出来。

“院长好。”主任医生率先问好。

后面的医生们异口同声：“院长好！”

院长点了下头，向住院部走去。

医生们立刻跟上，一行人浩浩荡荡，开始查房。

这是惠仁医院的惯例，一周一次院长带领众医生挨个查房，尤其是贵宾层的VIP们，大部分患者都会得到院长的亲自问候。

贵宾层很快到了，负责楼层值班的小护士听到声音，立刻迎上前，小心翼翼地将病历本递给队伍中的宋子悠。

“宋医生，五号房的病人一直说要见你。”

“理由？”

“他说肚子疼、头疼、手疼、脚疼，好多地方都不舒服，让你再给看看……”

宋子悠扯了下唇角，脚下的高跟鞋依然保持着原本的节奏：“那就给他再开一次全身检查，慢慢地查，仔细地查。”

“是……”

宋子悠旁边的女医生又开始嘴碎了：“你都给这位病人开过三次全身检查了，还查？干脆给人家开个年卡算了。”

和刚才指出宋子悠“迟到”一样，这一次女医生也是故意要说给院长听的。

宋子悠却慢悠悠道：“这位病人是我院的VVVIP，我有责任也有义务让他检查到满意为止。再说，也许是之前的检查环节出了问题，负责拍片的医生忽略了重点呢。”

“你！”女医生气急，因为她就是负责拍片的医生，“你的意思是我的问题了？”

宋子悠没理她，反而对小护士说：“正好，待会儿顺便问问患者，愿不愿意开个年卡？”

女医生气急了，差点儿就嚷嚷出来。

直到众人来到一间贵宾病房前，对后面的争吵充耳不闻的院长突然站住脚，那女医生也被其他人拽到了后面，示意她暂时休战。

病房里响起一阵窸窸窣窣的声音，又很快静止。所有人都听到了。

护士快速上前推开门，先一步进房查看，看是否有仪器出现问题。

院长带人进来时，年逾半百的中年男患者正躺在床上，两只眼睛睁开一道缝，仿佛刚刚清醒。

院长说：“陈先生，你好。”

男患者姓陈，中风瘫痪，无法自己挪动身体，连说话都很费力。

可是刚才，房间里的确有响动。

护士这时回头说道：“病人心率120了。”

院长转而看向身后，负责陈先生的医生已经站出来：“病人没有心脏病史，对现在用的药物也没有过敏反应，日常饮食和之前的检查一切正常。”

主任医生说：“就算没有心脏病史，之前检查一切正常，也有可能因为其他因素导致心率过快。宋子悠，你说——”

宋子悠这才上前两步，在床前站定，凝眉敛目，打量着陈先生的面容，然后她弯下腰，掀开被子的一角，抬手搭在陈先生的脉搏上。

安静了几秒，宋子悠站直说道：“如果不是因为功能性的病因，也排除掉心脏病和心外因素，那么也可能在运动和劳动后心率加快，或是受到惊吓。”

已经被拉到队尾的女医生喊了一声："陈先生都这样了，怎么可能因为运动和劳动啊？会不会看啊！"

宋子悠理都没理她，径自盯着陈先生。

陈先生和宋子悠对上一眼，眼珠左右乱动，进而又瞪向床角的方向，停了两秒，又再度看向宋子悠。

宋子悠眉头一皱，跟着看向床角。

对着床角的柜子里突然发出细微的动静。

众人一愣，距离最近的女医生也是一脸茫然，下意识回过头。

柜子门突然大开，从里面冲出一道人影，那人跌跌撞撞，手里却握着一把手术刀，脸色苍白，额头冒汗，一出来就朝女医生扑过去。

女医生立刻尖叫，却被来人一把揪住，将刀顶住她的颈部动脉。

众人纷纷陷入惊慌。

几个男医生走到前面，小心翼翼地劝道："先生，这位先生，请不要激动！"

女医生吓得魂不附体："救命啊！"

来人是谁？怎么进来的？

"……他是……陈先生的儿子。"

来人被戳穿身份，气喘吁吁地用刀指向病床，嘴里骂骂咧咧道："死老头，你要死了，也不顾我的死活了，遗产竟然一分都不留给我！好，那我就和你同归于尽！"

"先生，有话慢慢说，请您先把刀放下。"

但陈先生的儿子却更加激动，而且脸色竟然比女医生的还要白。

宋子悠默默注视着这一切，目光缓缓落在陈先生的儿子脸上，半晌，她推开挡在前面的男医生，走上前两步。

陈先生的儿子立刻往后退，又一次用刀顶住女医生。

"你别过来，再走一步我就捅死她！"

女医生已经吓哭了，连话都说不完整："宋……子悠……你别……动……”

宋子悠瞅着陈医生儿子的手，又看向他的眼睛：“你连刀都握不稳了，还有力气捅下去？你信不信不超过两分钟，你就会休克？”

陈先生的儿子喘着粗气，嘴里断断续续：“你，滚开，滚！”

女医生也在摇头，哀求地看着宋子悠。

宋子悠淡淡道：“现在，扔下你的刀，慢慢坐下，让我们给你检查。”

陈先生的儿子双眼渐渐无神，却依然没放下刀。

女医生这时才感受到被钳制的力道越来越轻，侧头一看，那刀锋也渐渐往下落，她再也不管不顾，当即推开陈先生的儿子，飞快地跑向另一边：“啊，救命啊！”

陈先生的儿子经过这样的推撞，背脊撞到墙壁，虚弱地往下滑，但手里的刀却对着要上前的宋子悠。

宋子悠的表情更加严肃：“你放心，我只是要给你做个检查，你只需要坐下。”

陈先生的儿子眼皮子很沉重，身体也渐渐无力，靠着墙滑了下去。

宋子悠又上前一步：“但如果你不把刀放下，这里没有人会救你。我怀疑你的心脏有事，你如果放弃检查，很可能会死在这里。”

一听到“死”，陈先生的儿子顿时怕了。

宋子悠大喊道：“现在！放下刀！”

就听咣当一声，刀子掉在地上。

宋子悠和两个医生迅速上前，院长已经被护士带出病房。主任医生也飞快地帮瘫软在床上，只能发出虚弱声音的陈先生做检查。

陈先生的儿子陷入休克，被几名医生放平。

宋子悠一把扯开他的衣服，将听诊器贴上他的胸膛说：“心音异常。”

另一个医生将手贴到他的手腕：“没有脉搏了！”

有人喊：“快送到手术室！”

“来不及了，已经开始室颤，必须电击除颤，先恢复他的心跳。就在这里做。”

护士已经迅速接通心电除颤仪：“两百焦耳！”

宋子悠接过除颤仪：“让开！”

除颤仪贴到陈先生儿子的胸膛，他的身体猛烈抬起，又落下。

宋子悠看向仪器，依然是一条直线。

“再一次！三百焦耳！”

但陈先生的儿子依然没有心跳；然后，又是第三次。

结果还是一样。宋子悠只得放下心电除颤仪。

这时一个男医生突然上前，开始给陈先生的儿子做心肺复苏，一下又一下。

宋子悠没有阻止，她只是转过头，对上陈先生的目光。

陈先生早已老泪纵横，却哭不出声。

宋子悠垂下眼皮，心里叹了口气，直到陈先生被其他医生推出房间。

转眼，时间已经超过了十五分钟。宋子悠终于忍无可忍，要拉开那个男医生。

就在这时，原本仪器上的那条直线却突然有了波动，男医生不敢相信地喊道：“恢复心跳了！”

他顿时感觉到满满的成就感，在别人都放弃的时候，他救回了一条人命！然而一转头，男医生就撞上了宋子悠冰冷的目光。

宋子悠看着他：“恭喜你，把一个死者成功变成了脑死亡。”

男医生愣住了。

“他的心跳已经停止超过三十分钟，大脑因缺氧缺血而造成损伤，已经坏死。”

男医生脸色彻底白了，一句话都说不出来。

陈先生病房里的故事很快就传遍了整个惠仁医院。

几个新来的医生和护士不了解情况，趁着午休，第一时间跑去打听详情，几个人还猫在餐厅一角交头接耳。

“为什么宋子悠迟到了，主任医生还能当作没看见啊？我听说上次有人也就是晚了一点点，事后就被主任医生臭骂一顿！”

“是啊，宋子悠那么跩，还是当着院长的面，她是不是有什么背景啊？”

“啊，你们不知道啊？投资咱们医院的集团老板的小儿子，是宋子悠的前男友，听说是宋子悠提出的分手，人家小老板还想复合呢！”

“嘿嘿，你们听说了吗？第一手消息哦，上礼拜刚送来的七号房那位患者，都知道吧？”

“知道啊，就是长得特别帅的那个工程师！”

“可惜啊，植物人了。”

“我记得，好像是叫什么宋……子安？”

“呃，等等，宋子安，宋子安，该不会和宋子悠有什么关系吧……”

“哼哼，最可靠的消息哦，宋子安是宋子悠的亲哥哥，因为在火灾里出了点儿意外，导致头部受伤，现在成了植物人。因为宋子安，宋子悠第一次回头去找集团小老板，要求给他特批最好的病房。两人复合有望哦！没准以后就要叫老板娘了哦！所以大家还是擦亮眼睛吧，夹紧尾巴做人！”

“什么？这么戏剧性啊！”

众人一边惊叹，一边哀号，直到和宋子悠不对付的女医生凑了过来。

她一屁股坐下：“得了吧，宋子悠才不会成为老板娘呢！”

“为什么不会啊？为了自己的哥哥做牺牲，这很伟大啊！”

女医生白了一眼过去：“因为就在今天上午，宋子悠刚跟医院递了辞、职、信！人家啊，要另谋高就了！”

2

宋子悠离开医院之前，又去了一趟VIP病房。

病房里很安静，除了维持生命体征的仪器在运转，就只有消毒加湿器里缓慢喷出的水汽。

宋子悠坐在床边，望向躺在面前那个样貌英俊的男人。

那男人身形精瘦，眉目深远，面色苍白，是个十分好看，且女人看了就会喜欢的样子。

他叫宋子安，是宋子悠的亲哥哥。

和往常一样，宋子悠来看宋子安，一句话都不说，就只是坐在床头望着他。

他们不是同母的亲兄妹，但他们有同一个父亲。喜欢四处留情的父亲幸而最终只生下一子一女，才不至于搞得家庭关系太复杂。

坐了片刻，病房的门响了。

现在是探视时间，会选择这时候来看宋子安的，就只有他的未婚妻艾小娴。

宋子悠转过头，对上艾小娴的目光。

艾小娴还穿着病号服，外面披着外套，脚上踩着拖鞋，面容倒是干净整洁，见到宋子悠笑了笑："你也来了。"

宋子悠站起身："我听说再观察两天，你就能出院了。到时候我恐怕不能过来接你，你一个人行吗？"

"哎，放心吧，我又不是小孩子了，再说我前脚出院，后脚就还得过来看看你大哥呢，这一来一回地折腾，还不如晚几天出院呢。"

宋子悠笑了，神情竟然不似面对同事时的冷淡，仿佛春暖花开："哪有盼着多住几天医院的？"

两人又一起笑出声。

艾小娴问："我听说，你明天就走了？"

"手续都办好了。"

宋子悠脸上的笑收了起来，眼底融入冰冷，那严肃的样子仿佛做了什么重大决定。

艾小娴皱皱眉，问："你真想好了吗，会不会太草率了，要不要再考虑几天？我看这家医院还是很重视你的，如果你把辞职改成暂时休假，也会批准的吧。"

宋子悠缓缓摇头，语气坚定："我已经决定了，放心，我会保护好自己。"

艾小娴欲言又止，想说些什么却又顿住："哎，早知道你会做这样的决定，我当初就不该告诉你那件事。"

"我哥出的这场意外，你是距离现场最近的人，当时闭路电视也坏了，意外发生的时候就只有两个当事人，虽然你没有直接看到事发经过，但你看到他们之间发生了争执……事到如今，要是连你都瞒着我，我哥也昏迷得太不明不白了。"

"可是你现在把工作辞了，还要去那个消防大队当队医，就算真让你见着那个人，你问他那天的真相，他就会真的告诉你吗？"

"他未必会说，但如果做过了就会心虚，我就不信查不出来。"

宋子安成了植物人，是因为前不久在火灾中出了意外，吸入了部分浓烟，后脑勺也遭到重物的袭击，这等于是双重打击。

宋子悠是学医的，可她知道医学也无法解释一个植物人多久才能醒过来，能不能醒过来。她原本想着要在这家医院好好照顾宋子安，谁知那天同样被困在火灾里的艾小娴，却在清醒后告诉她一件惊人的事实——她怀疑宋子安被重物打中后脑，不是意外，而是人为。她甚至看到了冲进火场救人的消防员和宋子安之间发生了口角，宋子安还和那人推搡起来。

那人原是宋子安大学时最好的朋友，之后因为一个案子出了意外，两人友情破裂，分道扬镳，那人还因此从工程学院退了学。

只是艾小娴想不到，原本是工程学院的高才生，会在退学后转做了消防员。

艾小娴反复和宋子悠强调着，她只是看到他们二人争吵和推搡，并没有看到意外发生的经过，她是被别的消防员救出火场的。等再见到宋子安，他已经昏迷了，是被那人扛着出来的。

艾小娴虽然没有看到关键的一幕，她吐出的事实却足以让宋子悠心惊。

有可能，宋子安只是被落下的重物打到头，从而导致昏迷。但也有可能，宋子安是被那个消防员击中了头部，而后谎称是意外所致。

两人既然有恩怨在前，还是逼得一个高才生半路退学、改变一生命运这么大的恩怨，心里没有记恨是不可能的啊。再说，当时情况紧急，千钧一发的时候，一个人想偏差了也是可能的……

这些想法在后来的几天，几乎塞满了宋子悠的脑袋，她连续失眠好几天。

直到后来宋子悠做了辞职的决定——与其坐在医院里毫无根据地假设，用这些东西困扰自己，倒不如亲自去调查清楚。

如果最终证实，那只是一场意外，她不会伤害任何人。

如果证实了不是呢，那么就公事公办，她一定会将证据交给警方。

就这样，宋子悠离开了惠仁私家医院。

医院里到处流传着宋子悠“另谋高就”的消息，大家纷纷猜测着，到底宋子悠去了哪家更厉害的大医院——公立的，还是私家的，还是什么高级诊所?

就在这个众说纷纭的当口，本城的消防一大队，也突然发生了一点儿小的人事变动。

前任队医正准备调离岗位，新队医这就要走马上任了。

听说，还是一位少见的大美女！

消息一传出，整个大队都沸腾了。

队里有不少单身汉，成家立业的听到了都没什么表示，可是那些没成家的谁能不心动！

做消防员这行，很少有机会能认识其他行业的人，就算认识也是在火场里认识的。

消防员戴着消防头盔，被困火场的老百姓也是灰头土脸，就算见着面了，大家也就只是救人和被救的关系。

那一刻，谁还会想到是男是女，好看还是不好看呢？

再不然，就是消防员们到其他队伍和公司里去教导消防知识，做个小演讲，或是定期授课的老师来到队里，给他们普及最新的心理咨询，等等。

先不说别的消防队，就说一大队吧，现在结婚成家的，大部分都是靠熟人和亲戚介绍，相亲结的婚。

所以一听说有个美女队医要来，单身的还不炸开了锅！

宋子悠刚刚到一大队的办公室报到，拿着行李走进女生宿舍楼。

一转眼，她就接到了一通电话，是刚才帮她办手续的女文员苗晓娟打来的，说是队上要举办一个迎新会，请她一个小时后来参加。

宋子悠进门的时候，队上的人都在做室内培训，老远只看到有几个零零散散的队员在清洗消防车。

隔着距离，谁也看不清谁。

刚才在办公室里，宋子悠还不经意地随口问：“请问，你们队的队长是陆纬吗？”

苗晓娟说：“对啊，陆纬是我们大队长，不过他今天不在，一早就去给救援队上课了。”

宋子悠便不再追问。

苗晓娟却颇有兴致似的，还跟她多说了两句陆纬的事儿。

“等你见到陆队长就知道了，他那人啊看上去不怎么爱说话，人也严肃，实际上心肠可好了，工作上也认真负责，要不然我们队也不能连续好几年获得政府优秀单位奖啊！哎，每次陆队长出去讲课，隔天咱们这里就能收到感谢信和锦旗。外面那些小姑娘啊一个个跟花痴似的，还往队里寄吃的，反倒是便宜了大家伙儿。”

宋子悠得知陆纬今天不在队上，原本绷紧的弦一下子就松懈下来，在宿舍里把私人物品收拾妥当，又洗了把脸，换了身衣服，准备赴迎新会。

其实早在来之前，宋子悠就听说过消防一大队队长的名头。

宋子悠有不少同学都是在公立医院就职的，工作上难免会和消防队有交集，尤其是需要两方都派人一起相互协作的时候。

陆纬的名气也是这样才在医生护士的圈子里传开的，没有一个差评。宋子悠越听越不信，怎么听怎么都像是胡说八道，这世界上怎么会有一个人，人人都说他好呢？

真要是个好人，就不会在救人的时候，还和待救助的伤者互相推搡了。

宋子悠刚想到这里，宿舍的门板就被人敲响了。

她开门一看，外面站着苗晓娟。

苗晓娟热情地笑了：“子悠啊，迎新会快开始了，咱们一块儿去吧，我怕你找不到路，正好过来带你。”

宋子悠也漾出一抹笑，关上门，和苗晓娟一起走了。

那后来的一路上，苗晓娟毫不吝啬地跟她介绍着队上的情况，试图让宋子悠尽快熟悉情况，进入状态，以后要和大家打成一片，培养出默契，这样到了突发现场，才能相互协作，发挥出一加一等于三的效果。

两人一起来到饭厅，还没进门就听到里面咋咋呼呼的说笑声。

宋子悠刚踩上台阶，里面就有人说："嘘，行了行了，人来了！"

苗晓娟率先掀开饭厅的帘子："来，大家欢迎，新任队医宋、子、悠！"

热烈的掌声一股脑地响起。

宋子悠走了进去，微笑着扫过众人，扑面而来的是蓬勃的荷尔蒙的味道，和公共饭厅特有的油腻味。

"大家好，我是宋子悠。"

一屋子皮肤黝黑的男人，全都看傻了。

这个宋子悠，不但长得白，而且水灵，笑容淡淡的，却透着亲切，气质带点儿韧性，仿佛还带点儿刺。

有那么好几秒钟，竟没有人说话。

单身汉一个个看直了眼，已婚的倒是知道分寸，很快副队长站出来圆场："来，大家再次鼓掌欢迎！"

又是一阵掌声。

苗晓娟已经凑到桌边："哎，让我看看你们都准备了什么？"

一个消防队员这时凑了过去，小声说道："晓娟你看，这是你爱吃的。"

苗晓娟没理那人，转身招呼宋子悠。

只是宋子悠刚走了两步，就听到身后不远处的门口，忽然响起了一阵沉稳的脚步声。

面前这些男人也一个个挺直了腰板，站直了身体，张口就喊道："队长好！"

宋子悠一怔，飞快地转过身，想要看清来人。

但那惊鸿一瞥，却只看到立在门口的人背着光，身材十分高大挺拔，肩膀很宽，仿佛一座雕像。那样强烈的存在感，仅仅是站在那里，就和别人不一样。

至于面容，她没看清。

这个时候，外面响起了火警警笛声，不仅刺耳，而且让人汗毛直立。

立在门口的人影很快就消失了。

屋里的消防队员们也纷纷严肃起来，一个个飞快地朝门口奔去，速度很快，却很有秩序，整个精神面貌都和刚才不一样。

宋子悠不自觉地屏住呼吸，再转头，屋里就只剩下她和苗晓娟。

3

宋子悠刚来消防一大队报到，就撞见了紧急任务，消防员们第一时间冲到装备间，训练有素地换上装备，踏上消防车。

见到三辆消防车开出一大队，宋子悠一直站在食堂门口，目送三辆车的影子。

苗晓娟走过来说："第一次见，是不是特别有气势？以后见得多了你就习惯了。等你适应了也会有机会跟着一起上一线的，等你见到了事故啊、火灾啊那些现场，可不要吓着了，临危不乱、处变不惊，才是咱们一大队的作风。"

今天宋子悠来报到办理手续的时候，苗晓娟就觉得奇怪，私立医院出来的，早就吹惯了冷气，一个个养得白白胖胖，哪里还适应得了外面的疾苦，怎么宋子悠会跑来担负这种苦差事，这不是自找苦吃吗！再说，队里也不愿意收个私立医院的大小姐啊，怎么还真让她进来了？

苗晓娟问："对了，我看你之前的工作履历，好像是惠仁医院的，那里高薪厚职的你怎么到这里来了？哦，是不是你以前在急诊科待过，要是没点儿急诊科的经验我们这里也不敢收啊……”

宋子悠说：“我跟着民间救援队去过几次重大灾害的现场，平日不坐班也会在救援队做义工。”

“哎，原来你在救援队待过啊，那可是我们的一线小伙伴啊！哦，哪个救援队的，快跟我讲讲。我跟你说，我们队长经常应邀去救援队讲课呢，兴许你们还见过……”

等消防队执行完任务回来已经是晚上，队员们唱着歌说着笑，回到队里直奔淋浴间。

每个人都一身的臭汗，嘻嘻哈哈互相打趣，只有队长陆纬话最少，站在淋浴喷头下，仰着头，露出坚毅的下巴，起伏的喉结，挺拔的胸膛，任由水流自上而下冲刷。

隔壁间是负责云梯的队员陈放，他正八卦着上礼拜才分手的女朋友。其他队员你一言我一语地问原因。

陈放说：“还能因为什么，没时间约会，没时间陪她，挣得少，不懂情趣，工作有危险，让她没有安全感。”

听到这，队员们一个个嘘声四起。

“她之前看上你，不是还说消防员让她有安全感吗？怎么一转眼就反过来了？”

“女人啊，就是这么嬗变，喜欢你的时候，看你什么都好；不喜欢你的时候，你的优点也变成缺点。”

众人一阵打趣，转而安慰起陈放。

陈放已经过了最伤心的几天，加上今天遇到的紧急任务，什么伤心都让那些突发的紧张刺激冲淡了。

“没事儿，转眼又是一条好汉！我大姑妈说下礼拜给我介绍女朋友。”众人哈哈大笑，也不知道是谁先提起的，竟突然说到新来的队医。

一提到宋子悠，集体沉默了几秒。

隔了一小会儿，才有人打破沉默。

有人说，宋子悠长得真漂亮。

有人说，这种漂亮的女人都骄傲，就别胡思乱想了，没戏。

有人说，听说宋子悠是私立医院转过来的，不知道是思想觉悟突然提高了还是因为什么，这种选择看不懂。

还有人说，这样的温室花朵，怎么会来消防队，万一将来要上一线执行任务，能顶得住吗……

大家很快就开始七嘴八舌起来。

没有人注意到，原本闭着眼睛冲水的陆纬，不知何时眯开了一道缝，眼皮和睫毛都是湿漉漉的，一双眸子漆黑深邃。

“新来的队医叫什么？”

副队长张青云回答道：“宋子悠。”

陆纬听到了，不再说话，心里却有种异样的感觉。

直到有人问：“队长，你认识宋子悠？”

“没印象。”

陆纬洗完澡，围上浴巾，率先打开淋浴间的门。

临走前，他撂下一句话：“明天上午，绳索训练。”

众人一愣，哀号声一股脑地发出来。

转眼，就到了第二天。

宋子悠听说一早起来，队员们就在操场挨训，说是前一天的任务执行得不够好。

苗晓娟说，每次任务出现小问题，陆大队长都不怎么说话，只要看到第二天是什么训练，加强了几倍，就知道他心里在想什么了。

“要我说，其实就是几声训斥的事，陆队长每次都闷着，谁能知道他怎么想啊？”

宋子悠没搭腔，可她心里却有点儿认同陆纬的做法。

先不说那些私人恩怨，就说这样的变相处罚好了。嘴上教训，未必记得住，非得加强实战训练，并在训练中反复磨炼曾经犯过错的地方，直到满意为止，那么训练的人自然能记住。

两人边说边走到操场，苗晓娟是打算带宋子悠熟悉一下队上的日程，顺便和陆纬打个招呼。

谁知两人刚走到，就见到不远处的训练楼上，几个人影用绳索悬挂在半空。

训练楼下，整整齐齐地站着一排队伍，一个个身着小背心、训练裤，身上出着大汗，古铜色的皮肤在阳光下湛湛发亮。

队伍前面还有一道身影，高大挺拔，肩膀很宽，腰身笔直且有力，他在来回踱步，一边走一边看着挂在训练楼上的几名队员，鼻梁上架着墨镜，阻隔了刺目的日头。

这时，队伍前的男人吹了声口哨。

苗晓娟说："看到没，那位就是陆队。"

其实不用苗晓娟说，宋子悠也知道，除了队长谁还能在队伍训练的时候来回走，甚至发号施令。

这时，就听到陆纬的声音："陈放，你来回答，单绳技术和双绳技术的区别。"

陈放出队，开始大声回答。

训练楼上面挂着两名队员，其中一个人绑缚的绳索只有一条绳，而另一个人用的是两根绳索。

陈放回答完毕，陆纬又问："既然都知道双绳技术更能保障安全，昨天执行任务的时候为什么不用？！"

被高挂的其中一人回答道："报告队长，昨天情况紧急，情急之下，来不及用双绳！"

陆纬转头望着上面的人，声音又冷又硬："当时是在十四楼，如果主绳发生意外，你会直接摔成肉泥，情急之下做出的选择，不仅让你无法顺利完成救援工作，还会赔上一条命！"

楼上的人不再说话。

陆纬问陈放："陈放，刚才他们分别用单绳和双绳技术完成绑缚，用时分别是多少？"

陈放报告说："报告队长，一个是32秒，一个是31秒85，相差0.15秒！"

"0.15秒，这就是你的情急之下。"

操场上一片死寂。

接着只听一声刺耳的哨声。

"双绳技术，从现在开始，每个人练满三十组！"

"是！"

队员们立定站好，只敢领命，不敢有任何怨言。

看到这里，苗晓娟转而跟宋子悠讲起前一天发生的事。

原来是住在一个居民楼顶楼的一户人家里发生了争吵，丈夫误以为妻子出轨，要跳楼，站在阳台边逼迫妻子说出事实。

妻子说自己没有出轨，哭着喊着请丈夫不要轻生。

可是无论妻子如何劝阻，丈夫就是不罢休。

消防一大队赶到现场，陆纬经过这户人家的隔壁邻居允许，穿过屋里，走上阳台，去和站在隔壁阳台的丈夫对话。

妻子就站在陆纬旁边，哭得梨花带雨。

事实上，这样的劝阻效果甚微，不过就是为了转移丈夫的注意力。另有一名消防队员用绳索技术绑缚住自己的身体，再从顶楼缓缓下滑，直到逮住机会将丈夫扑回屋里。

在这之前，陆纬如何转移对方的注意力很重要。他便随口讲了一个自己被妻子劈腿，还给他生了个混血儿的故事。

那原本在威胁妻子的丈夫一下子听呆了，见陆纬讲到一半停下来，连忙问后续。

陆纬说："后续？我很纠结，也很痛苦，我离开她，发现自己的生活变得一塌糊涂，并没有变得比以前更好，所以我后来又去找她谈了一次。”

丈夫问：“那你们谈了什么，谈完之后呢？”

其实丈夫并不只是在问陆纬，他也是在问自己。

因为妻子出轨的事，他痛苦万分，却又无法分开，尽管妻子一次又一次地说自己没有，但丈夫心里却始终扎着一根刺。

亲朋们都劝过了，他却觉得那些人只是站着说话不腰疼。直到陆纬说出和他一样的经历，他觉得只有陆纬的答案才值得参考。

可是，就在丈夫问出问题的下一秒，从阳台外突然扑进来一道人影，那力道又重又强，一下子就把他扑回屋里，栽倒在地。

妻子终于松了口气，连忙哭着和丈夫抱在一起。

至此，陆纬领队的救援工作算是结束了。

一群人收工回队上，一路上有说有笑，还有不少队员拿陆纬编的故事打趣。

谁知一转眼，等陆纬在队上洗完澡，就不紧不慢地撂下第二天的训练任务，众人心里咯噔咯噔的，这才知道事情不妙。

原来，前一天负责完成高空救援的队员，因为着急从顶楼下滑救人，情急之下就选择了单绳技术绑缚身体。

任务虽然是圆满完成了，可在那一刻，也被陆纬记了一笔。

苗晓娟说：“哎，咱们陆队啊，杀伐决断，谈笑间就能让樯橹灰飞烟灭。其实要我说，在那样的情况之下，只要绳子够结实，吊的时间不长，一根绳两根绳区别也不大吧？”

宋子悠听到这话，突然开口：“那种单绳技术，一般只会用在一些娱乐项目上，比如攀岩、溯溪，救援的时候除非必要，是不会采用的，那等于是在玩命。”

只是宋子悠话音刚落，面前的苗晓娟就变了脸色，目光越过她看向身后：“陆队！”

宋子悠转过身，就看到了一张被墨镜遮挡了一半的男人的脸。

虽然看不清那双眼睛，她却依然能清晰地感受到藏在墨镜后面锐利的目光，以及周身散发出的不容忽视的压迫感。

那唇原本就薄，微微抿着，唇角还有点儿干涩，阳光洒下来，照着那一身的古铜色皮肤仿佛会发亮。

宋子悠不知不觉地屏住了呼吸。

苗晓娟说："陆队，我来介绍，这位是新来的队医，宋子悠。"

陆纬朝宋子悠微微点头，随即上前一步，伸出一只手。

宋子悠不动声色地喘了口气，轻轻握了一下他的手。

她清晰地感受到，在与那双手交握的一瞬间，陆纬连手指头都没有弯过，只是平直地伸出来。

"你好，我是陆纬。"

4

"宋子悠。"

宋子悠眼底冰冷，没有一点儿善意和要搞好关系的苗头，她甚至还流露出一丝对抗和不屑。

陆纬接收到那层深意，却没表示。脑中忽然出现另一个人的身影，她们的样貌相似，却又是两种神情。再看向宋子悠陌生冷漠的脸，他又觉得自己多想了，立即收回思绪。

至于来自宋子悠眼里的仇视他不知是为什么，也没打算知道。

苗晓娟打破沉默："陆队，我们刚才不是故意要说昨天的事的，就是讨论一下。"

陆纬点了下头，问："你刚才提到绳索技术，你做过功课？"

宋子悠扯了扯唇角道：“这样简单的常识也需要特别做功课吗？我反倒是觉得奇怪，受过正规训练的消防队，怎么会临场犯这样的错误？”

苗晓娟倒吸了口气，拉了宋子悠的手臂一下。

气氛一时僵持。

陆纬脸色肃穆。宋子悠也毫不退让。

“那以你的看法，责任在谁？”

“很显然，是管理不当，队长失职，纪律不严，训练不够。”

苗晓娟连大气都不敢喘了。

苗晓娟在这个消防一大队四年了，四年了啊，她都没见过一个人敢这么跟陆纬说话！

外面来的人，无论是市民还是领导，对他都是表扬，都是感谢！

队伍里的人，无论是像她一样的后勤职员，还是奋斗在一线的消防员，对他也都是尊敬，都是重视啊！

这个宋子悠到底吃错什么药了，明明昨天来报到的时候还面带微笑的，怎么一转眼，就瞄准了队里最有威望，大家最不敢惹的“老大”下手！

这时，从三人身后不远处传来一声呼唤：“队长！”

陆纬侧头看了一眼，脖颈一侧的肌理缓缓绷紧，每一道线条都是硬邦邦的，随即又看回来：“你的建议，我记下了。”

陆纬转身抬脚。

宋子悠的声音从他身后响起：“光是记下没用，知错得改。”

陆纬没有回头，宽厚的背，笔直的一双腿，站在那儿仿佛一座小山。

苗晓娟已经快一步拉走了宋子悠。

她还边走边对陆纬说：“陆队，你快忙吧，我们不打搅了啊！”

直到苗晓娟将宋子悠拉到没人的地方，她才松开宋子悠的手。见宋子悠气定神闲的样子，苗晓娟头上都冒汗了。

“你刚才是干什么呀？怎么和陆队那么说话！”

“我说错了吗？要是他们做得都对，今天也不会加强绳索训练了。”

“那你也不能这么直接啊！陆队可是整个队的主心骨，给我们不少帮助，工作上也认真负责，赏罚分明，不偏不倚，反正我这四年还没看到他错过一次。”

“也许是你没看到。”

“你……你真的好奇怪啊，你为什么不喜欢陆队，有仇？”

“别瞎猜了，我和他第一次见面，哪来的仇？”

“没仇没怨的，你刚才是为哪般啊？”

宋子悠脚下一顿，突然站定。

苗晓娟吓了一跳。

宋子悠问：“你刚才说四年来没看到他错过一次，那么，如果是你看不到的地方呢，比如在火场里，他难道就没有因为……判断失误而错失了救人的机会，或者将小事化大，令伤员受伤更重？”

“没有啊！”

“一次都没有吗？你再想想。”

“半次都没有，我肯定！”

宋子悠皱了下眉。

可见，宋子安在火场里遭遇意外，至今昏迷不醒的事，苗晓娟是不知情的，可能她知道的版本和外面的一样。

宋子悠语气一转，故作轻松道：“没有就行了，陆队严于律己，严于律人，看来也算是个合格的队长。”

“是啊，那你刚才那是……”

宋子悠微笑着：“哦，我也没有针对他的意思，只是直抒己见，把我看到的问题告诉陆队，希望咱们队变得更好。”

宋子悠来队上不到两天，队里就有了她的一些传闻。

陈放一向是队上的包打听兼居委会主任，虽然是个五大三粗的小伙子，心思却细腻得像是大姑娘，而且私下里还喜欢看偶像剧和爱情文艺电影。

消防队和市内的几家医院、警察局都算有点儿交情和联系，宋子悠是医院出身，在医学院的时候，和后来在公立医院实习的时候，或多或少也会留下一些故事。

陈放还是从几个小护士，以及和宋子悠同期的女医生那里听到的传闻。

小护士说："就是花边新闻有点儿多，当时我们院里患者的家属也给她送过花，外面进来推销医疗器材的代表也跟她示过好。神经内科的副主任，也对她特别照顾，都好到不像话了！你可不知道，那个副主任可是出了名的严厉！"

"反正她实习期过了就没留院，走得特别潇洒。其实和她同期的实习医生都很想留下的，名额就两个，宋子悠是稳拿的，谁知她一转头就去了私立医院。"

陈放心里犯嘀咕，只和队上一个关系不错的队友说了，可那队友却是"明恋"苗晓娟的方义夫。

苗晓娟一直没同意，方义夫也有耐心，有毅力，一心一意地示好，两人足足耗了一年之久。

方义夫为了讨好苗晓娟，就把这事告诉她了。

苗晓娟也是个大嘴巴，转头就和办公室里的其他人说了，结果很快就在队里传开，连食堂的大厨都知道了。

正所谓好事不出门，坏事传千里，差不多的传闻，宋子悠也听过不少。但她自小就是个没心没肺的性格，爱谁谁，毫无关系的人是没有资格动摇她的军心的。

所以这次也是一样，宋子悠兀自一笑，就再没其他反应。

窥伺他人的隐私和绯闻，一向是人类本能，这是人之常情，说两天新鲜劲儿就过去了，到时候自然会有更新鲜的消息出炉。

果不其然，新消息很快就来了。

但宋子悠想不到，取代前一手消息的新闻，还是关于她的……

这天午休，宋子悠刚刚从饭厅出来，她手里还拿着装着七分满的饭，打算回宿舍一边刷剧一边吃。

从食堂走到宿舍，会经过大门口。宋子悠穿过空场时，就听到大门口处传来一阵吵闹声。

她不经意地扭头一看，是看门的门卫和外面停放的小跑车车主吵了起来，两人还拉拉扯扯。

门卫的意思是，消防队门口不能乱停车，请他走。

那车主却说要找人，等人出来了，请他留他都不留。

宋子悠定睛一看，来人不是别人，正是惠仁私立医院的小老板肖绍。

宋子安在惠仁医院的病房原本轮不到他，是宋子悠陪肖绍出席了一顿饭局，给足了他脸面，哄得肖绍高兴了才拿到了特批。

所以就是冲着这一点，宋子悠也不能当作看不见。

宋子悠脚下一转，直奔大门口去了。

肖绍见到宋子悠，立刻推开门卫，笑着迎上来："子悠啊，我来看你来了！"

门卫问："宋医生，这是你朋友？"

两人刚才当街推搡，周围已经有不少人在指指点点了。

宋子悠有点儿尴尬，跟门卫点点头："我们这就走。"

宋子悠拿着饭盒径自往肖绍的跑车走去。

肖绍追上来，宋子悠说："你不是来看我吗？这里不让停车，咱们换个地方说话。"

肖绍顿时喜上眉梢："好，好！"

宋子悠坐上车，系好安全带，怀里还捧着饭盒。

肖绍正要发动车子，正好看到这饭盒："要是我不来看你，你中午就打算吃大锅饭？"

宋子悠没吭声。

肖绍也是太过自我，直接把饭盒拿过来，朝车窗外一扔。

咣当一声，饭盒里面的酱香茄子盖饭撒了一地。

宋子悠立刻瞪向肖绍。

肖绍语气讨好地说："哎，你哪能吃这个啊，走，我带你吃好吃的去！"

话落，他就立刻引擎发动，跑车呼啸而去。

消防大队门口的门卫，看到这一幕，只朝地面啐了一口，骂道："呸，什么东西！就仗着有钱！"

这时，从院里走出来一道挺拔的人影。

门卫回头一看，打起招呼："你好，陆队！"

陆纬双手插袋，走出来，朝门卫点点头，随即看向已经快要消失在街角的跑车。

定了两秒，陆纬的目光又落到摔在不远处的饭盒上。

陆纬越过门卫，走过去，浑然不觉四周路人的目光，将饭盒捡起来，扣好盖子，又折回来。

陆纬问："这是宋子悠的？"

门卫笑着说："是啊，宋医生连饭都没吃，就被人接走了。"

陆纬没再说话，拿着饭盒又走回院里。

陆纬直接走进食堂，找了个餐盘，将饭盒里的酱香茄子盖饭倒进餐盘里。

刚才捡起来的时候他看过，里面的没有脏，掉在外面的他也没有捡回来，要是就这么倒掉了，就是浪费。

几个队员见到陆纬此举都是一愣，几人面面相觑，互相使着眼色，全都一脸莫名其妙。

陆纬拿着的饭盒分明是女款的，还是淡蓝色，上面还画着卡通，只是不知道是这里谁的。

最逗的是，里面装的是今天大厨供应的酱香茄子，可陆纬没有去窗口打饭，却是从外面拿回来的。

几个队员犹豫了一下，随即一起无声地伸出一只手，在空中比画着剪刀石头布。

最终，陈放输了。

陈放立刻龇牙咧嘴，捶胸顿足，却一声都不敢出。

余下几人纷纷窃笑，也是捂着嘴，还朝陈放挥手，示意他赶紧去送死！

陈放哀叹一声，果断起身，英勇就义似的走向陆纬。

只是陈放刚一坐下，原本一直背对几人吃饭的陆纬，就慢吞吞地开了口："又拿我猜丁壳？"

陈放一个激灵，飞快地朝队员们使眼色。

陆纬这时抬起眼皮，扫过陈放。

陈放傻乎乎地摸头笑了："陆队，你是咋知道的呢？你这后脑勺也没长眼睛啊……"

陆纬斜了他一眼，又把眼皮垂下："你傻，没看到我对面有个镜子？"

陈放一惊，立刻回头，看到高处果然挂着一块镜子。

陈放又咧着笑转过来，开始讨好："那我们这不是关心你吗……"

陆纬扯扯唇角，顿觉好笑："想问我饭盒是谁的？"

陈放忙不迭地点头，还把头往前伸，小声问："有新情况？"

陆纬又一次抬起眼皮，淡淡道："待会儿吃完饭，把饭盒刷干净，不能有一点儿污渍，也不能用力过猛，更不要因为多刷一个饭盒就拿它泄愤，刷好之后送到我房里。"

陈放一愣，只想哀号，可脸上却半点儿都不敢流露。

陆纬已放下筷子，拿起空荡荡的餐盘走向食堂的餐盘放置区，再没看陈放一眼，却将那个淡蓝色的卡通饭盒留给了他。

陈放这才发出嗷呜一声，欲哭无泪。

5

宋子悠这顿午饭着实花了好一番工夫才摆脱肖绍。

肖绍喜欢摆谱，人又爱嘚瑟，大中午的非得找一个高大上的酒楼，包下全场，还把外埠一个著名上海菜大厨请过来，让宋子悠尝尝正宗口味。

宋子悠一边吃一边奇怪，她从没说过自己喜欢吃上海菜。

直到肖绍说了一句："听说你本家是老上海，巧了，我们家也是啊。"

一顿饭吃得宋子悠很不好消化，根本没吃几口，就听肖绍显摆这些菜里的名堂。

宋子悠基本不怎么接茬儿，就是笑。

肖绍却越看越喜欢，说就喜欢她这样性情温顺，有爱心，又不多话的女人。宋子悠听到这几个形容词，连仅有的一点点食欲都消失得无影无踪。

宋子悠跟肖绍吃完饭，先在门口找了一下自己的饭盒，估计是被清洁工扫走了。

宋子悠转身往队里走。只是刚进门口就被门卫叫住了，说她的饭盒被陆队捡走了。

宋子悠一愣，一时搞不懂陆纬干吗要管这个闲事。

她也没了胃口，眼见下午上班时间要到了，干脆连宿舍都不回了，直接往医务室走。

今天下午是队上的例行检查。

做消防员的，呼吸道最容易受到外界感染，就算有防护面罩保护，也会遇到很多无法预知的突发情况。

上一任队医队长李可风还没立刻离队，要留下来和宋子悠交接一个月，接下来但凡遇到一线任务，恐怕也要带上宋子悠去现场磨炼一下。李可风过了四十，年纪大了，但经验很足，趁着消防员们还没到医务室报到，先拿着他们的档案资料和宋子悠交代情况。

平日的例行检查，宋子悠和其他小队医都可以应付，到了每年一次的全身检查，如果人手和器材不够，还会找外面的人过来帮忙。

宋子悠看着那些身体检查报告，听得十分认真，直到门外传来一阵脚步声和说笑声。

屋里的队医们纷纷抬头，消防员们走进来，队医们也跟着站起身，笑着欢迎。

李可风说："来，排队，第一个，陈放！"

消防队员们很快就在桌前排成了两队，一个个腰板笔挺，非常有秩序。

李可风说了一句："来，宋医生，你也帮忙检查几个。"

宋子悠接过李可风递过来的一叠表格，起身走到唯一一张空桌子前坐下，刚一抬眼，就见消防队员们齐刷刷地看着她。

宋子悠说："放心吧，不会给你们检查错的。"

有几个人不好意思地笑了。

"不是的，宋医生，我们不是怕你医术不够，是怕……"

宋子悠扬起眉："怕什么？怕我是女的？"

又是一阵笑。

"是怕不好意思，哈哈！"

这回，大家一起笑了。

直到这时医务室的门又被推开，进来两个人，走在前面的是副队张青云，后面的则是队长陆纬。

屋里的队员们一下子没了声。

张青云问：“说什么呢，这么高兴？”

却没人回答。

大家的目光大部分都收了回来，只要少数人看到陆纬手里拿着一个淡蓝色的饭盒，正是今天中午陈放刷的那个。

陈放被身后的人捅了一下，示意他回头看。

陈放一回头，就看到陆纬拿着那个饭盒，走到宋子悠桌前。

她桌前空荡荡的，脸上的笑容也不见了。

陆纬人高马大，神情淡漠，将饭盒放在她桌上，只淡淡说了一句：“你的。”

宋子悠眼皮子缓缓往上抬，掠过那副健壮的身体，直到对上那双漆黑的眸子。

“多谢。”

很奇怪，这两人对话只有四个字，动作也很简单，可是屋里的气氛却一下子跌到谷底，甚至让人窒息。

队员们默默围观着，直到宋子悠旁若无人地拿起第一页身体报告。

“张青云。”

张青云一愣，以往也都是李可风给他做例行检查，谁知刚才李可风随手一拿，就把张青云的身体报告交了出去。

宋子悠这一喊，直接把两人都喊停了。

宋子悠觉得奇怪：“副队，你是不是叫张青云？”

张青云飞快地说道：“是，宋医生，可是以前一直是李医生帮我查的。”

“可你的身体报告现在在我手里。”

张青云词穷了。

直到李可风站起身，笑着将报告拿回来："是我给错了，宋医生你继续。"

宋子悠瞬间觉得这两人之间的互动不太对。

病人挑医生是出于信任和习惯，但是医生反过来挑病人就不寻常了。宋子悠可不相信，李可风仅仅是为了圆场那么简单。

但她也没坚持刨根问底，目光又落到第二张身体报告上，却顿住了。半晌，她从鼻子中发出哼的一声，唯有距离她最近的陆纬听到了。

陆纬耷眼一看，刚好看到自己的报告。

宋子悠抬眼看过来："陆纬。"

陆纬没什么表情。

屋里的其他人又齐刷刷地向两人行注目礼。

宋子悠问："怎么，你也不敢让我查？"

众人纷纷倒吸了一口气。

张青云也是一脸茫然，还不忘解释一句："宋医生，我不是不敢让你查。"

宋子悠却仿佛没听到似的，依然看着陆纬。

也只有她这个角度才能看见，陆纬几不可见地眯了眯眼，脚下一转，又一次走到她桌前："先查哪一项？"

"视力。"

她将一个遮眼板放在陆纬面前，随即拿起电子笔，指着后面的视力电子板。

陆纬拿起遮眼板盖住一眼，露出来的眼睛跟着宋子悠的电子笔走，他的视力非常好，即便在浓烟中，也比其他队员看得清楚一点。

宋子悠连续指了几行字，发现他竟然能认到倒数第二行。

她又指向最后一行。

陆纬抬起的手臂，肌肉结实，随着她的指向而改变方向，到这里才有一点点犹豫，皱皱眉头，又一次指对了。

“两眼都是2.0。”宋子悠放下电子笔，“我很好奇，如果下面再多几行，陆队是不是也能看清？”

“我没试过。”

“你不是远视吧？”

陆纬缓缓眯起眼。

原本正在检查的李可风和其他队医也互相对看了一眼，李可风忙说：“哦，陆队他视力一向保持在2.0，没有远视。”

宋子悠在身体报告上写下数据。

只是众人才刚刚松了一口气，宋子悠就好像突然想起什么似的，说：“陆队，现在视力正常，不代表以后都能保持，尤其是过几年等你上年纪，可能会渐渐有老花眼的困扰，所以你要从现在开始好好保护眼睛。”

众人刚刚松下来的那口气又一起吸了回去。

再看宋子悠，似笑非笑地看着陆纬，竟然完全感受不到自他身上袭来的压迫感。

陆纬只是黑眸眯着，不声不吭，也没动怒。

隔了几秒，低沉的嗓音才缓缓响起：“多谢宋医生，如果有一天我发现视力模糊了，会来找你的。”

“找我干吗，我又不是眼科大夫。”

宋子悠又拿出一张测试色盲的色板，放在陆纬面前。

“看看，这是什么？”

陆纬低眸看了。

一秒、两秒、三秒……

没有一点儿动静。只有宋子悠注意到，陆纬的眉头越皱越深，甚至已经快要打结了。

众人见这边没有动静，纷纷看过来，都替陆队捏了把汗，不知道为什么一张测试色盲的色卡他要看那么久，难道上面画了很难辨认的动物?

陆纬突然出声："我看不出这个是什么。"

宋子悠笑着说："哦，原来陆队是色盲，以前怎么没检查出来啊？"

众人集体傻眼了。

副队长张青云甚至走过来，一起看着那张色卡。

半晌过去，张青云也没看出来，瞪圆了眼。

直到陆纬拿起色卡，将它转了个个儿。

张青云这才恍然大悟，刚才他拿反了。

陆纬眯了眯眼："是一只兔子。"

宋子悠说："的确是兔子，原来陆队不是色盲啊。"

陆纬将色卡放下，双手撑在桌面，虽没有倾身，却无形中形成一种压迫。

"刚才是因为你把色卡放反了。"

"是吗？我没注意。"

气氛一时剑拔弩张，眼瞅着两人已经针尖对上麦芒了。

李可风也是一头的冷汗，站起身说："呃，要不陆队，你也过来我这里吧？"

可陆纬和宋子悠却纹丝不动，连眼神都没有给李可风一个。

陆纬说："不用，宋医生检查得很仔细，也很懂得为人着想。"

"当然要仔细，陆队可是身负重任哪，我可一点儿都不敢怠慢，自然要查得仔仔细细。"宋子悠轻描淡写撂下话，"好了，先量个血压吧。"

陆纬的胸膛缓慢地起伏着，他缓慢地吸了一口气，然后在心里设下一个疑问。

为什么这个叫宋子悠的女人，对他有这么大的敌意，甚至已经大到不惜在人前显露，故意刁难。

陆纬的表情没有丝毫波动，长年累月在消防员的岗位上，他早已练就了泰山崩于前而面不改色的本事，即便受难者如何恐惧，民众如何激动和悲伤，形势如何危急，他们这些冲在一线定住局面的人，都不能慌乱，不能将真实情绪放在脸上，那会直接影响到他人。

陆纬只是坐到宋子悠对面，伸出一条手臂，让她量血压。

陆纬的手臂粗壮有力，肌肉线条流畅而放松，一旦它真的发力，那就像是一块硬铁。

宋子悠将测血压的绑带缠在他的手臂上，绷紧，然后开始挤压那个气囊，同时盯着仪器上的数字。

其实陆纬的血压指数很正常，可宋子悠却说："血压偏高，陆队要不要深呼吸两下，大概是情绪不够平稳吧。"

陆纬缓缓撩起眼皮，漆黑的目光落在宋子悠脸上。

两人都没有将注意力放在其他人身上，无论大家如何瞠目结舌。

陆纬的目光又掠过血压计："我看数值很正常。"

宋子悠哦了一声："你看，情绪稳定了，又恢复正常了。"

接下来每一层检查，宋子悠都没让陆纬太顺利地过，众人看着两人如此较劲儿，都在冒冷汗。

直到检查完整套，陆纬站起身。

宋子悠说："辛苦了，陆队。"

陆纬扯了扯唇角："也辛苦你，宋队医。"

两人再次目光相交，一个冷，一个淡，仿佛刚才的火花四射都是大家的幻觉，如今归于平和，不见波澜。

陆纬检查完身体，没有走，他只是走到不碍事的地方，双手抱胸，靠墙而立。

他在观察，他也有一点儿好奇，到底这个叫宋子悠的女人原本就是只刺猬，见谁扎谁，还是只扎他？

然后，陆纬等到了。

宋子悠又叫了一个号："下一个，张淳。"

张淳走上前，眉头皱得死紧。

谁知，宋子悠叫完号就抬起眼皮，朝他笑了一下："坐吧。"

那一瞬间，春暖花开。

角落里，陆纬的黑眸一下子眯了起来。

答案他找到了——宋子悠的刺，只对准他一个。

这件事，陆纬想不通。

别说陆纬，队上的其他队员也没想通。

众人先后回到宿舍里，副队张青云和陈放、张淳一起来找陆纬。

陆纬正在换衣裳。

张青云被陈放推了一下，便找了个话题，拿陈放找新女朋友的事来说，结果讲了半天也没讲到点子上。

陆纬换好衣服，坐到床头，直接把话接过来："你们是不是想问我，什么时候得罪了宋子悠？"

三个男人一起干笑起来。

陈放说："其实不光我们好奇，大家都特别好奇……那个，队长，你是不是以前做了什么，自己忘了？"

陆纬一个眼神过去，没说话。

张青云马上说："其实大家也不是瞎猜，刚才的情形，的确不太自然。"

"是啊，就有点儿像是，像是那啥……"陈放边说边看向张淳，想让他把话接着往下说。

张淳半天都没领会："啥？"

陈放急了："嗨，就像自己的媳妇儿跟自己使性子！"

陆纬的目光缓缓扫过三人，很慢，也很淡定："我之前不认识宋子悠。"

张淳说：“那就奇怪了，她干吗这么针对队长？”

张青云皱皱眉，开始沉思。

陈放一拍脑门：“哎，引起注意呗！只有这样才能让咱们队长记着她！”

张青云诧异地看了陈放一眼：“宋队医还需要这么做吗？”

三个男人再度沉默。

是啊，宋子悠犯得上吗，她不说话，只是坐在那里，就足够吸引人了。

几人话刚说到一半，陆纬的宿舍门又被敲响了。

门口探进来一个脑袋，是队上的方绍军：“队长，外面有人找。”

陆纬站起身：“谁？”

方绍军顿时有点儿为难，直到陆纬走近，才说：“是前嫂子。”

陆纬眉头微微一皱，很快出门了。

方绍军所谓的“前嫂子”正是陆纬的前女友，名叫林桦，只不过大家以前都叫她嫂子，叫惯了。

陆纬和林桦交往了两年，后来林桦以陆纬陪她的时间不够而提出分手。到如今，两人已经分手一年多，联系很少，林桦也再没来过队上。

也不知道今天唱的是哪出。

陆纬来到宿舍楼外的会客室，推门进去，果然看到林桦。

林桦变化不大，坐在那里，好像有些拘谨和紧张。

以前她来队上，都会带着亲手做的吃的，这次只买了水果。

陆纬一进门，林桦就倏地抬眼。

这一看，眼睛就挪不开了。

6

陆纬似乎没有一点儿变化，他还是林桦记忆中那个不苟言笑、身材挺拔的男人。

陆纬走进会客室坐下，林桦一直盯着他看，半天说不出一个字。

直到陆纬第二次问她："你今天来找我，是不是有事？"

林桦低下头："你晚上还有训练？"

"和每天一样，随时待命。"

林桦没吭声，将一直放在膝盖上的帆布包打开，拿出一个红信封。她小心翼翼地将信封推到桌子中间。

陆纬没有一点儿迟疑，打开一看，和他预料的一样，是喜帖。几秒的沉默，是陆纬看看上面的日期在想，他那天是不是可以排休。

林桦却飞快地抬起头说："陆纬，你不会生气吧？"

陆纬语气平静："我应该生什么气？"

林桦脸红了："没有就好。那……那天你能来吗？"

"我可以排休。"

林桦一下子竟不知该说什么才好，有点儿高兴，又有点儿失落。

直到陆纬拿着信封站起身，林桦说："我有很多姐妹都单身，到时候我介绍你给她们认识？"

陆纬一怔，说："没别的事，就早点儿回吧。"

陆纬将信封揣进裤子的口袋里，直奔食堂。

他点了一份餐，坐在队员中间。

队员们正在说笑，看到陆纬，一起打招呼。

唯有陈放眼尖，瞄到陆纬屁兜里露出来的一块红色，立刻将那信封抽出来，咋呼起来。

“哇塞！”

大红色的信封很快就你传我，我传你，从左边传到右边。

陆纬一言不发地吃自己的饭，等他盘子里的西红柿炒鸡蛋都快吃完了，才有人良心发现地把红信封小心翼翼地递回来。

“队长，还你。”

陆纬抬眼扫了众人一圈，将信封接过来重新放回屁兜。

众人面面相觑。

“队长，你打算去吗？”

陆纬点点头。

“那得包红包吧，队长打算包多少？”

“还没想好。”

“队长，林桦她当初那么对你，你怎么还去参加她的婚礼啊？”

“是啊，她嫌弃咱们工作的危险系数高，非要让队长换工作，不换就分手，我还以为她以后都不会出现了，怎么还好意思送请柬啊？”

“多凑一份份子钱呗，现在结婚就是烧钱。”

众人七嘴八舌起来。

直到陆纬放下筷子，副队张青云说了一句：“队长，大家没别的意思，就是关心。”

陆纬的唇角扯出一个弧度：“我知道，你们接着吃。”

众人一直目送着陆纬的背影。

陆纬知道他们在看他，也知道他们在想什么。

陆纬觉得奇怪，他不评价这件事，是因为没什么好评价的。

两年前，林桦是他女友，现在，最多就是一个熟人。

陆纬面无表情地端着餐盘来到收纳区，将里面的菜渣倒进垃圾桶，刚侧过身准备放好餐盘，身体却是一顿。

他的余光瞄到那垃圾桶里的一抹淡蓝色。

陆纬看向桶里，那是宋子悠的蓝色饭盒，他从大门口捡回来的，在医务室体检的时候还给她。

她扔了？

陆纬的眉头瞬间打了个结，转身走出食堂。陆纬本想直接回宿舍，谁知走到一半，在操场的一角看到一道身影。

夕阳西下，昏黄的光笼罩下来。那光很柔和，也很哀伤，落在两人身上，在地上拉开长长的影子。

陆纬在宋子悠面前一站，身材很高，目光很深。

宋子悠原本坐在台阶上啃面包，看夕阳。

直到有个不识相的家伙挡在面前。她不耐烦地看向来人。

“有事？”

陆纬只有一句话：“你把饭盒扔了。”

“嗯，怎么？”

陆纬顿时不知道该说什么。

关他什么事呢？

陆纬垂下眼眸，没吭声，转身就要走。

宋子悠讥诮的声音却将他留住：“你是觉得扔了可惜，还是觉得我浪费？”

陆纬又站住了：“那饭盒捡回来后刷过了，很干净。”

宋子悠笑了，她站起身，站在台阶上，却只是和他将将平视。

“可我还是嫌脏。”

整个空气仿佛都冻结了。

陆纬的胸膛缓缓起伏，他的情绪终于扬了起来。

“你是嫌饭盒脏，还是嫌我脏？”

“我哪儿敢嫌陆大队长脏。”

陆纬又吸了口气，这回平静多了，他知道宋子悠话里的意思，但过了那一刻，无所谓了。

他点点头。

“矫情。”

这两个字将宋子悠直接钉在原地。

等陆纬走远，宋子悠才反应过来，难以置信地瞪着他的背影。

这个男人以为自己是谁？他凭什么说她矫情？！

时间匆匆即过。

接下来一个礼拜，宋子悠开始接受队上的训练，除了要遵守纪律，还有现场模拟的应对训练。

宋子悠在接受一系列的训练时，难免会和陆纬有接触，消防队长和副队长都有权给队医下达指令。

宋子悠配合度很高，每一堂训练都能完成要求，而且分数很高。

如果单单只说课上，没有人会认为宋子悠和陆纬过不去，可是只要一下课，宋子悠就能做到顷刻间变脸，全然当作没有陆纬这号人。

所有人都看出来了。所有人都很好奇。但没有人敢问。

只有苗晓娟少根筋儿，趁着中午吃饭的时候，问起宋子悠这事。

“子悠啊，我怎么觉得你好像不太喜欢咱们陆队，为什么啊？”

说话间，苗晓娟还扫向坐在宋子悠身后不远处的陆纬。

陆纬背影很厚实，肩膀很宽，他周围虽然同样都是身材健硕的消防队员，可是一堆人坐在一起，他却愣是显得不一样。

宋子悠吃得慢条斯理：“只是同事，我好像也没有理由非要喜欢他吧？”

“可是，他好歹是队长，人前人后的也该给点儿面子吧。”

宋子悠安静了一秒，点点头：“你说得对，男人都是好面子的。”

苗晓娟还以为宋子悠开窍了：“对嘛！”

谁知宋子悠却突然站起身，走向窗口，拿了一个新餐盘，还买了两只大鸡腿。

苗晓娟看得发呆。

宋子悠径自走到消防队员那桌，将盘子往桌上一放。

所有人都安静了。所有人都看着宋子悠。但没人敢问。

宋子悠两边的消防队员都下意识地挪开一个空间。

陆纬面前的餐盘空了，他正起身准备走，没想到两只鸡腿突然出现在眼前。

宋子悠笑了："陆队，我平日不太会为人处世，也不太会刻意讨好上级，也许给你添了不少麻烦。这两只鸡腿就当是我的歉意，希望你大人有大量，别跟我一般见识。"

消防队员们你看看我，我看看你，然后一个接一个地端着餐盘挪到另一桌。

宋子悠索性在陆纬面前坐下，一手托着腮："吃吧，我看着你吃，你不吃完我不安心。"

陆纬的目光扫过两个鸡腿："你的好意我心领了，可我刚吃饱。"

"那你就是不接受我的道歉了？"

一秒的沉默。

陆纬的声音极低："你这是道歉吗？"

"怎么不是。你不吃，就是浪费粮食。"

苗晓娟也自动挪到两人后面一桌，和其他消防队员打着暗号。

宋子悠突然说了一句："我听说，大家都觉得我对你不太友善，这样会影响上下协作，所以我才买了两个鸡腿表示一下诚意。要是陆队不领情，就证明这种说法不是空穴来风，这样就会影响我的工作情绪和表现，我也怕将来写评语的时候，陆队会给我加一条'不够合群'。"众人纷纷倒吸一口气。

陆纬双手环胸，看向宋子悠的目光越发地高深莫测。

"你这是表达诚意吗，你这是存心想撑死我。"

宋子悠一声轻笑。

那一刻，仿佛冬日的雪融化了，一朵小花在她脸上绽放。

“原来是怕撑死，陆队怎么不早说，死要面子活受罪。”

宋子悠站起身，走到窗口要了一个一次性餐盒，又折回来将鸡腿装进餐盒。

那一刻，挂在她脸上的笑，虚伪极了。

7

就在消防大队里众人琢磨着陆纬和宋子悠以前是不是有什么纠葛的时候，宋子悠却在发愁一件事：她该如何追查哥哥宋子安在火灾现场出意外的事。

当时在现场的只有几名消防队员，没有进火场的人是不可能有机会看到事发经过的，先不说当时进去的那几个是不是亲眼看见，哪怕他们都看到了，又有谁会告诉她呢？

陆纬平日和这些人关系和睦，队员们都拿他当老大看待，就算陆纬做了什么，恐怕也会帮忙遮掩吧？

宋子悠思来想去，还是应该先搞清楚当时在火场里的人都有谁。

宋子悠先在内部网络上查找了当日执行任务的出行人员，还问了苗晓娟，这才知道冲进火场的第一拨消防员有四人。

除了陆纬，还有副队长张青云、队员陈放和张淳。

张青云和陆纬也打了多年配合，所以遇到棘手的问题通常都是两人一同出任务，而陈放和张淳属于体力训练完成度比较高的，临场反应也最敏锐，年轻却不鲁莽。

只是这四个人，没有一个好笼络的。

宋子悠拿到名单后，在纸上写下他们四个的名字。

——陆纬。

她在这个名字旁边画了一个叉，此路不通。

——陈放。

平日有点儿八卦，喜欢打听，有点儿活泼，刚和女朋友分手，现在单身。

——张淳。

性格偏内向，谨慎小心，话不多，通常这样的人嘴巴都很严，除非掌握到他的把柄或弱点，才有可能攻克心理防线。

——张青云。

他是这三个人当中最不可能出卖陆纬，也最难突破的一个。

可是，就在宋子悠的笔尖落下的瞬间，她突然想到一件事。

在医务室检查身体的时候，他为什么那么排斥队医李可风以外的医生给他检查呢？那些项目都是最基本的。

通常来说，挑选医生的病人，不是担心被不信任的医生越治越病，就是因为有难言之隐不想被陌生医生知道。

无论是哪一种可能，这个人首先一定是有病，而且是会影响到他的生活和工作的病。

那么，如果让她搞清楚张青云到底得了什么病，是不是就能让张青云把那天的实情讲出来？

宋子悠不想耽误时间，主意一旦拿定了，就会立刻展开行动。

趁着李可风和其他队医都去食堂吃饭的时候，宋子悠先一步折回医务室，飞快地跑到李可风的座位上翻看档案。

她很快找到了上次的体检报告，一个个翻看着名字，直到张青云的档案露出来。

宋子悠一条条查看，每一栏写的都是“合格”。

奇怪，难道是她想错了，张青云什么事都没有，只是单纯地不想被她检查而已?

宋子悠合上张青云的资料。

这时，她就听到门口传来说话声。

宋子悠飞快地回到自己的位子上。

李可风推门进来。见到宋子悠，李可风先是一愣，很快打了个招呼，走向办公桌。

宋子悠已经拿起一本书，装作研究的样子，实际上却在密切关注李可风的举动。

她也不知道自己为什么要这么做，只是直觉认为，李可风进来时看到有人在屋里，那一瞬间的呆愣十分可疑。

果然，宋子悠正这样想着，就看到李可风侧过头，好像在往她这头看。宋子悠垂下眼睛，同时抬高手里的书。

李可风又移开视线，拿起桌上的档案夹，走向储物柜。

宋子悠不动声色地抬起眼，却碍于角度问题看不仔细，只能从旁边药柜玻璃门的反射中看到一点儿模糊的影子。

好像李可风从储物柜里拿出了一盒东西，塞进兜里。

宋子悠只能凭借一点儿模糊的影子，大概猜出那是一个药盒，但并不能确定。

直到李可风若无其事地离开医务室，宋子悠手里的书都没有放下。

也不知过了多久，宋子悠扔下书本，冲出门口。

可是，哪里还有李可风呢?

宋子悠咬咬嘴唇，这时就看到迎面走过来一位后勤同事。

那后勤同事还跟宋子悠打招呼："宋队医。"

宋子悠只犹豫了一秒，便问："请问你看到李队医了吗？他走得太急，有东西落下了。"

"哦，我看到他往那边去了。"

"好，谢谢！"

连宋子悠自己都说不清她为什么那样说，如果最终事实证明她想多了，那就当是虚惊一场。而且，她也没有证据证明李可风古怪的行为就一定和张青云有关哪。

但，万一呢?

就是因为这个“万一”和直觉，宋子悠一路朝着李可风的方向追过去了。

来到操场的一角，她四下看了一圈，才看到一个熟悉的影子。

那个人背对着她往前面走，身上还穿着白大褂。

宋子悠想追上去，却在迈开脚的刹那，看到另一道人影迎着李可风走过去。

正是张青云。

宋子悠飞快地向旁边挪了几步，躲在大树后。

然后，她看到李可风从白大褂的兜里拿出一盒东西，递给张青云。张青云接过了，同样塞进外套兜里。

两人的动作很快，也很自然。

但奇怪的是，如果是需要找李可风拿药，只要登记一下就可以了，犯得着让李可风偷偷摸摸地把药拿出来吗?

而且那盒药不是李可风从药柜里拿的，是他的储物柜，这说明它并不是医务室的药，没有登记。

那么，到底是什么样的药，要掩人耳目到如此地步?

这些问题飞快地滑过宋子悠的脑海，但她不敢多待，脚下一转就飞快地离开，生怕李可风掉头回来看到她。

宋子悠一边走着一边低着头。

李可风和张青云之间有这样一层秘密，一定与张青云的身体状况有关。

眼下，她只要知道张青云拿了什么药，就会知道他得了什么病，然后借此威胁他，让他把那天在火场里的事说出来。

这样做行得通吗?

宋子悠脚下越走越快，直到有一股力道用力拉了她一下。

宋子悠还没反应过来，人就向旁边歪去，幸而拉她的人及时扶住她的肩膀，让她不至于摔倒。

宋子悠惊呼了一声。

待看清来人，宋子悠立刻向后退了一步。

是陆纬!

宋子悠吸了口气:“我走得好好的，你为什么拽我?”

陆纬挑了下眉，向旁边看了一眼，同时示意她。

宋子悠顺着扭头一看，愣了。

原来前面就是个用来健身的低杠，以她的高度，和刚才的走路姿势，刚好可以一头撞上去。

等她再看回来时，陆纬已经转身走了，挺拔的身躯在阳光下拉出一道影子。

中午差点儿撞头的小插曲很快就被宋子悠忘在脑后，后来那一下午她都在想张青云和李可风的小动作，就连医务室的其他队医跟她说话，她都有一搭没一搭的。直到下午队里突然响起警铃，宋子悠才一下子从愣神中清醒过来。

紧接着，桌上的电话响了。

宋子悠立刻接起:“情况紧急，再来个队医!”

医务室里只有她一个人，她想也没想，飞快地冲出门口，奔向操场。消防队员们一个个奔向装备室，装备室就连着消防车库。

宋子悠赶到时，李可风已经在整理急救设备了，见到她，先是一怔，仿佛想嘱咐什么，最终却只是说:“收拾好了先上车!”

“是。”两名队医上了救护车，消防车在前方开路，一同朝事发地点前进。

在赶往事故现场的路上，宋子悠专心听着现场调度员汇报情况，伤员有二：一名成年男子，一名儿童。

原因是由于小孩在家里贪玩，将身体探出窗户，险些坠落，幸而身体被楼下住户的护栏卡住，悬在半空。

楼下住户不在家，小孩儿的父亲出于担心，等不及消防队或是救援队赶到，便自己探出窗户，试图将孩子捞上来。

结果，小孩没有救成，小孩的父亲却失足坠到楼下，在接触地面的前一刻，被楼下车棚挡了一下，令他不至于粉身碎骨。

只是这样一来，男人的身体也卡在车棚顶上。

这样的情况基本可以判定，消防队需要分两拨人手行动，一拨人需要从小孩家的窗户探出，用绳索固定好安全装置，在保证自己安全的情况下将小孩救下，而另一拨人需要将小孩的父亲从车棚上救下来。幸而从消防队到事故现场的路途不远，车子一停稳，队员们迅速下车。

陆纬一声令下："青云，你带两个人上去。"

"是！"

陆纬也没多废话，朝李可风招了一下手。

李可风立刻上前，宋子悠也不敢怠慢，快步跟上两人。

来到现场一看，宋子悠愣住了。

小孩子那边倒还好说，暂时没有生命危险，但小孩的父亲这边却……

原来这个车棚顶不只是用遮雨板盖着而已，还用铁质的支架固定过，男人落下时由于重力加速度，导致车棚顶被砸出一个窟窿，同时顶部的支架也因此弯曲，断裂。

而断裂处的尖锐部分，更是毫不留情地刺入男人的身体，至于那些铁杆是否插进男人的器官，从现场无法判定。

陆纬和两名消防队员正在勘查车棚的情况，考虑如何将男人放下来。李可风问："这种情况，宋队医怎么看？"

宋子悠说："不能现在就取出铁杆，必须锯断铁杆，连同男人一起送到医院，要是贸然拔出，我怕他会死在这里。"

与此同时，勘查完现场的陆纬也走出车棚，让陈放上车拿无齿切割锯。

陆纬来到李可风和宋子悠面前，神情肃穆："车棚里太窄，担架进不去。我们会连同车棚顶一起锯下来一部分，两个人在下面托住，然后再送出来放上担架，这是目前唯一可行的办法。李队医，有什么建议？"

李可风说："就听陆队的，我们会准备好担架。"

陆纬点点头，转身又折回车棚。

由于车棚承重有限，而且越是靠近凹陷的地方越脆弱，谁也不敢贸然踩上去，只能站在车棚里，从下面往上锯。

里面空间有限，队医无法跟进去，宋子悠只能在外面听到里面传来的电锯刺耳的嗞嗞声。

每一次电锯的声音停下，她都能听到陆纬在里面喊话的声音。

车棚的铁杆是有重量的，连同小孩父亲本身的体重，即便下面有两名队员托着，也很艰难，加上车棚地方狭小，稍有不慎就会引起其他意外。

但是眼下时间紧迫，来不及先将车棚里的自行车都清理出去，只能先救人。

宋子悠虽然看不到里面，心却被高高地吊起来，眼睛一眨不眨地看着车棚门口。

直到电锯声又一次落下，她再度听到陆纬的喊话："担架！"

宋子悠一顿，和李可风一起将担架推了上去。

与此同时，一个浑身是血，且已经陷入休克的男人被陆纬扛了出来，男人身上还插着好几根铁杆。

那一瞬间，宋子悠愣住了。

可她呆愣的时间并不长，早已训练出来的条件反射就已经给她下达了指令。

宋子悠和李可风一起上前，将陆纬肩上的伤者小心地扶到担架上。

但伤者无法躺平，他们也不能让他躺平，他身上还插着铁杆子，那些东西不能贸然拔出，他会大量失血。

所以，几人扶着担架往救护车那头走，每一步都很小心，不能太慢，也不能太快。

宋子悠腾出一只手去探查伤者的脉搏。

走到一半，她摸到了不对，喊道："等等！"

李可风回过头来，也摸向伤者的动脉。

然后，两人对看了一眼。

宋子悠说："再不电击除颤，他会死在这里。"

李可风神色凝重，看向此时跟上来的陆纬。

陆纬问两人："怎么了？"

宋子悠说："我们要把他身上的铁杆取下来。"

"在这里？"

"要电击，他身上不能有这些金属物。陆队，麻烦你让队员过来帮忙。"

宋子悠边说边要动手，下一秒，她的手腕被陆纬一把抓住。

宋子悠抬眼间，看到的是陆纬肃穆的神色和李可风的担忧。

陆纬问："你知不知道这样做的后果，铁杆拔出来的瞬间，他就有可能死于血崩。"

"不拔出来，他必死无疑；拔出来，还能赌一把。"

两个人对峙着，冷静地看着彼此，谁都没说话。

这时，负责救下小孩的张青云，带着几名队员冲上来，陆纬也放开了宋子悠的手，退开一步，朝几人喊话："来人，帮伤者把铁杆取下来！”

接下来所有事情都发生在一分钟内，争分夺秒，伤者撑不了多久。除掉铁杆，血液哗哗流出，李可风负责止血，不敢耽搁。

宋子悠扯开伤者胸前的衣衫，贴上电击贴片，大喊着：“都闪开！”

三百六十焦耳的电流倏地落下，伤者的身体瞬间起伏又落下。

一次、两次、三次。

心跳恢复！

在看到心跳频率的那一刻，宋子悠整个脑子都空了。

李可风立刻冲上来，继续止血。

宋子悠也不敢耽搁，和李可风一起将伤者送上救护车。

伤者被送到最近的医院，直到跟进急救室，宋子悠大喊着伤者的情况，经过几次电击，眼见急诊科的医生将伤者接手，宋子悠才缓缓吁出一口气。

一线营救和急诊室不一样，急诊室设备齐全，人手齐全，环境也是固定的，可以利用时间去熟悉这一切。

但是一线营救的现场却是不可控的，当时发生什么情况都有可能，临场反应很重要，即便做对了判断也可能救不回伤者。

就好比说刚才，如果拔掉铁杆的一瞬间，伤者失血而亡，宋子悠和李可风恐怕要担责任。

如果不拔掉铁杆，就将他那样送来医院，伤者一定会死在救护车上，可是这样宋子悠和李可风都不用担责任。

宋子悠木着脸和李可风往医院外走，她累得一句话都不想说。

李可风这时才问道：“第一次经历现场营救，是不是体会很不一样？”

“嗯。”

“过阵子我就不在队上了，到时候你要做的事情会更多，遇到像是刚才那样的情况，你都需要第一时间做出判断。今天的营救，干得很漂亮。”

宋子悠只是扯了下唇角。

这时，两人身后有人喊道：“李医生！”

两人回头一看，是这家医院的一个医生正在朝李可风招手。

李可风转头对宋子悠说：“我去去就来。”

宋子悠点了下头，目送着李可风的背影。

如果她没看错，刚才那一瞬间，李可风的神色好像有些不对。

宋子悠皱着眉，就站在原地想着，假设李可风给张青云送了某种不能让别人看到的药，那么李可风就必须有药的来源，那个药绝对不是消防队的医务室进来的药，一旦队上进了药就需要登记，一出一进李可风必须记档，所以那个药肯定是从外面拿进来的。

可是无论从哪里拿进来，李可风都需要有渠道，而最容易拿到的就是医院里相熟的医生。

宋子悠先一步返回车上，坐在那里发呆。

要是一切都猜对了，她抓住了张青云的把柄，那么然后呢？她真的会利用此事要挟张青云说出那天在火场里发生的真相吗？

知道别人的秘密，并不是一件容易消化的事，她自问没有那么强的心理素质。

宋子悠叹了一口气，直到李可风返回车上。

车子返程的时候，李可风还有一搭没一搭地和宋子悠说话。

李可风说：“其实有件事我们都想问问你，不过大家都不好意思问。”

宋子悠看向李可风。

“就是你和陆队……”

宋子悠哦了一声：“你们是想知道我为什么针对他？”

宋子悠如此坦白，李可风反倒愣了。

“其实没什么原因，有些人天生就是气场不合，性格不合，无论怎么相处都看不顺眼。”

李可风震惊了。

他没想到宋子悠会给这样一个理由，而且再自然不过，仿佛她讨厌陆纬，看他不顺眼，要对着干是一件多么理直气壮的事。

第二章 冤家路窄

1

宋子悠十六岁的时候，正是最叛逆的时候。那时她叫宋子瑶，因为和母亲关系一向不睦，工作后，她就把“瑶”改成了“悠”。

十六岁的她虽然叛逆，但她不抽烟不喝酒，唯一的叛逆行为就是仗着自己学习好，帮别的同学写作业，做考卷，卖答案。

至于考卷从哪里来，自有其他人负责去偷。

宋子悠不接急单，考试考到一半突然有人问答案，要求看她的试卷，宋子悠一概不理。

她从没有曝光过自己的身份，甚至严密小心地控制自己的考试分数，不让自己太拔尖，太出挑。

除了长相以外，宋子悠在班上任何事情都很中庸，她从不挑头任何事。

宋子悠经常被年级里的男孩告白，但她并不担心会被骚扰，因为她有一个叫宋子安的哥哥。

宋子安在那一带很有名，品学兼优，而且还是奥数比赛和演讲比赛的校队代表，就连外面的小混混都很买他的账。

宋子安一句话，就没有人敢骚扰宋子悠。

宋子悠一向不对外人提到自己的家庭，因为羞于提起。

宋子悠的母亲陈敏嫁过三任丈夫。

宋子悠跟着陈敏的第一任丈夫姓宋，宋父在和陈敏结婚之前，曾经结过一次婚，有一个儿子叫宋子安。

陈敏的第二任丈夫，姓张，他和陈敏是出轨在先，结婚在后，姓张的一直坚持称宋子悠是他的女儿。

到了陈敏的第三任丈夫，这个男人是个难得的好人，对陈敏好，对宋子悠也好，唯一的缺点就是三不五时的就得点儿小病。

如果一定要宋子悠来评价，她对名义上的亲生父亲宋父感情不深，印象也一般；她对第二任父亲，也是最迫切认她当女儿的那个男人，则是能躲就躲，实在躲不掉就冷目相对；只有第三任父亲，宋子悠是愿意心平气和地与之相处的。

宋子悠十六岁这一年，陈敏的第三任丈夫方政，一开年就生了场大病，家里缺钱看病，宋子悠就干起了给人做试卷、贩卖答案的小生意。

这件事宋子悠做得很秘密，连经常来看她的宋子安都没有发现，一直以为妹妹只是爱学习，有做不完的考卷。

因为宋子安的时常出现，宋子悠也避无可避地成为学校里的“红人”，女生们会找各种机会接近她，将情书和小礼物塞给宋子悠，请她代为转交给宋子安。

除了情书，宋子悠一律照单全收，她没必要和这些东西过不去，小礼物她可以拿去卖掉，小零食她可以用来果腹，省下午饭钱。

有那么一段时间，宋子悠也因此吃掉了大量的巧克力，智齿还龋了。

宋子悠是自己去看的牙医，那医生说让她拔掉智齿。

宋子悠犹豫了很久，一直忍着牙疼没有做，最厉害的那天，她的脸都肿得变了形。

也就是那一天，宋子悠遇见了一个陌生的男生。

那是一个周六的中午，宋子悠和大多数重点高中的学生一样，周六也要到学校上课。

课程只有半天，宋子悠下了课，推着自行车往外走。

从半个小时之前她就开始头疼，吃了几片消炎药，牙齿虽然好多了，可是那些药却让她犯困没精神。

宋子悠将围巾拉高，盖住肿起来的半张脸，蹬上自行车前，面前却突然出现一道身影。

宋子悠差点儿撞上去。

她第一反应就是，又来了一个告白的追求者。

宋子悠抬眼的瞬间，眼里全是厌恶。

然后，她对上一双平淡得近乎没有情绪的黑眸。

来人个子很高，人很瘦，肩膀很宽，腿很长，显然是高年级的学生。

他就立在宋子悠自行车的车轱辘前面，一手搭在宋子悠的车把横梁上。

“你是宋子瑶？我有几句话想问你。”

宋子悠皱皱眉：“什么话，你就在这里说。”

那男生听到这话，扯着唇角：“你卖考试答案的事，你确定要在这里说？”

宋子悠惊了。

只有两秒的停顿，她就飞快地找到自己的声音：“好，咱们换个地方你再说。”

男生几不可见地哼了一声。

两人很快一前一后离开学校，来到一个小茶室。

宋子悠给自己要了一杯咖啡提神，她不敢喝甜的。

男生要了一杯果汁，看着她喝黑咖啡苦得皱起眉的样子，将自己的果汁推到她面前。

宋子悠摇头："我的智齿肿了。"

男生又把果汁拿回来，喝了一口。

宋子悠问："你想和我说什么？"

男生从兜里拿出一张叠起来的卷子，在她面前摊平："这是你的杰作吧？"

宋子悠瞄了一眼，认出上面的笔迹是她做的。

可宋子悠并不知道这个男生是从哪里得来的考卷，她和合伙人说好了，她的原稿试卷不能外泄。

宋子悠没说话。

"和你合作这件事的女生叫陆明，她是我堂妹，我叫陆纬。"

那一年，宋子悠十六岁，陆纬十九岁。

宋子悠第一次见到陆纬，是这一年的冬天。

她头疼，还犯困，心情糟糕透顶，但陆纬却抓到了她叛逆的证据，跑来要个说法。

宋子悠盯着那张试卷，半晌问出三个字："所以呢？"

陆纬的眉梢直接挑起来了："你还挺淡定，也挺理直气壮的。"

宋子悠一手捂着肿起来的腮帮子："既然你已经发现了，我想陆明也和你承认了。可我不知道你来找我是什么用意。我姓宋，不姓陆，这件事轮不到陆明的堂哥来管，就算要管，也应该是管她。"

宋子悠端起咖啡喝了一口，真苦："不过还是谢谢你请我喝这杯恶心的东西。"

宋子悠对面的人发出一声轻笑。

陆纬唇角勾起："我今天不是来说教的，我只是通知你一声，以后你和陆明不要再合作了。现在陆明的父母还不知道，将来知道了她要遭殃，你也讨不着便宜。"

宋子悠逆反心理突然上来了："怎么，她父母会打她，顺便连我一起打？还是说你们打算报警，把我俩一起打包送进局子？告我们什么，不当谋利？”

陆纬就只撂下了一句：“我会告诉你哥，宋子安。”

宋子悠愣住了。

自那天见过陆纬过后，宋子悠就记住了这个人，这个名字。

直到有一天，宋子悠听到宋子安讲电话，他还喊了一声对方的名字——LuWei。

宋子悠确定自己没有听错。

又过了一天，宋子悠约好了牙医，准备去拔牙，她还提前和宋子安打了招呼，希望他能陪她去。

宋子安来了，但他却很忙。

他们一起坐在某家公立医院的牙科诊疗室外，宋子安每隔几分钟就站起来接一次电话。

好一会儿，护士才叫到宋子悠。宋子悠起身进去了。

她是这位牙医的第三个病人，拔的是上面的智齿，是最容易拔的一颗。

宋子悠躺在诊疗椅上一动不动，牙医一直在跟她说不要紧张，让她张嘴，将针扎进她的牙床子，给她打麻药。

宋子悠很快就感觉到腮帮子麻痹了，然后就感觉到牙医在她的牙床上切了小口。

然后，有一个金属物探进嘴里，夹住了她的智齿。

有那么一瞬间，宋子悠感觉整个牙床都跟着松动，直到那颗牙齿被拔了下来。

宋子悠按照牙医的吩咐吐掉嘴里的血，牙医给她的伤口做处理，嘱咐她每天漱口几次。

宋子悠默默地记下这些步骤。她不知道宋子安有没有跟进来，还是坐在外面等她，或是在角落里讲电话。

直到那个牙医突然说：“你是她哥哥？”

宋子悠这才感觉到身后站了一个人，但在她的角度看不见。

那人应了：“嗯，是。”

宋子悠飞快地回过头。

这回头一看，她以为自己产生了幻觉。

她竟然看到了——陆纬！

宋子悠完全不知道自己是怎么离开诊疗室的，她来到走廊四处一看，不见宋子安。

这时，陆纬来到旁边，说：“我送你回家。”

宋子悠一动没动，捂着腮帮子看向陆纬。

为什么每次她最不舒服、最狼狈的时候，都会遇到这个男人？

她口齿不清地问了一句：“我哥呢？”

陆纬说：“子安有点儿急事，先走了，但他不放心你，喊我来帮忙。你有什么要求，尽管说。”

宋子悠没说话，拿着单子去取药。

陆纬也没吭声，一路跟着她，跟着她排队，缴费，取药。

宋子悠好几次都想请他离开，可是又怕陆纬真的走了。

等所有手续都办完了，宋子悠拿着装着药的塑料袋往医院外走。

陆纬依然跟着她，问：“你是打算坐地铁还是打车？要不要我送你？”

宋子悠没吭声，转身就往地铁站的方向走。

她以为遭到这样的冷遇，陆纬应该识相离开了。

可走到一半的时候，宋子悠却鬼使神差地站住脚，还回了一下头。

她恰好看到面无表情的陆纬。

陆纬上前一步：“不舒服，头晕？”

宋子悠反问：“你要跟我到什么时候？”

“我答应了宋子安，看着你回家，不能让你在半路晕倒。”

"随便你。"她转身接着走。

陆纬也接着跟。

宋子悠走得很慢，看着地上有两道人影，越来越长。一道是她的，一道是他的。

这一年，宋子悠十六岁。

她第二次见到陆纬，也见识了一个男生可以"碍眼""讨厌"到什么程度。

最可恶的是，这个男生还是她哥哥宋子安最好的哥们儿。

她开始怀疑她哥哥看人的眼光，更加厌烦陆纬的存在，毕竟陆纬抓着她的把柄，要是她一个惹他不高兴，他就会告诉宋子安。

每次想到这里，宋子悠都恨不得陆纬立刻消失。

自从上次陆纬看着宋子悠坐地铁回家，从这以后，这个讨厌的家伙就经常出现在她面前。

因为宋子安交了新的女朋友，那个女朋友还很难缠多病，经常有个头疼脑热，非要宋子安陪伴。

所以宋子安经常答应了宋子悠的要求，却没有按时出现。

比如，宋子悠学校要开家长会，宋子悠不想让自己的妈妈去。

学校里有人突然传起宋家的谣言，说宋子悠的妈妈不检点，宋子悠连自己的亲生父亲是谁都不知道。

宋子悠不希望自己的妈妈出现在学校，继父卧病在床，她也不想劳烦他。宋子悠只好让宋子安去。

可宋子安明明答应了却没出现，还让陆纬替他来。

家长会那天，宋子悠在一群赶来的家长堆里看到陆纬，他比所有人都高了一截，站在那里一言不发。

宋子悠当场就拉了脸。

所有人都在议论，这个男生是谁，班主任老师也把宋子悠和陆纬叫到一起，问宋子悠，这么重要的事，为什么没让父母过来?

陆纬说："我是她哥，她爸爸病了，她妈妈在外地。"

学校里的谣言，班主任老师也听过一些，大概知道宋子悠的家庭情况比较特殊，所以宋子悠现在的父母未必就是她哥哥的父母。

班主任老师没有刁难宋子悠和陆纬，开会的时候，老师在前面讲话，坐在后排的女生们时不时会看向宋子悠和陆纬的方向，一个个羡慕不已。

开会的过程中，宋子悠一直心不在焉地看着前面的班主任老师，努力让自己目光平视，不要看身边这个存在感异常强大的男生。

陆纬的腿很长，局促在她的课桌前根本伸展不开，便将两条腿跨出课桌。

宋子悠始终坐得很端正，默默在心里记了宋子安一笔。

直到家长会结束，家长们陆续领着学生走了。

宋子悠一言不发地往校门口走，陆纬也像上次一样跟着她。

班主任老师追上来，想多嘱咐陆纬两句，谁知这时宋子安就出现了。

宋子安是急忙赶过来的，脸上还挂着笑容，分外耀眼。

宋子悠就立在那里，瞪着宋子安，一句话都不说。

周围很多人在看。

陆纬就站在宋子悠身后，看了眼她的脑瓜顶，又看向宋子安，只有一句话："你还知道来？"

宋子安刚要说话，宋子悠的班主任走了过来，看看陆纬，又看看宋子安，问："这位是？"

宋子安说："哦，我也是宋子瑶的哥哥，我叫宋子安。"

班主任老师又愣了一次，心里大概梳理清楚宋家的关系了，这个叫陆纬的应该是她母亲那边的孩子，宋子安则是她父亲这边的孩子。

班主任老师很快就跟宋子悠的两个"哥哥"嘱咐起来，宋子安笑着一一应了。

宋子悠的头却越来越低，恨不得钻到地缝里。

回家的路上，是陆纬和宋子安一起送的宋子悠。

宋子悠走在前面生闷气，宋子安一直在旁边哄着她。陆纬慢了两步，跟在后面沉默地看着这对兄妹的互动。

快走到宋子悠所住的小区之前，宋子安喊了一声："哎，怎么越说越不理我，怎么哭了……瑶瑶，你可别吓我啊，是不是有谁欺负你了？"

宋子悠却越走越快，直到宋子安拉住她的胳膊。

宋子悠将书包用力扔向宋子安。

陆纬原本只是站在两步之外，看到这一幕，还是没忍住，上前拉开宋子安。

宋子安问："你干吗拉我？"

"行了，你道个歉，这事就翻篇了。"

"我道歉？我为什么……"宋子安问了半句，就诧异地看向宋子悠，"是不是哥哥做错什么了？"

宋子悠低着头，看着路灯照下来时映出的三道影子。

陆纬说："当爹当妈的都没来开家长会，来的是两个哥哥，还有你们两家的那个关系，这些还不够让人风言风语的？"

宋子安这才后知后觉："瑶瑶，是不是学校有人说你闲话了？"

宋子悠的眼泪掉在地上。

宋子安慌了，走过去搂住宋子悠，开始安慰起来。

宋子悠的哭声全都埋在哥哥的怀里，她压抑着，却越哭越凶，因为这个怀抱的温暖和可靠，那些眼泪和委屈就好像找到了知心的渠道，一股脑地发泄出来。

宋子悠也不知道那天自己哭了多久，他们走的时候，宋子悠甚至没有抬头看过陆纬一眼，只是瞥见地上有一道影子，站在几步之外。

宋子悠也没有和陆纬说一句"谢谢"，她气都喘不上来。

临走之前，宋子悠还在想，算了，下次要是这个讨厌鬼再出现在面前，她就给他一点儿好脸色吧。

宋子悠一边这样想着，一边被宋子安送回了家。

那时候的她自然不会想到，从这以后，一直到她念完大学，出社会工作，这个男人都再也没有出现过。

那天之后没多久，宋子安和陆纬就绝交了。

宋子悠不知道原因，也没问过宋子安，即便问了，宋子安也不会说。

宋子悠只是后来才从别人的口中听说，宋子安和陆纬闹得很不愉快，两人还在学校里大打出手，过了没多久，陆纬就因故而被学校开除。

至于这个“故”是什么，宋子悠不得而知。

直到多年以后，宋子悠再次有了陆纬的消息，却是在宋子安意外出事陷入深度昏迷之后。

宋子安的未婚妻艾小娴还告诉宋子悠，那天火灾，带队进入火场的人名叫陆纬，他和宋子安还在营救时发生了口角，互相推搡……

2

将被铁杆插进身体又经历休克的伤者送到医院后，宋子悠和李可风也很快回到队里。

宋子悠跳下救护车时，李可风突然问：“对了，刚才陆队受伤了，你注意到了吗？”

宋子悠眼里的诧异一闪而过。

李可风笑道：“除了关怀伤者，紧急救援之外，咱们身为队医还要时刻注意队上的消防员的身体状况，这也是咱们身为队医的第一职责。”

宋子悠点了下头。

直到两人走进医务室，看到里面病床方向有一扇帘子拉起来了，帘子里还传来说话声。

“陆队，你这伤怎么弄的？”

宋子悠和李可风一起走上前。

李可风说：“来，我看看伤得严不严重？”

陆纬坐在病床上，身上已经换上了轻便的队服，不再是今天出任务那身消防衣。他肩膀和手臂都有擦伤的痕迹，尤其后面肩胛骨那道最严重，皮肉都翻了起来，血早已干涸，结成痂。

等宋子悠收回目光时，恰好对上陆纬的面容——坚毅，刚硬，眉头都没皱一下，他只是看着李可风，交代当时的情况。

“那个车棚里太狭窄，穿着消防衣无法救人，只能先脱掉。”

李可风仔细检查了伤口，问：“这些伤口是铁杆划伤的？”

“应该是。”

李可风拿出药水和缝合工具：“肩胛骨这道有点儿深，要缝针，这几天都不能沾水，也不能做剧烈的训练，还要打一针破伤风。”

隔了一秒，李可风又道：“宋医生，你来打。”

宋子悠没什么表情，她的动作很干净利落，很快就准备好针管，戴上医疗手套。

宋子悠将陆纬的袖子推高，给他在上臂系上粗皮筋，又用手拍打着他的手臂，嘴里说着：“放松。”

陆纬的手臂却绷得很紧。

宋子悠一顿，抬眼对上他的目光。

“陆队这么大人了，还怕打针？”

李可风正在用酒精给陆纬背后的伤口消毒，这时说：“陆队有点儿晕针，宋医生，你不要这么直接，先给他点儿时间。”

宋子悠挑挑眉：“你把头转开，不会有任何感觉，等我数到三，你再转过来，针就打完了。”

这话像是一个大人在哄骗一个无理取闹的小孩子。

陆纬绷起脸，把头转开。

李可风笑了。

宋子悠又拍了那条粗壮的手臂几下，等他终于放松下来，便将针扎进血管。

陆纬没吭声，扎入的那一瞬间，他的身体僵硬了。

宋子悠开始漫不经心地数着：“一。”

陆纬闭上眼，深深吸了一口气。

宋子悠推着针筒：“二。”

陆纬纹丝不动。

宋子悠将针管拔出，同时将棉签压在伤口上：“三，自己压着伤口。”

陆纬转过头，一手压住针孔上的棉签，定定地看向宋子悠。

宋子悠收拾好几件医疗废物，转而又折回到跟前，见陆纬看着自己，问：“怎么，打完了还在晕？”

陆纬吸了一口气：“宋队医对自己的技术很自信。”

宋子悠扫了一眼李可风正在缝的针：“还好，只是有自知之明而已。”

陆纬从鼻子里发出一个音：“盲目自信不是好事。宋队医你刚才说打针很轻，我不会有任何感觉。不好意思，这话言过其实了。”

“怎么，打疼陆队了？”

两人仿佛又要开始一场唇枪舌剑，李可风拿针的手也不禁一抖。

幸好后背伤口处已经涂了麻药，陆纬也看不到背后的针。

陆纬说：“我只是把我的感受反馈给宋队医，希望你以后能对自己的技术有一个清晰客观的认识。”

“谢谢陆队的反馈。作为队医，我也想提醒陆队一句，消防员救人的第一前提，是珍惜自己的生命，是学会自保。像你今天这样脱掉消防服的行为，绝对是给其他消防队员的错误示范。”

宋子悠就是这样的脾气，但凡她觉得占理的地方，对方要是敢说一句，她就能怼回去十句。

陆纬自然是知道的。

反倒是李可风，近距离目睹了两人如此针锋相对，大气提起了又放下，还真有些摸不着头脑。

李可风说：“那个，宋队医，你来帮我完成后面的缝合工作，我要去给陆队找点儿消炎药。”

宋子悠不动声色地接过针，开始缝合。

李可风很快离开了医务室。

屋里两人恍若未觉。

陆纬坐着的地方，左手边墙上有一面镜子，陆纬侧过头，就能看到宋子悠面无表情地在他背后缝针。

等到宋子悠差不多收尾的时候，他才开口：“我的这个伤需要几天复诊一次？”

宋子悠回答得十分机械：“一周三次，换药，消毒，七天后拆线，这七天之内不要做剧烈运动，不要沾水。要是陆队这次再一意孤行，就是给我们这些队医又添了一次麻烦。”

几秒钟后，屋里响起了一声无奈的轻叹。

宋子悠问：“陆队叹什么气，难道我说得不对？”

“如果每次复诊，都要被宋队医这样教训一顿，我相信你的病人逃脱率应该很高。”

宋子悠开始收拾针线和药水：“刚好相反，我的病人挂号率曾是全院第一。”

宋子悠收拾完东西，洗干净手，又折回来。

陆纬已经站起身，那身量比她高了大半个头。

“全院第一，应该都是男病人吧？”

这话落下，屋里陷入短暂的沉默。

宋子悠仰着头半晌才反问：“陆队这是在变相夸奖我的美貌，还是在暗示我的医术不够，只能靠颜值来凑？”

陆纬没有回答她，脚下一转就往门口走。

宋子悠的目光落在他的背影上，那宽厚的肩、挺直的背，几乎要和数年前她少女时代时见过的那个男生的身影重叠了。

——他把考卷放在她面前，非常冷静地提醒她，如果她继续再犯，他会告诉宋子安。

——他一直跟着她走出医院的牙科，一直跟着她回家，像是冤魂不散。

——他面无表情地坐在她的教室里，代替宋子安来开家长会。

宋子悠飞快地闭了一下眼，脑海中浮现的是宋子安苍白着面容躺在病床上的模样。

她一下子就醒了。

陆纬已经打开门，临出门口前撂下一句：“我会按时复诊。”

门板关上。宋子悠依然立在原地。

陆纬回到宿舍里，还没进门，就看到走廊里站着副队张青云和队员们，大家都在等他。

陆纬边拿出钥匙开门边问：“出了什么事，怎么都聚在这里？”

众人鱼贯而入。

张青云率先开口：“陆队，你的伤势怎么样？”

陈放跟着接话：“是啊，你去医务室这么久，我们都很担心。”

陆纬将外套放下，说：“缝了几针而已。”

陈放咋呼起来：“有没有打破伤风啊？”

其实缝针本来不是什么大事，队员们哪个没缝过？

陆纬也被陈放的咋呼吸引了注意力，他盯了陈放一眼，然后看向张青云。

张青云眼神有些躲闪。

陆纬这下可以确定了，一定是发生了什么不得了的事。

“青云，你说，怎么回事？”

张青云支吾了两声：“刚才从医院那边得知的，咱们救的那个男患者之前做过体检，HIV病毒呈……阳性。”

陆纬一怔，脑子里轰的一声断片了。

虽然时间很短，但是的确有那么一瞬间是空荡荡的。

HIV病毒？就是艾滋病的学名。

见陆纬怔住了，队员们脸色也跟着变了，陈放结结巴巴地安慰着：“陆队，没什么，HIV病毒也不是什么大事儿了现在，据说现在医学上都不管它叫绝症了……”

直到方义夫用手肘顶了陈放一下。

张淳说：“陆队，当时情况危急，我们都没有注意看，大家过来就是想问问你，受伤后是否还跟伤者有直接接触。”

陆纬垂下眼，一屁股坐在床头。

众人的目光齐刷刷地落在他身上。

几秒钟的沉默后，陆纬抬起头：“副队张青云听命！”

张青云立刻站定：“是！”

“接下来一个礼拜，由你来带领大家做日常训练，就按照计划表上的走，什么薄弱练什么，不能懈怠，知道吗！”

“是，队长！”

队员们你看看我，我看看你，脸色都很不好。

陈放又一次抢先发言：“队长，那你呢？”

方义夫也沉不住气了：“队长，明天我们陪你一起去医院做检查吧！”

张淳接着说：“是啊队长，千万别自己吓自己，不管接下来你要怎么加强训练，我们都不抱怨，都陪着你！”

队员们很快一一表态，陆纬眼里有些笑意，却没有打断。

张青云看看队员们，有些发愁，该说的话都被他们抢先说完了。

陆纬这才笑道：“我的肩胛骨缝了几针，过几天要拆线，队医嘱咐我在此期间不要沾水，不要做剧烈运动。但是你们的训练不能懈怠，所以我把任务移交给副队。”

啊？原来是怕伤口感染和开线啊？

大家一愣，进而松了口气。

“哎，队长，你吓死我们了！”

“大家的心意我都收到了。这次的事也是给大家吸取一个教训，希望你们能引以为戒，无论情况多危急，只有消防服可以保障自身安全，咱们只有先保障自己的安全，才能去救助其他人，任何时候都不能脱下来。还有，我明天会去医院检查，谁都不要跟来，听到了吗？”

“是！”

另一边，医务室的李可风也接到同样的消息。

他第一时间告诉宋子悠。

宋子悠正在写陆纬的病历，听到这话，慢了半拍才抬起头：“你是说，伤者的HIV病毒呈阳性？”

宋子悠的脑子一下子就空了，安静地坐在那儿一言不发。李可风就在旁边念念叨叨，她一个字都没听进去。

直到脑海中忽然浮现出陆纬的模样，少年的他和如今的他，那两道影子一下子重叠了。

宋子悠扶着桌面站起身，椅子哗啦一声向后挪动，吓了李可风一跳。

“怎么了宋医生，呃，难道你也受伤了？”

宋子悠问：“医院还说了什么？”

“哦，他们的意思是，明天先过去做个检查，接下来的流程你也知道，第一次检查没问题，过三个月还要再去检查一次，才能最终确定。”

宋子悠直接走到药品柜前，翻出一样东西，二话不说就出了门。

宋子悠来到宿舍楼下，和一楼传达室的大爷打了声招呼，说要找三楼的陆队，让他打个电话上去。

没一会儿，楼梯那里就传来一串沉稳的脚步声。

宋子悠转身一看。

陆纬来到她面前两步站定，问：“宋队医找我？”

宋子悠仔细观察着那张脸，没有一丝苍白，浓眉星目，平静得出奇。

半晌过去，两个人都没动静，像是两尊雕像。

直到陆纬再次问：“宋队医叫我下来，就是为了盯着我瞧？”

宋子悠这才将手探进白大褂的口袋里，拿出一盒东西，上前一步将它递给陆纬：“要是心里不踏实，先用这个测测。”

陆纬问：“这是什么？”

“试纸。”

陆纬没听清，他把头低下去：“什么纸？”

真是离得太近了。

宋子悠皱着眉，下意识往后退了一小步，声音略微扬起：“是HIV试纸。”

陆纬听清了。

他很诧异，抬起眼睛对上宋子悠的。

宋子悠却很难堪，瞪着面前这张阳刚味十足的脸。

两人的目光在空中交汇，停顿两秒，又各自移开。

陆纬站直身体，又问："这玩意儿有用？"

宋子悠直觉认为他是在质疑她的好意："不能说百分百，只是一种快速测试的途径，你明天还是得去医院，如果初步检查没有问题，三个月后再去一次。一般来说，HIV病毒的抗体需要几周到三个月的时间才会产生，等到那时候再查一次，才能保证准确性。"

直到宋子悠讲完了，见他没反应，这才又一次抬起眼。

陆纬正瞅着她。

宋子悠问："我说的话听到没有？"

陆纬这才勾起唇角："宋队医平日看我那么不顺眼，现在得知我可能会感染上世纪绝症，怎么没有避之唯恐不及？"

宋子悠脸上一下子热起来，是气的："我是医生，医生看待病人是不会戴有色眼镜的。还有，现在这个病不是世纪绝症了，它已经被重新定义为慢性病，而且每年都会出新药，可以有效地降低发病率，你……"

说到一半，宋子悠才意识到自己有点儿激动。

宋子悠只觉得脸上更热了，直接横了他一眼，转头就走。

宋子悠气势汹汹地走出宿舍楼，走得很快，所以并没有听到传达室的大爷和陆纬说的那句话："陆队，这可是新来的队医，人家工作认真负责，长得还漂亮，你的态度怎么也不好点儿？"

陆纬笑道："放心吧，她就这脾气，过会儿就不记仇了。"

3

第二天，陆纬是自己去的医院。

回来的时候，张青云已经带领队员们做了一轮训练，陆纬穿着一身休闲装来到操场，面带浅笑。

大家七嘴八舌地问起来：“怎么样了，队长？”

陆纬神色一板：“现在是在训练，你们的组织性纪律性呢！”

队员们立刻立正站好。

陆纬说：“副队，这一个星期，这批猴崽子你可得看好了，像是刚才那样散漫的举动，我不希望再看到。”

“是，队长！”

陆纬训斥完了，这才缓和了表情，对大家说：“检查结果过几天才会出，大家不要紧张，也不用为我担忧，要认真对待每一次的训练，严格执行每一次任务，知道吗！”

“是，队长！”

陆纬很快往医疗室走，不管怎么说，她给他试纸，也是好意。

陆纬刚来到办公区走廊，就见到苗晓娟从会客室里出来，嘴里念叨着：“嘁，就是仗着有钱没素质，什么人哪！”

陆纬问：“怎么了？”

苗晓娟立刻打招呼：“哎，陆队你好，呃，从医院回来啦？”

“谁惹你了？”

苗晓娟一怔：“哎，就是宋队医的一个朋友，挺目中无人的一男的，我把他领到会客室，他还拿我当服务生使唤，我忍不住就跟他呛了两句。那男的说能把咱们消防队买下来！公家财产他说买就买？后来还是宋队医来了帮我解围。”

陆纬脑海中忽然浮现出一辆小跑车的影子。

苗晓娟又道：“哎，也不知道宋队医一个人对付那种混蛋行不行啊。”

话音还没落，陆纬已经抬脚往会客室去了。

苗晓娟赶紧跟上去。

会客室里，宋子悠正木着脸面对肖绍。

肖绍口沫横飞地吹嘘现在惠仁医院有多厉害，又拿了几个奖，又治好了几个老总级别的病人。

然后，肖绍又提到了宋子安，说有他肖绍在，保准会把宋子安照顾得妥妥帖帖。

宋子悠实在听不惯肖绍那种语气，可她知道不能发作，再心烦，再恶心，都得忍着。

肖绍是惠仁医院的小开，不能得罪他，要不然宋子安就要去公立医院和别人挤着住，不管是医疗条件还是专人照顾都不如惠仁。

宋子悠渐渐出了神，肖绍话说到一半才发现她不在状态。

肖绍索性就站起身，要到宋子悠跟前去刷存在感。

肖绍身上有烟的味道，一靠近宋子悠就闻到了。宋子悠立刻站起身，向后退了一步，由于动作太大，连椅子都倒了。

肖绍不乐意了："我又不会吃了你！"

宋子悠绷紧了下巴："你突然靠这么近，吓我一跳。"

肖绍又上前两步："吓着没有，我看看？"

宋子悠又躲开了："你今天来到底有什么事？"

"哦，走吧，咱们吃饭去！"

肖绍边说边拉住宋子悠的手。

宋子悠脸色一下子就变了，想要抽手，但肖绍却很用力。

"我还在工作！"

"这工作一个月给你多少钱，能比惠仁高吗？真不明白你为什么要跑到这种鸟不拉屎的地方。"

肖绍已经把宋子悠带向门口，他最后这句话刚好被站在门外的陆纬听得一清二楚。

肖绍要拉门，门板却先一步开了，还差点儿打到肖绍的鼻子。

肖绍骂了一声，就见到一个人高马大的男人面无表情地立在门口，他一手插着裤兜儿，一手就搭在门把上，瞅着他。

"这谁啊？"

宋子悠立刻收回自己的手："这里的大队长。"

"是队长就这么没礼貌吗，进门之前不知道要先敲门？"

陆纬缓缓扫过宋子悠。

宋子悠很难堪，下意识躲过他的视线。

陆纬又看向肖绍："这位先生，你的探访时间已经到了，而且在探访期间严重干扰了我们工作人员的工作，所以请你离开。"

肖绍立刻吼了起来："靠，你谁啊，你知不知道我是谁，知不知道我……"

"我是这里的队长，名叫陆纬，你可以投诉我。至于你是谁，访客名单上有记录，我会去看。还有，消防队是为人民服务的国家单位，不是商品，也不是私家医院，不可以以个人形式进行买卖。"

这还是宋子悠第一次见到陆纬如此打官腔，她已经听呆了。

肖绍还是第一次被人这么教训，气愤道："告诉你，老子不是被吓大的！"

肖绍又转身对宋子悠说："他叫陆纬是吧？他领导是谁，我要投诉！"

陆纬目光很淡："我就是这里的领导。"

肖绍张开嘴又骂："你丫给我等着，看我不告死你！"

只是这句话的后半句，陆纬和宋子悠都没有听到。

队里忽然响起火警警笛，提示要出警了。

陆纬二话不说，一把扯过宋子悠："宋队医，还不走！你还站着干什么？"

宋子悠一愣，低头看了眼陆纬抓在她手肘上的手。

"速度跟上！"话落，他掉头就走。

宋子悠立刻跟上去。

肖绍在后面喊道："子悠，你干吗去啊！靠，什么破工作！"

陆纬跑得并不快，宋子悠很快就追上了，好像后面有大老虎在追她似的。

宋子悠超过陆纬之后，跑出十几米才反应过来。

她脚下一停，回头看向他。

陆纬双手插着兜儿，正不紧不慢地往她的方向走。

宋子悠这才后知后觉地说："今天好像不是我出勤。"

陆纬已经走到跟前："我知道。"

他腿长，越过宋子悠。宋子悠转身追上去，她的两步是他的一步。她才反应过来："你受伤了，这礼拜你也不能出勤。"

"我也知道。"

两人边说话边往操场的方向走，另一头队员们已经齐刷刷上了消防车，消防车很快开出大队。

陆纬默默注视着这一切。

宋子悠说："也许不用一个礼拜，你就能出勤了，别羡慕。"

陆纬扫了她一眼："我很好奇，以你的性格脾气，怎么会容忍那种人。"

宋子悠的脸色沉了下来："这是我的事。"

陆纬居高临下地看了她一眼，那眼神无比讥诮，而且冰冷。

宋子悠皱起眉："你刚才帮我解围，我谢谢你，但是陆队，你与其管别人的闲事，还不如多关心一下自己。"

"刚才的闲事，我只是顺路。"话落，他就抬腿走了。

宋子悠很快走到他身边："医院去过了吗？"

"嗯。"

"在出报告之前，保持平常心，不要太悲观。以后再出任务，像是这种脱掉消防服去救人的低级错误，就不要再犯了。"

宋子悠刚说到这，陆纬脚下忽然一顿。

宋子悠也跟着站住脚："怎么，我说得不对？"

陆纬隔了几秒才问："到底是我的错觉，还是说宋队医是真的在对我表示关心？”

宋子悠瞬间有些词穷：“这个礼拜你也算是我的病人，医生关心病人是职责。”

“如果是表示关心，就请宋队医拿出诚意，最起码不要让你的病人觉得，你和病人有什么深仇大恨，这样病人会更容易听进去。”

说完这话，陆纬就走了。

宋子悠立在原地好一会儿，瞪住他的背影。

深仇大恨?

对，的确有深仇大恨!

4

宋子悠干了一天的工作，给自己叫了一份快餐，就抱着热水杯在宿舍里等。

宋子悠不像苗晓娟，过几天就回家住一天，其他消防队员也有回家的时候，大家都是倒班的。

唯有宋子悠，回不回家都一样。

那个“家”冷冰冰的，没有人味儿。

宋子悠的母亲陈敏，前几年恢复单身了。她的第三任丈夫是病逝的，那是宋子悠唯一觉得称得上一个“好”字的男人。

陈敏恢复单身后，不到一年就开始了多姿多彩的中年生活，结交了几个男朋友，和其中一个相处得还不错，很快就住到一起，却没有结婚。

后来两人一起开车出去旅行，半路上出了车祸，还没送到医院就去世了。

从这以后，宋子悠就一个人住在陈敏留下的小房子里。

陈敏和第一任丈夫，结婚后吵吵闹闹，分分合合，陈敏还出轨了。

那时候宋子悠还不懂事，可是记忆中仿佛见过那些他们打起来摔东西的画面。

陈敏和第二任丈夫住在一起，那是个游手好闲、不事生产的浑蛋，大半个人生就是在还债中度过的。

那时候宋子悠开始懂事了，憋屈地和陈敏以及这个浑蛋一起住了几年。

几年后，陈敏和这个男人离婚了，不到一年就找到了第三任丈夫——那是个本分老实，却体弱多病的男人。但这个男人情商很高，生活上也很会照顾人。

这个男人也很快获得了宋子悠的好感，为了帮这个继父治病，宋子悠开始想各种办法赚外快。

但这个男人没坚持几年，就在这套小房子里去世了。

宋子悠住在这一室一厅的小房子里，时常会想起在这里出现过的三个“父亲”，以及那些不愉快的回忆。

至于宿舍，那就清净多了。

宿舍不大，算上洗手间，一共才二十多平方米。

宋子悠的东西也不多，每天吃过饭，就可以坐在桌前刷剧，有时候还能听到窗户外队员们连夜集训喊口号的声音。

最近这几天，陆纬不能训练，像是一个闲人，他每天上午都到医务室换药。

也是因为陆纬，宋子悠想起来高中时一起卖考试答案的陆明——陆纬的堂妹。

陆明大学一毕业就结婚了，孩子刚满一岁，朋友圈经常发的都是妈妈经。

今天晚上，宋子悠忽然想起陆明，就翻开陆明的微信，点进她的朋友圈。

刚一点进去，看到这样一条："都分手一年多了还觍着脸送红色炸弹，是有多不要脸啊！为了一点份子钱也是够拼的，不知道人民公仆薪水微薄吗，尤其是做消防员的，整天忙着为这个城市奔波，哪有时间去参加这种人的婚礼啊，也不拿个镜子照照自己。"

短短的几句话信息量可是够大的。

陆明提到的消防员除了陆纬还能是谁？

宋子悠想了一下，就给陆明的微信发了个消息："小明，在吗？"

陆明很快回复："在呀，哎，子悠啊，你可好久没和我联系了，咱们都一两年没见面了吧？"

"是啊，这两年我家里一直在忙，变化挺大的，好多事都顾不上。对了，我刚看到你的朋友圈，看你说什么消防员，要份子钱之类的，你说的是不是你那个当消防员的堂兄啊？"

"就是他，我那个堂兄啊可是万里挑一的好人……"

陆明这个人原本就爱八卦，平日里接触最多的就是那些邻居大妈，三姑六婆，连个同龄的朋友都没有。

宋子悠一冒出来，陆明可算找到了吐槽的对象，反正陆纬是谁，宋子悠也不认识，说说陆纬的故事也没什么。

就这样，陆明很快就在宋子悠的引导下，将陆纬和前女友林桦的事一五一十地和盘托出。

宋子悠也是因此才知道，林桦当初可是费了九牛二虎之力才追上陆纬。

陆纬起先对林桦是不冷不热的，林桦对他献殷勤，陆纬也不为所动。林桦就开始走小姑子和未来公婆的路线，经常去陆纬家献爱心，连陆明都经常遭到林桦的骚扰。

陆纬也是从那个时候才对林桦没那么冷淡，相处了一段时间就开始交往。

陆纬想得很简单，结婚生子，传宗接代，不管怎么说，都要有这么一个女人出现，顾家，爱家，把这个日子过好，一起经历生活里的磕磕绊绊，也会斗嘴、吵架，但无论怎么吵都吵不散。

林桦偶尔会对陆纬的一些忽视有抱怨，可他的工作性质就是如此，不能像普通上班族那样，但总体来说还算平顺。

直到一年多前的某一天，林桦突然问陆纬爱不爱她。

陆纬不想骗林桦，也不想骗自己，选择了沉默。

林桦很快就开始和陆纬冷战。

讲到这里，陆明说："我哥那么好一个人，她竟然还冷战，怎么，她还指望我哥能突然开窍，反过来去哄她啊？"

宋子悠笑笑，道："也许她就是这么想的，女人嘛，有时候耍脾气，摆摆姿态，还不都是表面文章，想要看的就是男人会怎么做，什么态度。"

"可是我哥那个人啊，脑子里装的都是消防队的事，女人那些小九九他根本不了解。"

"然后呢？"

"然后林桦身边就多了一个追求者，她还跑去跟人家约会了，还想方设法地找人把这个消息捎给我哥。"

"她是想让你哥吃醋吧？"

"说的是啊。她不就是想知道在我哥心里，她有多重要嘛！可是，这套路都是高段位的人玩的，一般人玩不好就很容易把自己玩进去啊。"

"你越说我越好奇了，到底你哥做了什么？"

"我哥什么都没做。我哥还说，要是林桦觉得那个人更适合，这也是件好事。"

听到这里，宋子悠几乎以为陆明说的是另一个陆纬。还是说，陆纬对别的女人都是那样的态度，唯独对她较真儿?

陆明一直拉着宋子悠聊到晚上九点，最后要去哄孩子睡觉了才停了下来。

宋子悠坐在桌前发了会儿呆，脑海中还回荡着几条信息。

——陆纬要去参加林桦的婚礼，就在后天。

——今天晚饭前，陆纬还问过陆明，去参加婚礼除了包红包，还应该带点什么礼物。

——林桦的好多朋友都是单身，林桦竟然还打算在婚礼上把陆纬介绍给她们?

宋子悠想着想着，忽然就笑了。

女人这些心思，宋子悠自然都懂。

5

第二天清晨，宋子悠回了趟家。

小房子有一股霉味儿，宋子悠打开窗子通通风，转身就去翻衣柜，还从里面找出来几件长裙，又拿起化妆箱和卷发板，将这些东西装进一个手提袋，关窗锁门，又叫车回了消防大队。

宋子悠把东西放回宿舍，不紧不慢地走下宿舍楼，正准备穿过操场去医务室，刚好赶上队员们正在晨跑，跑在最前头的正是陆纬。

宋子悠等这队人跑近了，才在众目睽睽之下抬手指了陆纬一下。

所有人都齐刷刷地看向陆纬。

陆纬却没什么表情，只是命令大家继续跑，由张青云带队。

陆纬走到宋子悠面前："你找我?"

"还有两天，陆队才可以参加集训。要是现在伤口崩开了，你最起码还要再休养一个礼拜。”

陆纬叹了口气，拿下毛巾擦了把脸，说：“只是晨跑，跑完二十圈我会找别的事情做。宋队医，你的每一句唠叨我都记得很清楚。”

“你竟然这么形容医生对病人的嘱咐。”

陆纬又把毛巾挂回到脖子上，露出一副无奈的表情。

等到队员们跑回来，陆纬又说：“如果你没别的事，我接着跑步了。”

宋子悠突然叫住他：“明天你是不是要去参加前任婚礼？”

她说这话时，队员们刚好从两人身边经过，每个人的表情都很震惊。

陆纬一怔：“你怎么知道？”

“前任婚礼不是随随便便就能去的，要是有些事你不想在前头，到了那里会很难堪，也会让对方很难堪。”

陆纬很快皱起眉：“这么麻烦？还需要做什么准备？”

宋子悠笑了：“看在前几天你帮我解围的分儿上，明天我可以帮你，到时候听我的就好。”

“明天我可以帮你，到时候听我的就好。”

这句话一直在陆纬脑海中徘徊。

这个女人真的会帮他？

陆纬心里揣着这份怀疑，回到宿舍冲了澡，等洗到一半，队员们也一身臭汗地涌进来了。

公共浴室一下子炸开锅，大家七嘴八舌地聊大天。

不知是谁突然问了一句：“队长，刚咱们队上的美女队医和你说的啥啊？”

有人接道：“嗨，不就是队长要去给前任婚礼捧场，咱们宋队医要给队长支个着儿。”

“队长，宋队医该不会和你一起去吧？”

“那敢情好，有宋队医撑场子，就让新娘子知道知道，咱们队长不愁找。”

陆纬一愣。

这时，张青云说：“其实我们也想出几个人陪你去，你一个人我们也不放心……”

陆纬看向张青云：“有什么不放心的？”

陈放说：“这不是最近你的身体……”

只是说到一半，陈放就把嘴捂住了。

队员们一起瞪过去，顿时只能听到哗哗的流水声。

前任大喜，要花钱，要出面，要送礼。自己又是个什么情况呢，刚去医院验过HIV病毒，结果不明。

这种时候，谁还有心情去吃婚宴啊？

陆纬自然也明白大家的心意，只是笑笑：“行了，就是去见一见，没什么大不了。”

陆纬表态了，大家也松了口气。

陈放又开始多嘴了：“那可不一定，万一那个女人蹬鼻子上脸，满月酒也请你呢，还让孩子问你叫干爹可咋办？”

就听啪的一声，陈放哀号一声，方义夫一巴掌拍在他后背上，生疼啊！

方义夫说：“你快呸几声，乌鸦嘴！”

陈放立刻呸了几声。

陆纬关上水，笑着走出淋浴间，说：“你们慢慢洗，我先回去。”

陆纬前脚走，后脚浴室里就炸开锅，大家都在抨击陈放，还有好几个人拿肥皂扔他。

回到宿舍里，陆纬的手机进来一条陆明的微信：“哥，要不明天我跟你去吧？我不放心你一个人。”

陆纬回了一句：“不用了，你好好在家带孩子。”

陆纬去医院检查的事，暂时还没有和家里人说。

“哥，关于参加前任婚礼这种事，我那天还和一个女朋友聊了呢，她的意思就是——林桦当初告诉你她有别的追求者，想看你有没有什么表示，结果你还祝福她，林桦心里咽不下这口气，就要把你叫过去，让你亲眼看看你失去了多好的女人！”

陆纬不由得轻笑：“没你说的这么严重。”

“怎么没有？我觉得我这个女朋友分析得挺到位的！那个林桦还说要介绍单身的女朋友给你认识，就是想证明一下，她没能拿下你，其他女人也不能，这样她心理才平衡！”

陆纬叹了口气说：“这种朋友以后离远点儿，少结交，会带坏你。”

转眼，就到了第二天。

陆纬大清早就醒了，洗漱完毕就下楼去食堂吃早餐，吃完了又到窗口多买了一份，拿着回了宿舍楼。

陆纬在一楼的传达室前站定，让传达室的大爷叫楼上的宋子悠下来。

宋子悠刚睡醒，脑子还是蒙的，迷迷瞪瞪地披着外套下楼了，下到二楼的时候，一楼就能听到那吧嗒吧嗒的声音。

陆纬就站在传达室前，一身的神清气爽，正瞅着她。

宋子悠下意识撩高外套的领子，挡住半张脸：“不是你找我吧？”

陆纬抬起一条手臂，手指上勾着装早餐的塑料袋：“给你买的早餐，我待会儿就准备出发，你现在可以把要做的准备告诉我了。”

宋子悠小心翼翼地接过：“这是谢礼？”

“只是顺便多买一份。”

“我现在还不能告诉你要准备什么，而且哪有参加前任婚礼这么积极主动的，当然是要等开宴前半个小时再到。”

陆纬皱皱眉头：“那不会太晚吗？”

“就算你不到，人家的婚宴还是会如期举行，你没这么重要。”

陆纬这回没说话，他的眉头依然皱着。

宋子悠接着说：“好了，我先上去把早饭吃了，咱们一个半小时后在这里见。”

陆纬想了一秒：“好。”

宋子悠转身要走，又有点儿不放心地转回来：“你可不要先去了。”陆纬瞅着那背影，低笑出声。

一个半小时的时间，说长不长，说短不短，

陆纬打开电脑，在网上搜索参加前任婚礼的准备，看到的都是网友们歇斯底里的控诉，还有好多出馊主意的，说要带花圈去。

陆纬发了一条信息给宋子悠：“我应该穿什么样的衣服？”

宋子悠马上回道：“就你平时穿的休闲装，不用太正式，干净就行了。”

“那我要不要去超市买个礼品盒？”

“送大礼盒是中年人才干的事，请不要这么老土，谢谢。”

陆纬看着这句话，被气乐了。

等宋子悠用挂烫机将昨天从家里拿出来的长裙熨好，换上，又踩上一双中跟的凉鞋，对着镜子反复检查，很好，一切都很完美。

宋子悠拎起白色的单肩包，又在唇上补了个唇彩，然后微笑着出了门。

陆纬站在一楼，很快就听到鞋跟的咔嗒声。

他转过身，就见到穿着一袭长裙的宋子悠走下楼梯。

她脸上挂着淡淡的笑，来到陆纬面前站定：“走吧。”

陆纬一顿，稍稍打扮的宋子悠可谓明艳动人，转而他好像明白了什么。

“你该不是要跟我一起去吧？”

宋子悠看着比自己高了半个头的男人：“不然我为什么要用一个

半小时的时间准备啊？我这样打扮不给你丢人吧，陆队？”

陆纬的表情有些不可思议：“你要陪我去参加前任的婚礼？”

“这是感谢你那天帮我解围的回报。放心，这种场合我知道怎么应付，你只要听我的就好了。”

“我还以为你说的准备，是准备礼物。”

说话间，两人已经来到操场。

“我一个大活人，难道不比你去超市买的大礼盒有存在感吗？对前任最好的礼物，就是让她死心，让自己放心。你以为你说几句话，她就真能死心吗，一个闹不好，她会脑补很多东西出来。与其如此，还不如带个颜值更高的女人过去，笑着把祝福送上，其他的什么都不用说了，这样的碰瓷才是最高级的。”

陆纬眼里滑过惊讶：“你们女人的心思都这么复杂？我不是去碰瓷的。”

宋子悠站住了，侧头看他：“可你的前任是啊，不然她邀请你干什么呢？陆队，你到现在还是单身，不是没有道理的。”

陆纬的眸子里滑过讥诮：“你也是单身，会不会也是因为你想得太复杂？”

宋子悠冷笑出声：“不好意思陆队，你是因为不了解女人而被迫单身，而我是自愿单身，我和你有本质的不同。”

陆纬拧起眉头，说：“是不是上次那个开着小跑车来队上大放厥词的男人？如果你了解的男人都是那种类型，你选择单身我就能理解了。”

宋子悠横了他一眼：“我不是不知道怎么拒绝他，但我不能。”

“你被抓到把柄了？”

“是有求于人，你不会懂的。”

陆纬没有再继续这个话题，抬脚往前走。

宋子悠也懒得跟他解释这么多，拿出手机问：“婚宴地址在哪儿，我叫车。”

这话刚落，就听嘀嘀两声。

宋子悠顺着声音看过去，只见一辆黑色的越野车车灯亮了，而陆纬手里正拿着电子锁。

“原来你有车，那你怎么不早说？”

陆纬一言未发。

等两人上了车，宋子悠系好安全带，又道：“还好，你不是打算开消防车去，那就轰动了。”

第三章　前任攻略

1

陆纬开着车，车上放着时事新闻节目。

宋子悠看着窗外，听了一会儿终于忍不了了："陆队连去给前任送婚礼祝福，都要这么忧国忧民哪。"

陆纬扫了宋子悠一眼："那宋医生想听什么？"

宋子悠直接换了个频道，DJ正在放流行歌曲。

陆纬评价道："都是靡靡之音。"

"待会儿到了现场不要叫我宋队医，你可以跟别人介绍我是你的女朋友，就是不要用职业称呼。"

"那我叫你宋子悠。"

"我会叫你陆纬。"

陆纬沉默了两秒："其实没必要这么多此一举，林桦和我已经分手很久了，她邀请我去，不是为了你们女人想的那种理由。"

宋子悠好奇地问："我们女人？除了我，还有谁？"

"我堂妹。"

宋子悠笑了："你的前任林桦也是女人，这种时候，只有女人了解女人在想什么。你只有带一个女人过去，还得带一个比她漂亮、优秀的女人，她才能醒过来，彻底死心。"

陆纬重复着她的字眼："比她漂亮、优秀的女人？宋……子悠，你会不会太自信了点儿？"

宋子悠笑道："比她漂亮，是我听你那些队员和苗晓娟说的，这是事实。至于优秀，这是我的自我评价。一个女人如果足够优秀，分手后就不会再想起过去那些糟糕的前任，又怎么会特意请到婚礼上来要份子钱呢？"

"你觉得我是那种糟糕的前任？"

"我没有特别指任何人，你不用对号入座。"

陆纬半晌才问："宋子悠，我以前是不是得罪过你？"

宋子悠一怔，转头看向陆纬的侧脸。

他的面部线条刚硬深邃，鼻梁尤其挺拔，五官分布有型，眼皮是不太明显的内双，睫毛很长。

"你为什么这么问？"

"如果不是你我有过节，你为什么对队上的其他人都非常友善，跟我说话都是针锋相对？"

"我对你们都是一样的。再说，所谓针锋相对，是要双方都搞针对才成立的，如果对方没有刺激我，我是不会反击的。"

陆纬想了一下，说："我从没有针对过你。"

"那不就结了，你既然问心无愧，就不要猜度别人。"

车子开到一半，刚好经过一栋大楼。

那栋大楼宋子悠认识，之前里面经历了一次火灾，如今正在修复，幸好损伤不重，没有导致重建。

这栋大楼的消防工程方案都是宋子安当初负责，宋子安后来还租下了这栋大楼的一个单位，做他的办公室。

那时候，宋子安带宋子悠进去参观的时候，还对她说，这栋大楼已经被有关单位评级为消防工程设计得最严谨的大楼，安全系数非常高。

好像是为了验证宋子安的话，没过多久，这里就发生了火灾。

这栋大楼的消防工程也在火灾的考验中挺住了。消防队救火的过程很顺利，无论是水压，消防栓的设计、逃生通道、消防电梯，都非常科学。

这次火灾，也只造成了一起人员受伤，就是宋子安。

而且，宋子安还不是因为火灾出事的，而是重物打到头部出了意外。一想到这些事，宋子悠的心情就一落千丈，再看陆纬，怎么看怎么不顺眼，眼神里还带了一点儿仇恨和挑剔。

车子来到一个路口，等红绿灯的空当儿，陆纬感受到宋子悠的瞪视，侧头扫了她一眼，愣了。

“你为什么瞪我？”

“你眼花了。”

过了片刻，宋子悠突然开启了一个话题：“对了，有些专业上的问题，我还想跟你请教。”

“好，你问。”

“如果一栋商业用途的大楼，它的设计无论是在建筑的户门、安全出口、疏散走道、消防电梯，各方面都设计得非常科学，而且这栋大楼的材料属于非常高级别的耐火材料，这时发生了火灾，所幸因为这些设计的原因，火灾发生期间并没有发生坍塌事件，大楼里的大部分人也在第一时间迅速撤离现场，只有少数人被困在里面，难以到达逃生通道。请问陆队，如果消防队员在这时及时赶到，该如何进行援救呢？”

陆纬问：“被困人员在多少层？”

“十几层吧，但是也不排除有被困在低层的人。”

“像是你描述的这种情况，一般我们赶到现场会选择破窗进入建筑物，对高层的被困者进行营救。同时还会派另一队人，从内部一层一层往上检查。但这两种方式都存在危险性，内部随时有可能会产生爆炸。”

隔了一秒，陆纬又道：“至于你刚才说的没有发生坍塌事件，这算是比较乐观的情况。如果能及时阻止火势蔓延，将火势扑灭，那么就可以遏制坍塌和爆炸的发生。这就是为什么同样的火势，有的建筑就会造成多人死亡，有的建筑就不会。除了人为逃生的科学引导之外，建筑物本身也起了决定性作用。”

“你分析得头头是道的，好像对建筑物很了解，像是搞建筑工程的。”宋子悠道。

“我大学考的是建筑工程学院。”

这件事宋子悠当然知道，她只是明知故问。

“哦，后来怎么改做消防员了？”

陆纬没有直接回答：“这世界上不是所有人都能像你这样学以致用，很多人学一个学科，出来做的却是另一个学科的工作，只是选择的不同。”

宋子悠又问：“那么，如果这栋大楼并没有发生任何坍塌和爆炸事件，里面的伤者却不知道被什么重物袭击，导致重伤，这该怎么解释呢？”

陆纬说：“就算没有坍塌，也可能发生放在高处的东西坠落，砸到人的情况。或者，在逃生过程中发生推撞，也会导致你说的这种情况发生。”

“会不会还有第三种情况，比如互相推搡，发生口角之后，其中一方一时冲动，抄起重物袭击另一方？”

“灾难面前，不管是人还是动物的第一本能都是逃生，这时候多半不会去浪费逃生时间和别人殴打的。”

“或许这个行凶者一早就做好准备呢？”

“你的意思是，这个人蓄意趁火灾谋害他人生命？”

“有这个可能。你刚才说，一般人不会在灾难面前浪费自己的逃生时间，那么如果这两个人不是一般人呢？如果行凶者非常厉害，你说，他‘趁火打劫’的可能性有多大呢？”

陆纬忽然低笑出声：“这个故事听上去像是侦探小说。”

“是啊，我对文学有很大兴趣，最近正在筹划要写一篇悬疑小说，里面涉及消防和医疗，正好你可以给我一点儿建议。”

“那就要看这两个人之间的仇恨有多大了，还有性别。”

宋子悠补充道：“两个人都是男人。”

“有过什么仇？害对方家破人亡，还是掠人妻女，谋图财产？”

“因为一方，另一方前途尽毁了，这算什么性质的仇呢？”

陆纬分析道：“如果是一个男人，前途会看得比家庭更重要一点儿。有的人会还将前途视为财路，所以社会上才经常有谋钱害命的案件。”

宋子悠忽然问：“那么，如果是你呢？”

陆纬一顿：“我？”

“第一，你是个男人；第二，你很在乎你的事业。那么，如果今天的事情是发生在你身上，你冲进火场救人，又做足了防火措施，可是你突然发现你要救的人竟然是你的仇人，请问，你会不会趁机先把仇报了呢？”

“如果是的话，这条故事线基本不成立。”

“怎么不成立？”

“如果我要报仇，也不会选择在火灾里。在那样的危急情况下，我受到的专业训练高于一切，我做出的第一本能反应就是救人，降低伤亡，而你说的害人和我的本能完全相悖。”

陆纬的话很有道理，可宋子悠就是本能地质疑：“那如果现在你就是要违背本能，就是要报仇呢？”

“那么，我要先找凶器，要在现场就地取材。你刚才说是被重物袭击，如果是重物，我救火行动结束后是不可能带离火场的，那么留在现场的话，重物上面就会留下痕迹，这样做不是太冒险了吗？”

宋子悠很快就陷入了沉思。

是啊，如果宋子安被重物砸中后脑，是陆纬拿了某件东西行凶，那么那件重物不管是什么，都应该留在火场的。

可是后来连警察也去查过了，根本没有发现可疑的物品。

这时，车子缓缓减速，靠向路边。

宋子悠抬眼一看，前面不远就是一家五星级酒店。

2

两人很快就找到了一个马路边的停车位，从停车位到酒店门口不过几十米的距离。

宋子悠踩着高跟鞋和陆纬并肩而走。

“你走慢一点儿，迁就我一下。”走了没多远，宋子悠就势抬手挽住陆纬的手臂，感觉到陆纬身体瞬间紧绷。

宋子悠笑道：“你也不能拨开我的手，到里面要介绍我是你的女朋友，这样你的前任就会放你一马。”

陆纬没吭声，也没推开宋子悠，只是陆纬刚走了两步，就感觉到来自手臂上的压力，陆纬低叹一声，又把步幅放小。

两人很快就来到一楼的宴会厅门前，老远就见到在门口迎接宾客的新郎，旁边还有一张长桌，桌子后坐着几个人，负责收红包和让来宾签到。

陆纬刚要将红包拿出来，宋子悠却突然搭住他的手腕：“先别给。”

宋子悠飞快地在签到簿上写下两个名字，分别是“宋子悠”和

“陆纬”。

她笑着对负责收红包的人说：“不好意思，因为我们是新娘这边很要好的朋友，所以想先去化妆室见她，亲口送上祝福和这份红包。”

话落，宋子悠就勾着陆纬的手臂，将他拉到宴会厅。

宋子悠环顾一圈，这间宴会厅不但气派，而且富丽堂皇。

宋子悠很快就看到一对中年夫妇，正和几位宾客聊天，看样子像是新人的父母。

宋子悠找到了通往后面休息室的门口，她拉了拉陆纬的手，说：“要不要去后面见见林桦？”

“现在？”

“如果不是现在去，就要留下来吃饭。”

陆纬说：“队上下午还有事，不能留下吃饭。”

“所以啊，走吧！”

两人来到后台，一路上都没有人拦阻，直到来到一间化妆室的门前，从门里走出来一个伴娘打扮的女人，见到两人愣了一下。

陆纬高大挺拔，宋子悠纤瘦标致，那伴娘忍不住就多看了两眼。

“请问，你们是……”

陆纬率先说道：“你好，我叫陆纬，这位是宋子悠，我是林桦的朋友。”

“陆纬”二字恐怕伴娘是听过的，她立刻说：“哦，她在里面，这会儿不太方便……”

宋子悠跟着说：“我们因为工作原因，不能留下来参加婚宴，所以想先跟新娘子打个招呼，献上祝福。”

伴娘忙说：“那你们等一下，我进去问问。”

“好，谢谢。”

伴娘很快进去了，没过一会儿就出来了：“请进吧。”

休息室的门一下子打开了，露出里面穿着婚纱、脸上有些惊讶的新娘子。

“陆纬，你……来啦。”

林桦看了看陆纬，又看向他身边的宋子悠。

宋子悠挽着陆纬的手，面带微笑，抬眼的瞬间对上林桦。

一见之下，两个女人都是一怔。

“你是，宋……子悠？”

林桦认识宋子悠？

陆纬下意识看向宋子悠，这才发现宋子悠瞅着林桦的目光带着一点讽刺。

林桦脸上一阵白一阵青，她很快站起身，看到宋子悠挽着陆纬的手臂，有那么一瞬间是羞愤交加的。

林桦努力撑起一个笑容：“陆纬，你来了，我很高兴。”

陆纬看向林桦，随即拿出兜里的红包。

“不好意思，下午队上还有事，我不能留下来参加婚宴。”

林桦微笑着伸出手，正要接过。

可就在红包送出去的那一刻，旁边却伸出来另一只手，纤细而白皙，就势拿走了陆纬手里的红包，转而递到林桦面前。

“这是我和陆纬的一点儿小心意，金额并不大，希望你不要介意，毕竟我们都是公职人员，薪水微薄。”

林桦的脸色瞬间变了。

陆纬却没说话。

见林桦没有立刻接红包，宋子悠一把抓起林桦的手，将红包放到她手心里，还在上面拍了拍。

“你就收下吧，这样陆纬才能放心。”

林桦握紧了红包，精心做过的指甲在红色的信封纸上留下痕迹。

宋子悠又回到陆纬身侧，说：“看到你结婚了，陆纬就可以放心了，毕竟你们当初也没有正式认真地谈过一次，这样分开很容易就给彼此留下一个心结，除非其中一方先解开，另一方才能跟着释怀。你说是吗，林桦？”

林桦的脸色越来越坏，问陆纬：“这是你想和我说的话吗？”

陆纬一顿：“我希望你能幸福。”

七个字，瞬间成了催泪弹。

林桦终于绷不住情绪，她咬着嘴唇，再开口时是哽咽的声音：“还有呢？”

“还有什么？”陆纬这么问，就是真的这么想，他问得很自然。可是宋子悠却轻笑出声：“希望你的婚姻幸福，这难道不是最好的祝福吗，也是站在我们今天的立场上最应该说的话。林桦，你还想听什么？”

——我很后悔，当初没珍惜你。

——跟我走吧，和他离婚。

呵呵，太可笑了。

3

见过林桦，两人很快离开酒店，回到车上。

陆纬一言不发地开着车，看着路况，车里再度响起电台DJ播放的音乐。

宋子悠终于忍不住问：“很失落，很惆怅？”

陆纬说：“宋队医的解读永远这么有意思。”

又改叫宋队医了。

“那你怎么不说话呢，该不是在回忆和前任的小片段吧？”

这时，车子来到路口处，遇到了红灯。

陆纬将车停下，侧头看向宋子悠："你怎么会认识林桦？"

"哦，我们是大学同学，不过不同系。"

"结过仇？"

宋子悠沉默了两秒，说："我和林桦在大学时期非常不合，或者应该说，是我破坏过她的好事，她对我怀恨在心，却又拿我没办法。至于你，你应该感到庆幸林桦和别人结婚了，你逃过一劫。"

这时，绿灯亮了。

陆纬重新发动车子，驶向大路。

"宋队医看不顺眼的人还真多。"

"不好意思，我看不顺眼的人只有林桦一个，难道陆队想成为第二个？"

陆纬扯了扯唇角："原来我不是第一个？"

宋子悠瞪了他一眼。

陆纬却淡淡笑了："当初是因为什么事，你和林桦？"

宋子悠努力想了一下，却发现自己有点儿想不起来细节了："我也记不清了，大概就是林桦欺骗了系上我一个学弟的感情，我那个学弟对她痴心一片，我想让他早点儿醒过来，就带他亲眼见证了林桦是如何脚踏两只船的。"

陆纬没说话，皱着眉，还有点儿诧异。

宋子悠评价道："你看，事实往往就是这样，一个女人的本质如何，只有女人才看得出来。通常来说呢，让女人们讨厌的那种女人，会特别招男人的喜欢。"

陆纬没接宋子悠的话茬儿，他看了一眼时间，说："待会儿我把你放在公交车站，有一趟车直达队上，我还要去办一件事，不能送你回去。"

宋子悠问了一句："你要去办什么事？"

“这附近有个酒楼刚建成，希望我过去帮他们检查一下消防安全的问题，有什么要改的。”

“这不是归消防防火处检查吗，或者派出所的安全办负责。”

“之前检查过了，说不合格。”

“既然不合格，那就改到合格为止啊。”

陆纬叹了口气：“酒楼老板是我发小，他这次几乎是拿出所有积蓄来做酒楼，连房子都抵押出去了，如果要额外找一个工程队来勘察，重新大动，费用他负担不起，所以希望我过去帮忙看看，能不能将预算降低，但是又能符合消防防火的规定。”

“哦，你大学时是学工程建筑的，现在又做消防员，这方面你应该很擅长。反正我也没什么事，我就和你一起去吧。”

一起去?

陆纬怔住了：“我没有这个意思。”

宋子悠却说：“可是我有啊，能和陆队一起到现场学习，这么好的机会我是不会错过的。”

宋子悠执意要跟，陆纬也没坚持。他很快开到那家酒楼附近的停车场，两人下了车，来到大门口。

宋子悠抬头一看说：“有三层这么高啊，中式建筑，装潢也挺气派的。”

陆纬率先迈开步子：“这家酒楼提供的是港式茶点，我尝过这里的厨师做的菜，味道不错，如果开业，生意会很旺。”

酒楼老板很快出来迎接：“嘿，兄弟，你可终于来了！”

酒楼老板名叫张超，个子不算高，身上带着一股子市井气息。

陆纬笑着伸出一只手，和张超的手在空中击打在一起，又用力握拳。

这时，张超看向宋子悠：“这位是？”

陆纬说：“哦，我们队上的队医，宋子悠。这位是酒楼老板，张超。”

“你好，张老板，不用招呼我，我就是来跟陆队学习的。”

张超一看到美女，笑得特别热情，立刻招呼两人往里走，还叫服务员赶紧端茶送水，再来几个港式小点。

陆纬却摆了摆手："先不忙这些，你先带我们四处看看，先把正事办了。”

张超很快就带着陆纬和宋子悠从楼上往楼下走，每一层每一个房间都仔细看了一遍。

陆纬手里拿着建筑图纸，时不时在图纸上标注一个小符号。

宋子悠看不出这里面的大学问，但她也看过宋子安的图纸，也听宋子安讲过建筑图纸的简单常识，每次看到陆纬勾勒标记，她都会下意识多看一眼。

阳光透进窗户，打在陆纬的身躯上。

宋子悠逆光看过去，仿佛一下子就看到了当年在大学里的陆纬，那个拿着图纸勘察现场的工程建筑学院的高才生。

看到一半的时候，张超接了个电话，先离开了。

宋子悠途中去了一趟洗手间，出来时，刚好听到张超说："我知道，我这不是找人来看了吗，放心，是我好哥们儿，应该问题不大。等他看过了，帮我想想办法，你再叫工程队忙活几天，差不多就行了，只要面上过得去，消防防火处那里我会托关系通融的……”

张超挂上电话，一转头看到宋子悠，愣了一下。

“哎，宋队医。”

宋子悠笑笑，没说话，直接回到刚才离开的屋子。

陆纬还站在那里，仔细地做记号。

宋子悠本想上前把刚才听到的事情告诉他，可是转念一想，又忍住了。

直到参观完整个酒楼，陆纬放下图纸，这才看到宋子悠发呆地站在那里。

陆纬问：“你怎么了？”

“哦，你看好了？怎么样，问题大吗？”

“问题很多，每一个都不算大，但是整合到一起，可能会引发很大的后果。”

两人走向张超的办公室。

穿过走廊，来到门前，陆纬刚要抬手敲门，宋子悠却突然握住他的手腕。

两人都是一怔，彼此看向对方。

宋子悠很快抽回手：“进去之前，我能不能先问你两个问题？”

“你问。”

“如果这上面的标记最后折合下来的返工成本，超出了他的预算，他恳求你再折中一下，差不多就行了，你会怎么做？”

陆纬没有一秒的犹豫：“这已经是我考虑过最节省人力物力的方案，无法再折中。”

“那要是张老板托关系拿到许可证了，也开业了，那么你会不会在你预料的事故发生之前去举报他？”

陆纬一顿，刚要开口回答她，办公室的门却从里面打开了。

张超笑着说：“你们看完了？来，进来说。”

陆纬又扫了宋子悠一眼，率先进屋。

宋子悠进到办公室后就一言不发坐在沙发上，看着另一头正在给张超讲解工程图的陆纬。

陆纬在讲解之前已经打开了手机的录音软件。

“根据这个图纸看，整栋建筑的高度不到二十四米，根据建筑设计防火规范，这属于多层重要公共建筑，而且内部设置有中庭，防火分区建筑面积必须要按照上下层相连通的建筑面积叠加计算……采用防火隔墙，耐火极限不能低于1.00h，还有防火玻璃的隔热性和耐火完整性也不能低于这个数值……”

张超听得头都大了。

陆纬讲解完，按下停止键，将录音发给张超，说：“我知道我刚才讲的那些你记不住，你把今天的录音发给工程队的负责人，他听得懂。还有，这张图上我已经标注了重点，只要学过这个专业都看得明白。”

陆纬摊开工程图，又道：“我还注意到这里面有地下两层，你在里面设置了带卡拉OK功能的包间。”

“是啊，就是供客人娱乐用的，楼上的包间不够用，地下就填了几个。”

“根据规定，带有卡拉OK功能的包间是不能设置在地下二层以及以下的楼层，你把地下二层的这几个房间的卡拉OK拿掉。至于地下一层，首先要确保这一层的地面与室外出入口的地坪高差小于十米，但你这里面明显已经超过了，所以地下一层的也要拿掉。”

接着，陆纬还讲到了安全疏散、构造防火、灭火救援设施、室内装修和燃气防火等问题，几乎每一个环节都有错。张超虽然听不懂工程建筑方面的术语，可是见陆纬一条条罗列下来，基本上要从头到尾改一遍。

张超半天缓不过来，直到陆纬把每一段讲解的录音都发给他，张超才问：“呃，你能不能直接一点儿告诉我，我这酒楼改动大吗？”

陆纬停顿一秒，才说：“很大。”

“还能缩减吗？”

“到底是你找的工程师和工程队不够专业，还是你因为想缩减预算，才让他们做这样节省成本的设计？”陆纬目光平静地看着张超。

他们是发小，张超有没有撒谎，陆纬一眼便知。

张超半晌才说：“你也知道，现在做生意很艰难，我这也是小本……”

陆纬叹了口气：“你可以买便宜一点儿的家具，但是防火方面一定要重视。现在这里问题重重，每一个都不大，可是合在一起却有可能发挥连锁效应，一旦出事，可能会酿成很严重的后果。到时候就不是钱的问题了，你要背负的是法律责任。”

该说的陆纬都说了，至于张超有没有听进去，陆纬也不知道，他最后还是检查了一遍，确保没有漏掉一段录音给张超，才准备回队上。

临走前，张超还试图挽留陆纬留下吃一顿饭，陆纬拒绝了。

等两人上了车，回程的路上，宋子悠还一直在想刚才的事。

所有建筑在消防工程这一块都是有严格指标和规定的，如果违背可能会酿成重大后果，社会上也经常会出现类似消息，违章建筑最后因为火灾无情闹得人财两空。

陆纬以前是工程建筑学院的学生，在这方面受到过专业培训，后来又做了好几年消防员，不仅明白消防工程，也有救火防火方面的实战经验，所以他的意见可以说是相当专业。

陆纬刚才和张超讲话时的模样，他的语气和用词，怎么看都像是一个认真仔细的专业人士，为什么外面会有传言说他当初是因为在学校时出现了严重的专业问题，才被学校劝退的？要有多严重才会闹到这个地步？

宋子悠刚想到这里，陆纬忽然开口了：“刚才进张超的办公室前，你问了我两个问题，还记得吗？”

宋子悠一怔：“记得。”

“你是不是之前就料到会发生刚才在屋里的情况？”

宋子悠笑了一下：“不是我料事如神，是我刚才从洗手间出来的时候，刚好听到你的朋友在打电话，说的就是这件事。”

陆纬一下子拧起眉，好像对张超很不认同道：“他在电话里说什么？”

宋子悠犹豫了一秒：“其实你那个朋友在做什么，打了什么主意，就算我没听到那通电话，你心里也是有数的。再说，那是你的发小，你还不了解吗？”

“正是因为心里有数，因为了解，才会影响判断。”

宋子悠一怔：“你可不像是会被感情影响判断的人。”

“在宋队医眼里，我是个铁面无私、不近人情的人？”

宋子悠没回答，但她却笑了。

4

接下来几天过得很快。

陆纬的初步验血报告出来了，HIV检测呈阴性，等三个月后还要再做一次检查。

虽然还没有最终确定没事，但是队员们还是松了口气，很快就在食堂给陆纬办了一次庆祝会。

宋子悠看到邀请信息，有些诧异，她倒是没想到大家会请她。

宋子悠到食堂时，里面已经开始庆祝了，还传来欢笑声。

宋子悠笑着走进去，看到一群人有说有笑地围在一起，坐在方义夫旁边的苗晓娟看到她，还站起来朝她挥手：“子悠，这边！”

苗晓娟一喊，其他人也跟着转过头。

李可风说：“来，宋队医，这里给你留了位子！”

宋子悠走上前，这才看到只有陆纬身边有个空位。

李可风碰了一下旁边的队员，使眼色让他再让一个位子出来，没想到宋子悠却直接坐到陆纬旁边，还把来之前从柜子里翻出来的一瓶酒递给他。

“一点小礼物。”

所有人都是一怔。

苗晓娟第一个打破沉默："哇，子悠你送的红酒啊？"

"我来不及去买别的，就从宿舍拿了这瓶出来，味道还不错，希望陆队喝着顺口。"

陆纬也有一点儿诧异："谢谢，宋队医有心了。"

宋子悠笑了一下，这才发现所有人都齐刷刷地看着她和陆纬。

陈放没心眼地问："那个，宋队医，你和我们陆队和解了？"

宋子悠眨了下眼说："我们有什么事需要和解的？"

陈放抓抓头："哎，当我口误。"

李可风见状，拿着杯子站起身，提议大家一起敬陆纬一杯。

大家纷纷起身。

就在这时，门口走进来一个人，是神色匆忙的看门大爷。

"宋队医，宋队医！"

看那模样好像发生了不得了的事。

宋子悠走上前，就听到看门大爷说，门口有个女人来闹事，执意要见宋子悠和她的领导，要是拒不见面，那个女人就会把宋子悠做过的好事传出去，散播在网上，还会上告。

宋子悠眉头跟着皱起来。

她做的好事，她做过什么好事？

看门大爷问："宋队医，要不要跟附近的派出所打个招呼，让他们过来一趟？"

"不用了，我去看看。"

宋子悠很快和看门大爷一起离开食堂，他俩的对话也被位子比较靠近门口的陈放听到了，立刻和旁边的人小声嘀咕起来。

窸窸窣窣的声音传到陆纬耳里，张青云问："陆队，要不要我去看看？"

陆纬点了下头："速去速回。"

另一边，宋子悠也和门口闹事的女人照了面。

奇怪，竟然不认识，也不知道这个女人为什么要指名和她闹。

女人的衣着很时髦，一身名牌算下来十几万，但是年纪很轻，要么就是家里有钱，要么就是男朋友有钱。

女人见到宋子悠，上下打量："你就是宋子悠？"

宋子悠问："有事？"

"废话，我找你当然有事了，你以为我像你这么闲，没事就去勾引男人？"

宋子悠这才摸清点儿脉络，这个女人是因为一个男人才来找她掐架的，但是，是哪个男人呢？

宋子悠冷笑了一声："你先办个身份登记，有事找我，可以和我去会客室谈。"

"我凭什么和你去会客室，我就是要站在这里谈！"

宋子悠提示道："你看看你周围。"

女人向四周看了一圈，有几个路人正在围观，还有人拿出手机准备拍。

"怎么，你怕丢人啊？"

"他们拍的是你。如果你没有登记，队上是不允许进的，我也不会站在这里和你谈，你尽管站在这里喊好了。"

宋子悠撂下话，转身就走。

那女人在她身后喊了好几声，却见宋子悠头也不回，周围的人全都在拍她，女人丢不起这个人，只好心不甘情不愿地到传达室办手续。

宋子悠先一步坐到会客室里，安静地等。

不一会儿，女人来了，她一进门就抬手扇了扇风："哎哟，这屋里什么味儿啊？都发霉了吧。"

宋子悠没理她。

女人拉开椅子，又从包里拿出纸巾，把桌面和椅子擦干净，这才把包放在桌上。

宋子悠扫了一眼那款包，鳄鱼皮的高奢限量款，的确值得炫耀。

女人坐下后，说："我今天来没别的意思，就是希望你能老实交代你和肖绍的事。"

女人还把手机里的录音软件点开："说吧，有什么说什么。"

宋子悠顿觉好笑，然后走到旁边的柜子边，拿出白色的瓷杯子给女人倒了一杯温水，折回来放在她面前。

女人依然嫌弃地看了一眼："你不要以为保持沉默就没事了，我有的是时间跟你耗。"

宋子悠的第一句话却是："请问怎么称呼？"

"陈思思，我是肖绍的未婚妻。"

陈思思？

宋子悠把脑海中的名单过了一遍："大圣医疗器械公司的陈总，是你父亲？"

"哎哟，看来你是知道我们家的，那还敢跟我抢男人？"

这大圣医疗和惠仁医院一向是合作关系，惠仁医院的很多医疗器械都出自大圣，有关肖绍和陈思思的传闻也或多或少在医院里传开。

宋子悠反问陈思思："没有影子的事，你让我怎么解释？"

"你是不想承认了？怕了吧？"

宋子悠反问："你有证据吗？"

陈思思一顿："有人亲眼看见的！"

"那位'有人'怎么没和你一起来，刚好可以和我当面对峙。"

陈思思狐疑地看了宋子悠一眼。

"你敢保证没有？"

"你不都录音了吗，这就是保证。"

陈思思咬了咬牙，说："你等着！"

陈思思很快拿起手机，快速发了一条微信。

没过一会儿，对方就回复了，陈思思啪地一拍桌子，差点儿把那杯水弄洒。

“那个人说了，亲眼看到肖绍来消防队找你，还看到你上了他的车！”哦，原来是那次。

宋子悠叹道：“陈小姐，是你未婚夫有事要和我谈，我这才牺牲午休时间和他去谈事，所以这不是勾引。”

“奇怪了，你是消防队的，肖绍是惠仁医院的，你们能有什么事谈？肖绍来找你干吗！”

“你不该去问肖绍吗？”

“我当然会问他，可我也想听听你怎么说，以免你们串供。”

宋子悠笑出声。

“你笑什么？”

“我还是第一次见到这么盼望自己未婚夫出轨的女人，你真可爱。”宋子悠笑道。

陈思思的脸色一下子红了：“宋子悠，我警告你离肖绍远一点儿，要不然我就把这件事宣扬出去！”

宋子悠冷冷地扫了陈思思一眼：“陈小姐，嘴巴长在你身上，你要做什么我拦不住，但我也希望你明白，一旦你制造我的谣言，我会依据法律程序对你追究，到时候事情闹大了，脸上无光的人绝对是你。”

“你！”

陈思思指着宋子悠，气恨极了，又忽然想起什么似的，问道：“对了，我听说你哥哥就住在惠仁是吧，植物人了对吧？”

宋子悠的脸色倏地就变了，连眼神也锐利起来。

陈思思得意道：“那好，我每天都找一个人去惠仁医院看他，坐在他的病床前告诉他，他妹妹到处勾引男人。哎，我听说多和病人聊聊天说说话，有助于病人清醒，你说要是每天都有人和他说这些，他会不会一下子就气得醒过来呀！”

陈思思越说越开心，宋子悠只觉得脑子轰的一下就炸了，根本也不想控制自己，箭步来到陈思思面前。

她一手扶着桌子，一手扶着陈思思的椅背：“陈小姐，这么做对你没有一点儿好处。”

陈思思忽然有点儿害怕，死撑着说：“你怕了吧，那你就离肖绍远一点儿，再跟我道个歉！不然，你怎么对我，我就怎么对你……”

可是那最后一个“哥”字还没吐出来，陈思思的头发就被宋子悠一把揪住了。

陈思思尖叫一声，伸手要去反抗，要去抓宋子悠的。

宋子悠却仗着站姿的优势躲开了，还用另外一只手抓住她的手。宋子悠的力气非常大，起码不是陈思思这样的千金小姐能撼动的。

宋子悠用力迫使陈思思抬头，声音很低：“你敢动我哥一下，我这辈子都不会放过你，陈小姐，我劝你三思。”

话落，宋子悠就松开手，让陈思思跌在椅子里。

宋子悠扫过桌面的手机，拿起来，直接放进白瓷杯里。

白瓷杯的水溢了出来，手机彻底浸泡了。

陈思思尖叫一声，立刻去抢救自己的包。

陈思思将包放在椅子上，又想去捞手机，拿出来一看，已经黑屏了。

陈思思尝试开机，却打不开，她又拿出纸巾去擦包包，最后连自己也崩溃了，一边跺脚一边对宋子悠喊话：“宋子悠，你看看你都干了些什么！你知不知道这包多少钱，你还敢抓我头发，我新做的发型……”

宋子悠已经退开几步：“你这个包是鳄鱼皮的，外面做过防护层，不会沾几滴水就会泡坏。至于你的手机，陈小姐，你也太不小心了，赶紧再换个新的吧。”

陈思思一愣：“这分明是你放到杯子里的！”

“证据呢？”

陈思思噎住了。

宋子悠却笑了：“刚才你口口声声说要我拿出证据，现在轮到你了。”

陈思思快气哭了：“宋子悠，你给我等着！我要见你们领导！”

只是这话刚落，门外就传来敲门声。

门板很快开启，走进来一人，是陆纬。

宋子悠的目光刚好对上陆纬的，只是一秒就划开了。

陈思思也看过来：“你谁啊？”

陆纬将门关上，扫过桌上的狼藉和陈思思的狼狈，又带着一点儿微妙地看向宋子悠。

“我是这里的队长，陆纬。”

5

陆纬自报家门后，陈思思就好像找到了投诉对象，激动地说道：“我要举报她，我要告她！”

陆纬很有礼貌：“请问您要举报什么？”

“我的手机被她扔到水杯里了，我的包也泡了，还有我的头发！消防队医竟然殴打访客！我要去网上曝光你们！”

陆纬没理会陈思思，只是平静地看向宋子悠：“宋队医，她说的情况属实吗？”

宋子悠说：“陈小姐自己手滑没拿住手机，杯子也是她自己碰倒的，水溅到了她的包；还有她的发型之所以这么乱，我还以为是时下最流行的款式，故意弄的。”

陈思思再次跺脚：“明明是你，我自己为什么要这么做啊，我吃饱了撑的啊！”

“那么请问陈小姐，我又为什么这么对你呢，难道你来见我，我不分青红皂白就泡了你的手机和包，弄乱你的头发吗？”

陈思思一怔：“那是因为你勾引我未婚夫！”

宋子悠转而对陆纬说：“陆队，你都听到了，陈小姐今天来队上是为了挑起事端的，我把她请进来，告诉她全是误会，她依然不依不饶。如果陈小姐今天要告我，我愿意接受组织对我的人品调查。至于你刚才威胁我要对我的家人不利，我今天就会去派出所登记备案，以后无论我的家人出任何问题，陈小姐，你都需要配合调查。”

“你！”陈思思震惊极了，简直不能相信自己的耳朵，她转向一直安静地听她们理论的陆纬，“你不是队长吗，你竟然不管，你这就是包庇！”

陆纬这才说道：“不好意思，听完你们分辩，我认为责任不在宋队医。”

陈思思傻眼了：“什么……”

就连宋子悠也诧异地看向陆纬。

陆纬依然是那副不紧不慢的口吻：“如果陈小姐你今天没有来队上闹事，那么你们之间也不会发生口角和误会。陈小姐刚才说的几项指控我也都记下了，稍后我们队上会找宋队医问清楚，如果情况属实，我们自然会内部处理。还有，这里是消防队，不是菜市场，如果陈小姐想讨个说法，可以去法院立案，也可以去警察局备案，我们单位附近就有一个派出所。”

陈思思碎碎念地被请出消防队。会客室里，宋子悠和陆纬又大眼瞪小眼了片刻。

宋子悠抬脚就要出去，可陆纬却迈开长腿，用身躯挡住门口。

宋子悠问："陆队还有事？"

"聊两句。"

"聊什么？"

"为什么每次有访客来找宋队医，都是这样不欢而散收场？如果我没有及时赶过来，你准备怎么收拾？"

"是我给陆队添麻烦了，下回如果你再看到类似情况，不要插手，我自己能解决。"

"你自己能解决？你准备怎么解决？你的方式就是泡那位陈小姐的手机，揪她的头发？"

宋子悠一顿，原来他知道。

"既然陆队知道我干了什么，刚才为什么帮我解围？"

"我不把事情拦下来，难道押着你认错吗？再说那位陈小姐的确是来无理取闹的。可是宋队医，你是不是也应该自我反省一下，比如清理一下过去的交友圈，不要把以前在私立医院结的恩怨带到消防队来。"

宋子悠吸了一口气，只能认，无论她觉得多么荒唐。

"好，陆队，我会注意。"

陆纬点了下头："希望你说到做到。"

话落，他就率先离开了。

宋子悠没有跟着出去，而是拿出自己的手机，联系以前在医学院同宿舍的朋友。

"小春，你上次说你们医院现在可以申请单人病房，像是我哥这样的情况可以优先排队吧？我想知道，如果我现在改变主意，帮我哥申请，你可以帮我试试吗？"

顾小春很快回复："好，我帮你问问看。怎么突然改变主意了？"

"发生了一点儿事，回头再告诉你。"

“好。”

宋子悠放下手机，叹了口气。

她低着头，盯着自己的脚尖想了想，其实这个决定早该做了。

宋子安现在一个人留在惠仁医院，她自己因为消防队的事不能经常过去，哪怕去了也要敷衍肖绍。

结果现在，肖绍像是块牛皮糖黏上来，连他未婚妻也找上门无理取闹，没办法，还是得把宋子安转到公立医院的病房去。

几天后，小春就帮宋子悠争取到了一间病房，宋子悠还找到了这家医院最好的护工，请他代为照顾，更将新医院的地址和情况告知艾小娴。

宋子悠帮宋子安转院这事，一个字都没有和肖绍提。肖绍是后来才知道的，打电话追问宋子悠，却被她三言两语打发了，还跟他提起了陈思思。

肖绍脸上挂不住，觉得自己被宋子悠利用完了就踹了，还有陈思思从中搅局，在心里暗暗记下了一笔。

另一边，宋子悠也处理好哥哥新医院的事，离开时差不多已经过了探视时间，她没耽搁，转而去找神经外科的顾小春。

顾小春刚下了一台手术，身上还穿着手术服，见到宋子悠开心地笑了。

宋子悠很快把情况说了一遍，还说了好几声感谢，要找机会请顾小春吃饭，将来要是有需要她帮忙的地方尽管说。

顾小春摆摆手道：“哎，小意思，再说你哥住进来也是要交住院费的，我就是帮你把情况说一下，医院批不批还是根据情况来的，这都是流程。”

两人闲聊了一会儿，顾小春突然想起一件事：“对了，你们队上是不是有个队医叫李可风的？”

“是啊，李医生，他在我们队上很资深。你认识他？”

顾小春左右看看，见没有人才小声说："我也是无意间发现的，好像那个李可风跟我们院的医生在拿镇痛药。"

镇痛药？

宋子悠愣了："这种药是处方麻醉药，长期服用会上瘾，无论是供应还是使用都受到严格控制。"

李可风为什么要拿这种药？

当这个疑问产生时，宋子悠也跟着想起一个人——张青云。

上次在操场那边看到李可风遮遮掩掩地把一盒东西给张青云，她就觉得奇怪了，如今串联起来，原来张青云在服用镇痛药！

如果张青云的疼痛已经到了要服用镇痛药的地步，那一定不是一般人可以忍受的疼，何况他是消防员，伤筋动骨是家常便饭，意志力和耐受力都比一般人强。既然已经如此严重了，为什么不接受手术呢？难道是怕承受不起手术后的代价？

6

这之后的几天，一切都很平静。

陆纬的伤口已经完全愈合，可以执行任务，队员们也不再提起之前病毒检查一事。

宋子悠一如既往地在医务室里坚守岗位，每次看到李可风鬼鬼祟祟地拿着药盒出去也当作没看到。

一天晚上，宋子悠晚上刚洗过澡，坐在写字台前看关于植物人苏醒的资料，正看得入神，这时手机上进来一条陆明的微信："子悠，有时间语音聊天吗？"

宋子悠说："有，怎么了？"

陆明很快把语音聊天的邀请发过来，展开八卦模式，聊天内容就是她那个堂兄陆纬和前任林桦婚礼的事。

陆明说话的语气特别解恨："我跟你说子悠，我真的是低估我哥了，他那天可算是一雪前耻了，气得林桦事后还跟人哭诉抱怨呢！"

显然陆明不知道那天和陆纬一起去婚礼现场的人就是宋子悠。

宋子悠装傻问："这事是林桦和你抱怨的？"

"怎么可能？是我们有共同认识的人说的。"

陆明很快描述起在休息室里的场景，还说陆纬带过去的女人很毒舌，不仅颜值高，用词也犀利，说得林桦一句都接不上来。

"我哥这次干得可真漂亮，竟然能想到找个大美女一起过去气死林桦，太让我意外了！"

宋子悠问："你的意思是，那个大美女是你哥临时找的？"

"肯定是啊，绝对不可能是男女朋友，我哥喜欢的是那种淡淡的、生活化的、接地气的女人，像是那种带刺的毒舌的大美女，我哥才不会找呢。"

宋子悠反倒好奇了："为什么？"

"干我哥这行要求的就是生活的平稳，他的工作已经充满危险了，要是生活里还寻找那种女人和刺激，这日子就没法过了，所以那个大美女肯定是临时演员之类的。"

宋子悠好笑地听着陆明的分析，两人又东拉西扯地聊了一些家长里短，等到九点才切断语音。

宋子悠又想象了一下林桦后来和朋友们吐槽的场景，不由得笑了。

事实上，以前上大学的时候，宋子悠也曾遇到过类似的情景。

林桦和她最要好的两个朋友在洗手间里吐槽她，话里话外全是刺儿，宋子悠当时就在隔间里，想象着如果自己这时候走出去，她们的表情会是什么样。但宋子悠并没有那么做。

从小到大，宋子悠就听多了这样的指指点点和背后挤对，她从最开始的不理解，不明白，难过，伤心，到后来反而是麻木，冷漠。

到这几年，宋子悠明白了，其实问题出在自己身上，她去在意这些人的议论就是最大的问题，她不该在意的，这是没道理的事。

自然，她也不需要去辩解，浪费时间成本。

第四章　烈火英雄

1

这天，宋子悠又接到了肖绍的邀请。

这一次，肖绍是直接派车过来接宋子悠的，宋子悠来到消防队门口，很无奈地看着司机，拒绝了。

司机却拿出手机，拨通肖绍的电话，并对宋子悠说："宋医生，请您在电话里和肖总亲自说吧，这个主我做不了。"

宋子悠将电话接过来，说："肖绍，我在工作，我去不了。"

肖绍却说："陈思思的事我需要跟你说清楚，请你一定要接受我的诚意。"

"你没有做错什么，不需要这样。"

"哦，那这样吧，你要是不来，我就问责前来负责接你的司机，我也不强迫你，可我能强迫我的司机。"

宋子悠刚要说话，肖绍那边就切断了电话。

宋子悠将手机还给司机，只听司机说："宋医生，你就当是可怜可怜我，我不能失去这份工作。"

宋子悠一向知道肖绍的作风和做派，但像是这样极端地引起她的反感，还是第一次。

宋子悠只好说："那好，你送我过去吧，我会亲自和他说清楚。"

司机松了一口气，立刻请宋子悠上车。

在赶去目的地的路上，宋子悠还在想，要是以后肖绍都用这招威胁她，该怎么办呢？她这次帮这个司机解围了，那么下次呢？

不一会儿，车子来到约好的酒楼。

宋子悠抬眼一看，愣了，这地方她来过，正是陆纬的发小张超开的那家。

怎么营业了？内部的消防设施都经过修正了吗？

宋子悠带着这层疑问来到大门口，前来迎接她的正是张超。

张超见到宋子悠也是一愣："哎，你不是上次跟陆纬一起过来的宋小姐吗？肖总约的人是你？"

宋子悠问："张老板，你这家酒楼营业了？"

"过几天就能正式营业了，今天就是肖总说要请个朋友，特意为肖总提早开门一天。"

宋子悠更疑惑了，她跟着张超往里面走，看到之前陆纬指出的那些地方根本没有动过。

"张老板，你的酒楼好像没有修整过，审批过了？"

张超有些尴尬："其实是肖总看我这家酒楼不错，特意投了一笔钱，现在他可是我这里的股东了。"

"所以，是肖绍帮你打通了关系，拿到了营业许可证。"

前面就是包间了，张超立刻把话题转移开："哦，到了，那我就不打搅宋小姐你和肖总的用餐时间了，咱们回头再聊啊！"

张超转身就走。

宋子悠盯着他的背影看了一会儿，想了想还是拿出手机，快速给陆纬发了一条信息："你那个发小的酒楼要开张了。"

这个时间，陆纬肯定在训练，不能及时看到信息。

宋子悠走进包间，肖绍就坐在中间，微笑地等着她，他面前摆着一大桌菜，还有酒。

宋子悠看了一眼这架势，又看到那几瓶酒，这个规格显然是要把她灌醉在这里的节奏。

宋子悠心里有了数，没有关门，坐到靠近门口的位子。

“子悠，你可终于来了。”肖绍拿着酒壶站起身，先给自己倒满了，一股脑喝了，“这杯酒是我代替陈思思跟你赔个罪，我说过她了，她保证不会再无理取闹。”

宋子悠应道：“你不需要道歉，也不用责怪陈思思，站在她的立场，你是他的未婚夫，她误会你和我有关系，要来找我发泄是很正常的事，这也不是无理取闹。”

肖绍没接茬儿，而是把另一只酒杯倒满了，放在她面前。

宋子悠说：“我不喝酒。”

“你就当给我个面子吧，陪我喝这一杯，以后我就不再烦你了，好吗？”

宋子悠又一次重复：“不好意思，我不喝酒。”

肖绍脸上的笑容渐渐消失了。

“我今天来，是因为你拿你的司机来威胁我，请你以后不要再这样做。”

肖绍点点头，把酒瓶放在桌上，脸色跟着就变了：“那你就是敬酒不吃吃罚酒了？”

宋子悠站起身，退开一步看着肖绍。

肖绍冷笑着：“你怕什么？”

宋子悠没吭声。

肖绍乐了：“这是我给你最后的机会，你从了我，以前的事咱俩一笔勾销，要不然，我就去找能治你的人，治治你。”

宋子悠问：“比如呢？”

“比如，你们消防大队的领导、医疗委员会，还有市里的关系，我都有，到时候你只能来求我高抬贵手。与其闹到那个地步，还不如现在就跟我服软呢，你说是吧？”

宋子悠想不到肖绍会做得这么绝，如果肖绍真这么做，说实话她也没办法。

宋子悠问：“你能不能给我一个这么做的理由。”

“老子要的女人，没有得不到的。”肖绍接着说，“你看这家酒楼，营业执照一直拿不下来，要不是老子走了关系，还花了一笔钱，能这么快就开张吗？”

肖绍边说边拿起宋子悠的酒杯，来到她跟前：“你听话就会有好处，以后你哥就是我大舅子，他想要什么样的照顾都可以。”

宋子悠没说话，转身就往门口走。

肖绍追上来，一把抓住她的手臂。

宋子悠已经留了一手准备，被肖绍的力道带着转身的同时，弯曲食指和中指用指关节用力戳向他的眼睛。

肖绍哀号一声，放开了宋子悠。

宋子悠飞快地跑出去，顺着来路冲到大门口，门前却多了两个拦路的服务生。

宋子悠喊道：“让开！”

两人你看看我，我看看你，谁都不敢动。

这时，张超迎上来：“出了什么事？”

那两人跟张超嘀咕了两句，张超还反问道：“肖总真是这么吩咐的吗？”

宋子悠见状，便对张超说：“张老板，你如果今天拦住我的去路，我被姓肖的拉回去，后果你能负责吗？还有，你是陆纬的兄弟，你以后怎么面对他？”

张超顿时陷入天人交战。

见张超害怕了，宋子悠立刻问道：“张老板，你真要当共犯吗？！”

这时，不远处传来肖绍的叫嚣。

张超听到了，心里咯噔咯噔的，他吓坏了，只好一咬牙一闭眼，对守着门口的两个服务生说：“快，把门打开！”

两个服务生迟疑了一秒。

张超急了：“肖总有钱，你们有吗？！”

两个服务生这才知道害怕，让开门口。

宋子悠飞快地冲出酒楼，就在奔下台阶的刹那，仿佛还能听到肖绍的叫骂声。

然而就在这一刻，宋子悠的身后却突然涌来一阵剧烈的冲击，她脚下不稳，被那冲击力推着往前，差点儿跌倒在地。与此同时，她的耳朵也接收到一阵巨响，瞬间就听不到声音了，就连脑子都是一片空白。

宋子悠震惊了，等到醒过神来，她人已经趴在地上。

她扶着嗡嗡作响的头，回头看去，看到的却是正在燃烧的酒楼。

酒楼……爆炸了？！

酒楼门口还跌躺着几个人，是被刚才爆炸的冲力推出来的张超和两名服务生。

宋子悠踉跄着从地上爬起来，还是摇摇晃晃的，身后的路人在尖叫，大家都吓傻了！

很快就有路人开始拨打119报警。宋子悠也抓起手机，抖着手拨通了消防队的电话，是苗晓娟接的。

宋子悠听不到自己的说话声，扯着嗓子喊：“张超的酒楼爆炸了，快通知陆纬！”

烟尘滚滚中，宋子悠转身就往酒楼的大门口冲，她看到了躺在地上的张超和那两个服务生。

她用尽全身力气，将他们往安全的地方拽：“醒醒！快醒醒！”

宋子悠也不知道拽了多久，终于将张超和一个服务生拽到安全距离，又跑回去要拽另一个。

这时，酒楼二楼又发出一声巨响。

玻璃窗炸裂了，火舌冲出来，玻璃窗碎成一块块地摔下来，刚好砸中那个留在门口的服务生身上。

宋子悠的耳朵已经恢复了一点儿听觉，她奋力冲上前，看到那个人淹没在玻璃残渣里，浑身都是血，已经奄奄一息。

宋子悠大喊着："谁来帮帮我！"

有两个路人跑过来，要帮忙把那个人抬起来。

宋子悠立刻说："小心啊，他身上全是玻璃，一定要小心，不要拖拽！"

那两个路人小心翼翼地将那个服务生抬起来，尽量保持平稳，将他放到张超旁边。

宋子悠开始检查这个人的伤口。

路人问："现在怎么办？"

"我是医生，我现在要帮他处理伤口，麻烦你们，能不能帮我去最近的药店买点儿东西，我写给你们！"

2

两名路人立刻奔向最近的药房。

宋子悠不敢耽搁半分，很快捡起一块碎玻璃划开裙摆，将裙摆撕下来一块。

宋子悠将碎布按住服务生的颈部静脉，那里正在出血，幸好伤的不是动脉，不然这个人就没救了。

血液缓慢地渗透棉布，宋子悠腾出另一只手去检查他身上的其他部位，尤其是胸腔。

前面不远处，就是燃烧的酒楼，火焰在空气中发出嘶嘶啦啦的声音，隐约还能听到内部坍塌的声音。远处传来鸣笛声，那是消防车的声音。

很快，救护车的鸣笛声也传进耳朵里。

这时，张超捂着头醒过来，他茫然地看着前面，愣住了。

张超又左右看看，看到身上沾着污渍的宋子悠问："发生了什么事？"

宋子悠一边检查伤者一边说："酒楼爆炸了，快过来帮忙。"

张超傻眼了，满脑子想的都是宋子悠的前半句话，爆炸了，爆炸了，爆炸了……

张超又看向躺在地上的两个人，一个没有表面伤痕，但仍在昏迷，另一个浑身是血，好像快不行了。

张超转而就想到，天哪，爆炸了，死人了，他要坐牢了！

张超第一反应就是要爬起来逃离现场，四周已经有路人在拍摄视频了。

宋子悠喊道："你还愣着干什么，快过来帮忙！"

张超却一步步往后退，一手掩住脸，越退越远。

宋子悠只好对着那些还在围观的人喊："有没有人可以帮我一把？"有个女生站出来："我没学过医疗知识，我该怎么帮你？"

"帮我按住他的颈部静脉，就像我这样，我必须腾出手撕开他的衣服找出出血点。"

女生很快跑上来，替换宋子悠的手。

宋子悠又拿起一块玻璃，割开服务生的衣服，然后小心翼翼地在服务生身上按压检查，感受他的呼吸频率。

服务生的胸部起伏不正常，他的左边肺部上插着一块玻璃，要不了一会儿，这个人就要休克了。

这时，那两个去药房买东西的人赶了回来。

宋子悠立刻从袋子里拿出小刀和酒精，先给服务生的第二条肋骨下面消毒，然后用小刀割开一道口子，又从袋子里拿出皮管，顺着口子插进去。

服务生的胸腔动了动，很快开始呼吸。四周有人发出惊呼声。

就在这时，救护车赶到了。车上飞快地下来几个救护人员，还拿着担架。

几人赶过来，问清情况，宋子悠说："这名伤者肺部被玻璃插中，导致张力性气胸。我刚用这根管子进行放气，但是空气有可能会顺着管子流入。"

救护人员立刻接手："好，我们来处理。"

宋子悠松开手，又赶去看另一个身体表面没有任何伤痕的服务生，一探呼吸，已经停止了。宋子悠又去摸服务生的脉搏，很微弱，还有心跳，但心率很不正常。

宋子悠立刻喊道："他快不行了，来人！"

另一边，三辆消防车正在路上快速行进。

陆纬刚接到苗晓娟的通知，立刻喊所有待命的消防员整装出动，因为陆纬提早几分钟下命令，给所有人都节省了时间。

火灾事发地点是在大路上，这个时间路上没有上下班高峰的拥堵，消防车利用紧急车道一路挺进。

陆纬在出发前还通知苗晓娟去一趟他的宿舍，把酒楼的建筑设计图找过来。

苗晓娟跑得气喘吁吁，赶在车队出发前将图纸送到陆纬手上。

趁着路途的十分钟，陆纬将图纸给大家传阅，说道："这栋建筑的消防部分问题很大，大家先看一下地形，待会儿青云留在外面指挥，我带人进去。"

陆纬将图纸递给张青云，接着又道："现在我凭记忆简单地讲讲里面的情况。这是一家酒楼，但是厨房部分采用的却不是防火墙，电缆井、管道井、排烟井、排气道、垃圾道也没有独立设置，井壁耐火极限太低，我怀疑爆炸是从这里开始的。外墙有窗口可以进入，但是切记，待会儿分成两队人，一队人要先去楼顶撬开排烟口，另一队才能破窗而入。由于这栋建筑的材料都没有达标耐火级别，内部或许会坍塌……”

陆纬讲述完情况，拿出手机拨通张超的电话。

张超接起来，声音颤颤悠悠的：“怎么办……爆炸了……死人了，我，我当时真该听你的，怎么办……”

陆纬说：“你先冷静，冷静想想，今天酒楼里有多少人？”

张超愣了好一会儿：“我，还有两个服务生，还有那个宋小姐，已经出来了，里面还有两位厨师……肖总，一名服务生……”

张超话落，消防车也已经赶到现场。

车子停下，消防员们飞速下车，各司其职。

陆纬跳下车，第一时间开始观察现场。张青云转而问路人情况，有人说，现场有一位女医生是从酒楼里出来的，她目睹了全过程。

陆纬立刻看向救护车的方向。

第二辆救护车也赶到了，车上跳下救护人员，立刻赶到人群扎堆的地方。

宋子悠正在给表面没有明显伤痕的服务生做心肺复苏，同时喊道：“呼吸停止，只有微弱的脉搏，心率不正常，休克超过……”

服务生的嘴里渗出一口血。

宋子悠喊道：“他的气管有堵塞，必须把气道放开，给他插管。”

救护人员立刻接手。

宋子悠刚松开手，站起身，就感觉到手臂被人抓住了，正是身着消防服的陆纬。

宋子悠终于松了第一口气。

陆纬问：“你没事吧？”

两人很快走出人群，警察也赶到了，立刻疏散围观群众。

宋子悠说：“我印象中刚才发生过两次爆炸，左边的那扇窗户有火舌喷出来。我还听到有塌陷的声音，但不是很肯定，噪声太大，我当时也有点儿耳鸣。”

这时，建筑物轰鸣一声，又有火舌从另一层窗户喷出。

陆纬快速回到车边，队员们已经架起消防梯。

陆纬喊道：“方义夫，你带人上楼顶，先钻排烟口！陈放，你带几个人跟我从正门走。”

“是！”

陆纬带人走进火场，先从一楼找起。

迎面看到一个人跌跌撞撞地跑上前，穿着一身厨师服。

陆纬一把将人抓住，将他交给后面的队员，告知逃生方向。

滚滚浓烟在头顶蔓延，形成云海，所有消防员都要弯着腰溜边前行，动作不能太大，却又要保证前进速度。

与此同时，方义夫和另一名队员已经将楼顶凿开，掀开的刹那，火舌喷出。

陆纬带人一边往里面的房间挺进，一边大喊：“有人吗？”

浓烟中传来呻吟声：“救命……”

陆纬和陈放立刻冲上前。

倒在地上的是一个男人，脸是黑的，身上有多处烧伤。

陆纬很快让一名队员先将男人送出去，继续往里面找。

“还有两个人。”

厨房果然是爆炸点，温度太高，无法前进。

就算里面有人，也不可能存活。

通话器里传来张青云的声音：“队长，刚才逃出来的厨师我们问过了，他是因为跑到后面去抽烟才躲过一劫，爆炸的地方是厨房，另一名厨师在爆炸前十几分钟就偷偷溜出去了，厨房里面没有其他人了！”

陆纬立刻带人绕过厨房，往二楼走。

张青云又喊道："队长，烟已经黑了，你们必须往上走！二楼应该还有一个人！"

陆纬和陈放几人已经上了二楼。

张青云说："洒水装置还需要五分钟才可以接好！"

附近的消防栓出现严重问题，里面根本没有水，只能从最近的地方把洒水车调过来，再接上喷水管。

陆纬得知情况，带人继续上楼："所有人小心脚下！"

来到二楼通往三楼的楼梯前，方义夫和另外一名队员也从楼顶下来。

陆纬喊道："先别下来！"

就在这时，地板突然塌陷。

陆纬和陈放一起摔了下去，掉在一楼的楼板上。

这一摔，几乎把人摔晕。

陆纬仰躺在地，只觉得眼前一阵阵发黑，他缓了好一会儿才动了动腿，耳朵里什么声音都听不到。

陆纬缓慢地从地上起来。方义夫两人正在顶上的漏洞边套绳索，试图下来救他和陈放。

陆纬看向旁边的陈放，一动不动。

陆纬大喊："不要下来，把绳索给我！"接着又对通话器里的张青云喊道，"二楼需要消防梯，东侧窗口！"

张青云让余下队员掉转消防梯，等在东侧窗口。

陆纬已经用绳索将陈放捆绑好，示意方义夫两人把陈放先拉上去，陆纬在底下托着。

三人齐心协力，将陈放送上二楼，送到东侧窗口，顺着消防梯将人安全送出去。

这一幕被宋子悠看在眼里。她立刻飞奔下救护车，来到陈放跟前。李可风已经拉开陈放的衣服，对他进行心肺复苏。陈放好一会儿才喘过气来，但还要送到医院进行内伤检查。

临上救护车前，陈放问："队长呢，他和我一起掉下来的。"

李可风安慰陈放："没事，都没事。"

宋子悠心里却是一咯噔。她瞪着火场，那些火苗几乎灼痛了她的眼睛。

张青云又喊了两个消防队员爬上消防梯，去二楼帮忙救陆纬。

从这以后，宋子悠的脑子都是蒙的，她就站在原地，愣愣地瞪着那个窗口。

周围的救护车来一辆走一辆又来一辆，里面还有新的伤者，路人们拍着照片，警察们维持着秩序，消防员们还剩下最后一拨没有出来，媒体记者也赶到现场做报道。

有记者要采访宋子悠，听说她是最先帮助救助伤者的医生，目睹了全过程。

宋子悠却对记者的声音充耳不闻，只是看着二楼的东侧窗户。

她的耳边声音嘈杂，脑子里只有那个陆纬的模样。她的手脚冰凉，却坚持站在那里，几乎快要站不住了。

也不知道过了多久，洒水车也赶到了，消防水管被接上。

宋子悠的眼睛忽然眨了一下，她好像看到二楼的东侧窗口有人影在晃动。直到那里出现几个消防员的身影，他们一个个顺着消防梯下来，其中还有一个伤者被运下来。

水流从顶层往下洒，火势被水流浇灌着，渐渐变小了。

黑烟滚滚，消防员和伤者成功脱离现场。四周响起掌声。

宋子悠却紧紧盯着走在最后面的那个男人。

无论任何时候，他都和别人不一样，她一眼就能认出来。

宋子悠跑上前，瞪着几人。

陆纬掀开面罩，从她身边走过。

宋子悠声音沙哑地说："你们，都安全出来了……"

陆纬点点头，没说话。

宋子悠张张嘴，忽然走到一边，从救护车上拿下来一瓶矿泉水，又一瘸一拐地走过来，递给陆纬。

陆纬正在平复呼吸，见到那瓶水，低声说道："谢谢。"

他将水从自己的头顶往下浇。水流如注，他眯着眼，却在水流中看到一双受伤的腿，那双腿上缠着纱布，但血渗了出来，原本的长裙也撕开一道口子，少了一大截。

陆纬一怔，对上宋子悠的目光。

两人的脸上都有黑色污渍，他的皮肤黝黑，她的皮肤却是白皙的，她的眼睛在这一刻尤其明亮。

陆纬说："你受伤了，你现在应该在医院。"

宋子悠缓缓笑了："我没事。"

两人身后的酒楼，火势已经扑灭了大半。

3

这天晚上注定不平静。

宋子悠回到队上，简单用清水将身上擦干净，给自己泡了一碗泡面，就坐在床边发呆。

她脑海里轰轰的，好像到现在还能听到噼里啪啦的声音，还有那些人的尖叫。眼前一阵阵发花，好像火苗就在自己面前。

还有，她从医院出来时，刚好看到肖绍的父母和陈思思匆匆从车上下来。肖绍的命是挽回了，但人已经被烧得面目全非。

宋子悠刚想到这里，门板上就响起叩叩两声。

"宋子悠，你在吗，我是陆纬。"

宋子悠起身去开门。

陆纬立在门口，手上拿着一个饭盒。

宋子悠问："有事？"

陆纬"嗯"了一声，将门板完全推开，越过宋子悠进屋了。

宋子悠却愣住了，她没请他进来啊。

陆纬将饭盒放在桌上，扫了一眼她的泡面，说："厨房今天的伙食不错，我给你带过来点儿。"

宋子悠一时也不知道该说什么才好，沉吟道："哦，谢谢，可我有泡面。"

"刚好，我也很久没吃泡面了，这碗就给我吧。"

陆纬没等她回应，就端起泡面，坐在椅子上，掀开泡面盖子开始吃起来。

宋子悠有点儿傻眼。

陆纬吃了两口面，又看了一眼傻站在门口的宋子悠，说："饭盒是新买的，我没用过，不脏。"

宋子悠忽然觉得脸上有点儿热。

她没有忘记，陆纬把她之前的那个饭盒捡回来之后，她把它扔掉了，后来她还告诉陆纬，她嫌脏。

宋子悠一言不发地走到桌边，打开饭盒盖子，里面是两道素菜。

陆纬说："你有伤，不能吃荤的，这两个菜应该没问题。"

宋子悠拿起自己的勺，将菜送进嘴里。

接下来那十分钟，宋子悠一句话都没说，就坐在床头吃饭。她吃得太急了，吃到一半的时候还噎着了。

陆纬倒了杯温水递给她。

宋子悠接过来，把水喝了一半，还是打嗝儿。

陆纬叹了口气，在宋子悠又要喝水的时候，抬手握住她的手腕。

宋子悠一愣。

陆纬说："喝一大口水，分七次咽下去，这是医学常识，你应该知道。"

宋子悠没吭声，转而喝了一大口水，分七次咽了。

她很快就不打嗝儿了，放下水杯，继续吃饭。

宋子悠默默地把一盒饭菜都塞到胃里，她吃得很饱，也很满足。

宋子悠问："你够吗？我还有卤蛋。"

陆纬将泡面碗放下，说："我已经吃过晚饭了。"

"那你还吃泡面？"

"不想浪费。"

宋子悠没说话，起身将饭盒洗干净，拿出来又擦了一遍，递给陆纬。

陆纬却没接："你留着用吧，是新的。"

宋子悠一顿。

"还是嫌脏？"

"不是。"

"你上次把饭盒扔了，不是没得用吗？"

宋子悠又是一顿，原来他注意到了？

自从上次扔了饭盒，她就懒得再买新的，每次都用食堂的餐盘。

宋子悠愣愣地将饭盒放在桌上。

陆纬说："我听说你今天在爆炸前离开酒楼，除了腿上的伤，还有没有其他地方受伤？"

宋子悠回过身来，摇头："其实腿上也是皮外伤，过几天就会好。"

陆纬瞅着她："那么心里的伤呢？"

宋子悠愣住了。

"你是医生，应该比我更清楚，今天你经历这场爆炸，可能晚个一两秒钟结局就会不一样，你也看到了我们救出来的人有一个已经烧得面目全非。你打算什么时候约心理医生？”

宋子悠停顿了一秒：“我自己就是医生，有没有心理问题我自己很清楚。那个严重烧伤的是深二度烧伤，我离开医院的时候看到他的家属来了，要不是他是我以前医院的老板，我也认不出来那个人就是肖绍。”

陆纬皱了皱眉，问：“今天在酒楼里到底发生了什么？”

“肖绍威胁我，让我过去见他一面，我们发生了争执，我戳中了他的眼睛，跑到大门口，但是两个服务生把我拦住了。你那个兄弟张超把我放了。我刚跑出酒楼，爆炸就发生了。张超和那两个服务生是被爆炸的冲击力弹出酒楼的。”

陆纬安静地听着：“爆炸过后，人的身体无法第一时间适应，会出现耳鸣、晕眩等症状。”

“的确。我过了好一会儿才缓过来，看到门口躺了三个人，我怕会出现第二次爆炸，或是有东西砸下来，便把他们拖到安全的地方。”

“你一个人？”

“开始是，后来有人帮我。有一个还是晚了一步，玻璃砸在那个人的身上。如果我不是医生，第一时间知道该怎么做，还有其他人帮我去药房买药，那个人肯定等不到救护车来。”

“可你有没有想过，你对爆炸现场没有经验和评估的能力，你贸然就冲上去救人，如果那块玻璃砸中的是你，现场就会连唯一一个能救人的医生都失去了。”

“我当时没想那么多，再说我以前参加救援队的时候，遇到比这个更棘手的灾难，我们也要冲进去。”

一阵沉默。

陆纬没什么表情，但他的眼神却不能苟同。

“如果你下次还是这样一意孤行，违背命令，你这样的性格恐怕不适合留在队上。”

宋子悠一怔：“你要让我离开？”

“我绝对有这个权力打报告。”

宋子悠没说话，咬了咬牙，将几乎要冲口而出的话咽了回去。

陆纬又道：“除非你能跟我保证，绝对服从命令和安排，无论情况多危急，也要先保障自己的安全，无论是消防队的队医还是救援队，这都是最基本的常识。别忘了，我的职权是可以给队上所有人写评语的。”

宋子悠有点儿生气，可是不能反驳。

“好，我保证。”

“光是口头保证还不够，等到下次出任务，我会注意你的言行。”

宋子悠吸了一口气：“好，麻烦陆队监督。”

陆纬这才扯了扯唇角，站起身：“有时间记得约心理医生。”

“我刚才说过了，我是医生，如果有这个需要，我会去看。”

“即便是心理医生，遇到心理问题也是需要别的心理医生为他辅导的。”

“好，那就等下次心理专家来队上辅导的时候，我跟着大家一起去吧。”

“这不一样。我们是经过专业训练的消防员，我们深入火场，每个人的经验都非常丰富，但你今天是九死一生，你必须立刻接受心理辅导。如果你违背我的命令，这件事我同样会写到你的评语里。”

宋子悠闭了闭眼，有一瞬间快要气得原地爆炸了。

但她知道，自己只能忍：“好，我服从陆队的命令。”

陆纬笑了：“既然如此，我就不打搅宋队医休息了。”

陆纬转身往门口走。

宋子悠盯着那副宽肩，还是不服气，等到他一只脚都迈出去了，这才问：“你坚持让我去做心理辅导，请问这是你的经验之谈，你在尽一个队长的责任，还是你认为我需要看？”

陆纬脚下一顿，侧身看她。

“刚才你跟我描述了事发经过，记得吗？”

宋子悠记得，但她没想到陆纬跟她问起事发经过的目的是这个，她根本没防备。

“讲出来了是不是舒服点儿了？希望你能用刚才跟我描述的方式去和心理医生好好沟通，明天的假我批了，我等你的报告。”

陆纬抬脚走了。

宋子悠靠回桌边，直勾勾地盯着空荡的门口，脑子一下子变得很乱，发现自己已经无法将艾小娴口中那个可能在火场中对宋子安出手的男人，和这个陆纬联系到一起了。

4

第二天，宋子悠约见了心理专家，进行了一次心理辅导。

宋子悠回到队上，包里还放着心理专家的评估报告，她打算待会儿就亲自拿到陆纬的办公室。

谁知宋子悠刚来到办公区，就被苗晓娟叫住了：“上回来队上找你麻烦的那个女的，叫陈思思的那个，她又来了！”

宋子悠一愣：“人呢？”

“在会客室，她这次来指名要找领导，陆队正在接待她，我看那个架势好像是要告你。”

宋子悠谢过苗晓娟，抬脚就往会客室走。

宋子悠来到门口，抬手敲了敲门。

陆纬的声音传出来：“请进。”

宋子悠推门而入，看到的是正对着门口坐的陆纬，以及坐在他对面正背对着门口的陈思思。

宋子悠把门关上，来到桌边。

陈思思正在啜泣，听到动静，有些后知后觉地抬眼看向来人。在看到宋子悠的刹那，从呆愣到愤怒，不过两秒钟。

陈思思扶着桌站起来："宋子悠，你怎么还有脸出现！"

宋子悠顿了一秒，问陈思思："肖绍的伤如何了？"

"要不是因为你，他也不会搞成那副样子！我告诉你，我今天就是来检举你的，你不要以为昨天的事故你能脱得了干系！"

宋子悠皱着眉，越发不明白陈思思的逻辑了。

这时，陆纬开了口："陈小姐，请你冷静，先坐下来。"

陈思思又坐回椅子上："陆队，你今天必须给我一个说法。"

"陈小姐，事故因何而起，相关部门正在进行调查，等调查之后，真相自然会大白。如果你一定要我表明态度，我只能告诉你，我绝对相信宋队医与此事无关。而且她在爆炸之后第一时间去救人的视频也被路人放到了网上，你可以上网看看。"

"那为什么酒楼里只有她没事，只有她赶在爆炸前出来了！"

"除了宋队医，当时出来的还有酒楼的老板张超，但他至今仍在逃逸，下落不明。宋队医出来后酒楼发生爆炸，只是时机上的巧合，这件事昨天宋队医回来之后，已经第一时间跟我做了汇报。而且整个事情的经过，还有两位服务生和酒楼老板张超可以做证。"

接下来几分钟，陈思思持续地胡搅蛮缠，要把责任推给宋子悠。

宋子悠几次都想开口说话，但被陆纬用眼神警告，令她憋了回去。陆纬坚持自己的态度，把事实讲清楚，令陈思思根本无机可乘，最终还是无功而返。

陈思思临走前还愤恨地看了宋子悠一眼，说："宋子悠，你别以为这事儿能就这么算了，我不会放过你的！"

宋子悠莫名其妙地目送陈思思离开。

陆纬转而看向宋子悠，说："这个陈思思的态度是很极端，这种时候，你不要和她一般计较，那样只会激化矛盾。"

"你的意思是我要保持沉默，任由她污蔑我。"

"保持沉默不等于任由污蔑，这只是表达清者自清的一种态度。"

宋子悠笑了。

陆纬问："你笑什么？"

"我从小到大，还没有一件事是靠清者自清解决的，面对污蔑，无理的指控和舆论，保持沉默只会激发出对方心里更深层的恶意。"

陆纬看着宋子悠片刻："看来你在这件事情上吃过亏。"

宋子悠绷着脸，没说话。

陆纬又扫了她一眼，走了。

事实上，宋子悠根本没把陈思思的威胁放在心上，陈思思就是个纸糊的老虎，不足为虑。可宋子悠没想到，这次陈思思是认真的。

网上疯传着宋子悠当时的救人视频，很多人都在夸宋子悠是中国好医生，还有很多人在说，幸好当时有个医生在，不然这三个人也要完蛋。

结果这事还不到两天，网上就披露了一系列宋子悠的绯闻，接着还冒出来所谓的宋子悠以前的"同事""同学"，说她个人生活作风有多乱，说她以前的医德是很有问题的，这次不排除是在趁乱作秀。还有人爆料说，这次酒楼爆炸内情非常可疑，不排除和逃出火场的宋子悠有关，所以她才选择留下来救人，试图用这件事替自己洗白。

各种说法一下子涌了过来，还激发了网上一群键盘侠和喷子，在抨击宋子悠。

宋子悠最初看到这些消息，人一下子就蒙了，紧接着就是愤怒。

宋子悠的微博很快就被淹没了。

她为自己澄清，说出事实，但是越来越多的人说她是在作秀，说她生活作风不检点，说她不配救人，说她那天救人撕掉自己的裙子的行为就说明了她的本质是一个怎样的女人，等等。

宋子悠也是因此才意识到，原来有些人判断一件事的逻辑是可以荒谬到这个地步。

还有很多人要求消防大队给个说法，拒绝让这样的人来参加一线救援工作。

直到被宋子悠第一时间救过的两个服务生之一，死于术后并发症后，网上又开始掀起风浪，很多人都在说是宋子悠第一时间采取急救的措施不当，这才给后面的手术留下隐患。

但是也有很多学医的专业人士跳出来说，宋子悠只是在尽一个医生的责任，换作自己也会用这样的方式。

网上展开了激烈的骂战。

有关部门也在积极调查事故，酒楼厨师的证词也被放到网上，说是当天事故起因是瓦斯爆炸。

消防队的视频采访也上了电视，公开表态这次的事故和酒楼的消防安全没有做到位有直接关系。

酒楼的图纸也不知道被谁放到网上，很多建筑系的专家也都跳出来表态，称这份图纸的消防防火建设做得非常不合理，一旦出事就会酿成大祸，会有一大批人因为逃生通道的问题而被困死在里面。

这下，原本在抨击宋子悠的键盘侠和喷子们又不约而同地改了口径，一拥而上抨击酒楼。

宋子悠经历了一场网络暴力，一切都像是在做梦。

队上的人都在安慰宋子悠，所有人都表示相信她，宋子悠很感激大家。唯有陆纬没露面。

苗晓娟说，陆纬这一天半基本都在有关部门做工作，跟上级汇报当日情况，要把这些东西落实在笔头上，还要去接受媒体的采访。

宋子悠翻开手机微博，看到下面那些骂她的人，又想起陆纬那天说的话。

他提醒她，要保持沉默，清者自清。

她却认为，真相不是沉默就能带来的。

可是结果呢，她所说的真相没人相信，她说什么都是在替自己开脱，就像杀人犯都说自己没有杀人一样。

第五章　悬疑重重

1

宋子悠再见到陆纬，已经是隔天的下午。

宋子悠去医院看望宋子安，从护工口中得知这几天艾小娴都没有照面，只说一直在外地出差，赶不回来。

正好这几天宋子悠因为酒楼爆炸事件也没脱开身，等一切尘埃落定之后，宋子悠在宋子安住的医院的走廊里见到了陆纬。

几天没见，陆纬还是老样子，不苟言笑的表情，淡漠的眼神。

宋子悠安静地站在那里，脑子里却飞快地旋转着各种各样的信息，直到陆纬朝她走来。

他第一句就是："网上的谣言已经平息了，你可以安心工作。"

宋子悠一怔："我知道我不应该去回应网上那些键盘侠，他们既然抹黑我，就不会相信我说的话。"

"你现在知道那么做是自讨没趣了？"

"可是我也不同意你说的'清者自清'，如果什么都不做，清白就能从天而降，陆队也不需要为我周旋了。我应该感谢你。"

"不用客气。"

"该谢还是要谢的，不如我请你吃饭吧？"

陆纬轻笑一声："你这是在贿赂上级。"

宋子悠顿了两秒，只好把话题转移开："对了，你怎么会在这里，来看谁？"

一阵沉默。

陆纬眼里划过一些她看不懂的色彩："其实我应该早点儿想起来的，不过你和小时候变化很大，我一下没认出来。"

宋子悠完全愣住了。

事实上，这样的场景她也曾不止一次地想过，所以当这一刻真的来临时，她才没有慌乱，反而还庆幸自己一早就想好了说辞。

"我来队上见到你的时候，也觉得你很眼熟，但你改了名字……我也是后来才想起来应该就是你。"陆纬扯扯唇角说，"子安，他还好吗？"

"怎么样才算好呢？他的身体各项体征都在正常范围之内，但是人就是醒不过来，他的主治大夫和我都不知道他什么时候会醒，还会不会醒。"

两人边说边来到宋子安的病房，陆纬站在床边，安静地坐了一会儿。宋子悠见状说："我要出去一下，你陪着他吧。"

宋子悠很快离开病房，但并没有真的走远，她就站在房门外，不动声息地观察屋里的形势。

如果艾小娴的估计是事实，那么陆纬心有愧疚的话，他会不会趁这个机会和宋子安说一些忏悔的话呢？

宋子悠就那样屏息地等着，直到陆纬突然掀开宋子安的被子一角，进而抓住宋子安的手，开始给他按摩虎口。

陆纬的手法很准确，按的都是穴位。

宋子悠这时走进屋里，故意问道："你在做什么？"

陆纬说："反正闲着也是闲着，我帮他按两下。"

"辛苦了，陆队。"

宋子悠坐在凳子上，看着对面的陆纬，忽然说："意外发生的那天，我听说进火场救人的是你。你能不能和我说说那天的情形？”

陆纬抬起眼皮，刚要开口说话，这时门口却传来细微的动静。

一个女人的声音响起：“子悠，你来啦？”

进来的正是艾小娴，捧着一束花进来：“你看，今天的花很新鲜，就是我和你哥常去的那家……”

只是话还没说完，就看到了坐在病床另一边的男人。

艾小娴先是一愣，面上和眼里划过诧异。

“陆……呃，你也来了。”

陆纬站起身：“嗯，来看看子安。”

艾小娴站在那里有点儿手足无措，直到她撞上宋子悠的目光，这才走到桌边，将花插到花瓶里。

陆纬说：“队上还有事，那我先走了。”

宋子悠也跟着站起身。

艾小娴的声音却响起了：“好，那你就先回吧，工作要紧。”

宋子悠诧异地看了两人一眼，她甚至产生某种错觉，好像对艾小娴来说，陆纬并非只是大学同学那么简单。

陆纬离开病房，宋子悠又坐了回去，开始观察艾小娴的动作。艾小娴接着插花，背对着宋子悠问：“子悠，你来多久了？”

“不到一个小时吧。”

“你们是一起来的？”

“不是，刚好遇到。”

“他知道你是子安的妹妹了？我记得，你一开始说过，你想隐瞒这件事去他们队里，用队医的身份再慢慢调查那天的事。”

宋子悠越发觉得古怪了，说：“被他发现了。”

艾小娴动作一顿：“他发现你要查那天火灾里的事了？”

“那倒没有。”

“哦，那就好……花插好了，那我先去洗手。”

宋子悠笑笑，没说话。

宋子悠返回消防队，那一路上她都在想艾小娴的异状。

往常的艾小娴无论做什么，说什么，都好像很轻松，很游刃有余。但今天，艾小娴却在不安。

宋子悠记得，艾小娴在一开始和她描述火场里的情形时，她说的是最初看到一个消防员来救人，和宋子安起了争执，两人推搡了几下。那时候艾小娴没有看清是谁，那消防员戴着防火面罩，后来知道是谁却是一惊，因为那个消防员正是宋子安大学时的哥们儿陆纬，但后来不知因为什么事，两人友情破裂，陆纬还因此被学校开除。

那天，艾小娴和宋子安是分别被救出火场的。艾小娴先出去，宋子安后出去，等艾小娴在外面看到宋子安时，宋子安已经昏迷不醒了。从宋子安和陆纬互相推搡，到宋子安昏迷，这期间发生过什么，因何发生，艾小娴都一概不知。

但艾小娴怀疑这件事和陆纬有关，因为据说陆纬当初被开除，和宋子安有关。

也是因为艾小娴如此引导，宋子悠才决定到消防队内部进行调查，试图找到陆纬害宋子安变成植物人的证据。

只是宋子悠不明白，如果艾小娴怀疑陆纬在火灾现场对宋子安做了什么，为什么见到陆纬，艾小娴却一点儿都不激动，没有指责，没有下逐客令，反而对他还很客气?

宋子悠越想越奇怪，越想越觉得，也许从一开始就是她想简单了。她总是在追究陆纬是如何害了宋子安，却从没有想过这里面的动机和原因。

也许，等她搞清楚当年到底发生了什么，会帮她看清整件事。只是，她该从哪里查起?

2

宋子悠先翻找了一遍宋子安的同学通信录，她发现其中几个名字是她比较熟悉的。

宋子悠凭着记忆将几个名字圈了出来，先给其中一个叫韩冲的男同学打了电话。

韩冲以前是宋子安的大学室友，毕业后没有做建筑行业，反而跑去下海做生意了，这几年发了家，在同龄人当中算是收入颇丰的。

只是宋子悠并不知道，当初在他们上大学的时候，韩冲第一眼见到宋子悠，心里就扑通扑通地跳。可惜有宋子安的保护，韩冲根本没机会接近她。

可想而知，多年后韩冲接到宋子悠的电话时，他的内心得有多激动。

宋子悠问他哪天方便，请他吃饭，有事想问，韩冲哪敢说没时间，喜不自胜。

一照面，韩冲的心都要从嗓子眼里跳出来了。

几年不见，宋子悠还是那么漂亮。上次见面，她还是刚破土的小春笋，如今已经是一朵带刺的玫瑰了。

韩冲坐下来，笑了一下："子悠，好久不见。"

宋子悠说："这么冒昧把你约出来很不好意思，我不会耽误你太多时间，就想问一点儿事。"

"不耽误不耽误，你有什么要问我的尽管问，我今天一天都有时间。"

宋子悠直接就把话题带入正轨："我想请问，你和我哥在大学时期一直都是一个宿舍吗？"

"是啊，当然是。"

“那你们宿舍里是不是有一个男生，名叫陆纬的？陆是大陆的陆，纬是经纬的纬。”

“陆纬啊，他是和我们一块儿的，不过后来退学了，你怎么问起他？”

韩冲心里渐渐凉了。

当一个女人和一个男人打听另一个男人的消息时，基本上就等于宣判了这个男人的死刑。更何况，宋子悠问的还是陆纬。

当年在学校，有一半女生为宋子安痴迷，另一半女生就默默喜欢着陆纬。韩冲和另外一个室友的心每天都是拔凉拔凉的，他们为这两个浑蛋收了多少女生的情书和礼物啊，每一次都是在伤口上撒盐。

韩冲吸了口凉气，说：“陆纬没毕业就被我们学校开除了，因为犯了点事儿。这几年我们几个和他也没什么联系了。”

宋子悠追问道：“犯了什么事，方便说吗？”

“呃，你怎么想起问他的事？你哥没跟你说吗？那件事子安也是当事人，他应该是最清楚的。”

宋子悠犹豫了两秒才说：“其实我哥之前出了点儿意外，现在还在昏迷中，所以他是不可能告诉我的。”

“啊？子安出事了？前阵子我们哥儿几个聚会，小娴也没告诉我们这事啊。”

“我想，因为这也不是什么好事，所以她才没有告诉你们吧。哦，对了，既然你们和艾小娴都很熟，那陆纬呢，他和艾小娴熟吗？”

韩冲又是一愣：“咦，这事你不知道吗？”

韩冲支吾了两声，有点儿不知道该不该说，可是一看宋子悠专注地看着自己，心里跳得厉害，又想在她面前表现一下，便鼓起勇气道：“其实以前，艾小娴和陆纬好过，后来她成了子安的女朋友，所以子安和陆纬因为这事儿也有点儿嫌隙……”

宋子悠一下子就怔住了。韩冲的话每一句都像是一个巨大的问号，在宋子悠心里激起波浪。

首先，陆纬和艾小娴怎么看都不像是一个世界里的人，更不可能来电。那天在病房里陆纬的表现也很淡定自然，就好像见着了一个过去的校友，交情不深的那种。反倒是艾小娴有点儿反常。

其次，哥哥宋子安绝对不是一个会抢别人女朋友的男人，而且还是他好哥们儿的女朋友。

可话说回来，韩冲也没必要撒谎啊。

宋子悠问："请问这种所谓的'好过'，好到什么地步，是男女朋友吗？"

韩冲说："很多细节我也记不太清楚了，不过肯定不是男女朋友。"

"那怎么说好过呢？"

"那时候有过那么几次，学校里有其他同学见到他们俩人很暧昧的样子，但我是没见过，听说还有个人见到他俩抱在一起……"

宋子悠皱皱眉头，心里忽然有点儿不舒服。

"那后来呢？"

"后来艾小娴和你哥宋子安开始交往了，子安约我们几个人出去聚餐，还大大方方地把艾小娴介绍给我们大家认识。"

"那陆纬呢，他去了吗？"

"去了啊，那天晚上子安和陆纬基本上没什么互动，让人觉得很尴尬，我们可是拼命地在暖场，真的累死了！"

宋子悠又追问了韩冲一些细节，韩冲也透露，这两人在学校里都是尖子生、风云人物，两人还共同跟着一个导师处理过一个建筑工程的案子。但那件案子最后出了事故，学校也进行过调查，调查结果就是责任在陆纬，陆纬因此被开除了。

至于其中的细节，韩冲也不清楚。

但宋子悠的直觉告诉她，这两件事都和后面的冲突有直接或者间接的关系。

宋子悠给韩冲留了一个联系方式，请韩冲帮她追查当年在学校里的事情，多问几个同学帮她打听，包括支小娴和那个案子。

韩冲一听这话，就知道以后还能借机和宋子悠见面，自然也知道要好好表现，一定会在这件事上尽力打听。

3

宋子悠没有多待，很快就回到队上，只是刚来到办公区，就被苗晓娟拦住了去路。

苗晓娟小声跟她说："子悠，你知道吗，陈思思把你给告了！"

宋子悠愣在那儿了。

陈思思把她告了？告她什么呢？之前网络上那些键盘侠对她施展暴力，她还没有反过来追究陈思思的责任呢，陈思思竟然反过来告她？

宋子悠问："告到哪里了？"

"就是咱们消防总局，不过我想问题应该不大。刚才你不在队里，总局来人找负责人问话，陆队已经出面帮你解释过了，我看应该没事。"

宋子悠又问："那陈思思到底告我什么，还是和肖绍有关？"

"哦，她说你作风不正，说咱们队也风气不正……"

宋子悠的火儿已经烧到了嗓子眼儿，又和苗晓娟闲聊了两句，便来到办公区的消防队长办公室。

宋子悠立在门前，吸了口气，抬手敲了两下门板。

"请进。"

宋子悠推门而入，看到陆纬正坐在办公桌前，电脑也是打开的，他好像正在打报告。

宋子悠来到桌前，扫了一眼桌上的资料和文书，不动声色道："不好意思，陆队，我又给你和队上添麻烦了。"

陆纬挑了下眉："你过来是专门跟我说'不好意思'的？"

"也不全是，我还想为那些污蔑我的谣传澄清一下，这样万一总局的人再来调查，你也知道怎么跟他们交代。"

陆纬点了下头："也好，先坐吧。"

宋子悠坐下，陆纬将资料递给她。

宋子悠接过来一看，资料里有几个男人的照片，有西装革履的社会精英，还有一头卷发的艺术家，以及身穿白大褂的医生。

宋子悠说："这三个男人我都认识。"

陆纬没什么表情："那你就简单聊一下情况，其实如果双方都是单身，好聚好散，上头也不会管得这么严，这又不是旧社会，正常的男女交往是不会和工作作风联系到一起的。"

宋子悠指着第一张穿西装的那个男人照片，说："这个男人，我和他交往过，他现在结婚了，我们的关系结束的时候，他还是单身。"

陆纬一怔："你们交往过？"

"三个月。"

"那分手原因呢？"

"男方劈腿。"

陆纬轻笑一声。

宋子悠问："陆队笑什么？"

"宋队医可不像是那种会被男人劈腿的女人。"

"你这是褒奖我吗？不过我想知道这些我的私事也和调查有关吗，总局的人也太闲了，什么都要问。"

"哦，只不过是话赶话说到这里，纯属我个人八卦随口问的。"

这回，宋子悠笑了："陆队也不像是那种会八卦女人情史的男人。"

陆纬没有接这个茬儿："你继续。"

宋子悠又指着第二张照片里那个艺术家打扮的男人，说："这是我一个朋友，我有一段时间和他学过画画，那时候他还是艺术学校的学生。"

“做医生的有时候比我们消防员还要忙，你还有时间画画。”

“这也是调查内容之一？”

“只是闲聊内容之一，宋队医可以不回答。”

宋子悠定定地看了一眼陆纬，偏偏就想和他对着干。

“我学画画纯粹是为了个人兴趣。”

“我还以为医生的业余生活会更丰富一些。画画不枯燥吗？”

“这就像是做手术，需要绝对的注意力集中，需要全神贯注。平日在医院经常会遇到突发情况，已经够刺激了，如果业余生活我还寻找热闹一些的节目，那我不累死了。如果陆队写报告需要的话，我下回可以从家里带两幅画过来，或者拍照片给你看，上面都有我的小签。”

陆纬缓缓笑了。

宋子悠定定地看了片刻，指着第三张照片说：“这位医生以前追求过我，不过我拒绝了。”

宋子悠就这样语速缓慢地介绍着，她的态度很真诚，也很平和。

直到宋子悠把能说的都说完了，陆纬也扯了扯唇角，端了一杯水给她。

宋子悠喝水的时候，陆纬重新坐下来，问道：“为什么每一次宋队医有麻烦事，都是和男人以及绯闻有关？”

宋子悠放下杯子：“陆队是什么意思？”

“如果每次都是雷同的事情，宋队医是不是也要想想会不会自己也有问题？”

“陆队所谓的‘问题’是什么？”

“就好比说，你对男人的拒绝态度不够明确，令男人以为还有希望，或者你总会吸引一些有问题的男人，会对你死缠烂打，而你又不知道如何止损。当然还有一种原因，就是你很会利用对你有好感的男人帮你办事，而你又没有在感情上对他们进行回馈，这样便引发了误会。”

陆纬的话有些不客气，也不好听，但是宋子悠却没有像是之前那样针锋相对。

陆纬接着说：“比如，你明明很厌恶肖绍，为什么他约你出去，你不拒绝？”

“因为我哥宋子安之前一直在惠仁医院的高级病房休养，那里环境干净，设备优良，而且在费用方面还可以给我们优惠，我当时也是在那里工作，或多或少可以多照顾一点儿。后来我帮哥哥办理转院，也是因为陈思思不依不饶，还威胁我要对我哥不利。”

陆纬怔住了，他完全没想到是这样的原因。

宋子悠抬起眼皮说道：“不过你刚才的建议，我会记住的，以后我也会注意。”

陆纬说：“好，关于陈思思威胁你的这段，我也会如实写到报告里，我相信会对你这次的调查有利。”

“谢谢。”

“客气了。”隔了一秒，陆纬又道，“该问的我都问完了，宋队医可以先去忙自己的事。”

然而，宋子悠刚站起身走到门口，又忽然想起什么似的：“对了，有个问题我也想问问陆队。”

“什么问题？”

“你刚才问我，会不会我自身也有问题，那么我也想问问陆队，为什么你每次牵扯的女人，都那么与众不同呢？”

陆纬一顿：“你指的是谁？”

“林桦、艾小娴。”

陆纬的表情很平静，眼神也很深邃，可他多一句解释都没有。

宋子悠也没有要追问答案的意思：“不好意思，我只是八卦一下随口问两句，我去忙了。”

话落，宋子悠就开门出去了。

门板合上，陆纬的目光依然定在那里，隔了两秒，笑了。

第六章　幽微情愫

1

陈思思上告宋子悠的事最终无疾而终，而且在酒楼爆炸的事件中，正是因为宋子悠的临危不乱和及时做出反应，才及时营救了三条人命，上级批示过后还决定对宋子悠和所在单位予以嘉奖。

这下，宋子悠成了队上的大红人，还有媒体前来采访，见宋子悠形象不错，更进一步邀请她上电视节目。

前来采访的女记者还想在队上参观一下，宋子悠便带着他们在队里走了一圈。

两人来到操场前，老远就见到陆纬带领队员们正在做基本训练。

阳光下，那些消防员身上的肌肉一块块纠结着，散发着古铜色的光泽，女记者看得入了神。

过了片刻，陆纬注意到她们二人，便抬脚走过来。

女记者上前打招呼："你好，陆队，我是咱们市电视台的记者，有几个问题我想采访一下你，请问方便吗？"

陆纬挑了下眉，又看了一眼站在树下纳凉，有些事不关己的宋子悠，问女记者："宋队医的访问已经结束了吗？"

"还有一点儿小补充，可能需要陆队你的意见。"

"好，请问。"

“请问陆队，你对那天宋队医的临场表现怎么看呢？现在网上呼声一片，都在赞扬咱们消防队的及时救援，和宋队医当时的行动，说把安全问题交给你们这样的同志，特别放心。”

“如果不是情况危急，其实是不主张宋队医靠火场那么近的，因为很有可能随时发生第二次爆炸。但是在那样的条件下，宋队医没有装备，明知道自己的生命会受到威胁，还是冲上前救下三名伤者，这一点的确非常难得。就算是我们消防员在有保护措施的情况下，也需要事先评估现场情况，才敢实施营救。”

女记者听得很认真：“陆队讲解得很清楚，而且你的形象和宋队医一样好，平时可以多上上电视类节目啊。其实我刚才也邀请过宋队医，不知道陆队的意思呢，二位是否有空？”

宋子悠终于有了动静：“其实无论是民间救援还是消防救援，都是我们的本分，我们做这些事的初衷并不是为了作秀。”

“我们台想请两位上节目，就是希望能多普及这些基本的消防防火和救援知识。”

宋子悠笑了一下，看向陆纬：“我要出席这样的节目，是需要单位领导批准的，还是问陆队吧。”

女记者也看过来：“那陆队的意思如何？要不这样，我先把我们节目的资料发给陆队看看，先不要急着拒绝。”

以宋子悠对陆纬的了解，像是这样的节目他肯定不会参加。

但宋子悠想不到，陆纬竟然说：“那就麻烦你先把资料发给我，我看过之后再联系。”

女记者就好像看到了曙光：“好，我这就发！”

等女记者离开，宋子悠这才匪夷所思地看了陆纬一眼：“你很奇怪，你竟然会考虑她的提议。”

陆纬轻笑一声：“你可以自己拒绝的，却要把借口推给我。”

宋子悠也跟着笑了：“那你呢，为什么不拒绝？”

“虽然消防队每年都会进行消防安全宣传，也呼吁市民们提高警惕，可是依然有相当高的伤亡比例是因为缺乏正确的逃生常识而导致的。酒楼爆炸这次的事最近引起了广泛关注，趁着大家都在热议的时候如果能好好宣传一下，让大家掌握一点儿逃生常识，也许未来的消防工作就会好做很多。”

“电影院在播放电影之前，都会先播放一段消防逃生的小广告，可是有多少观众认真看了，记住了？出事的时候，又有多少人真能遵守秩序安全逃生？你已经警告过你那个发小了，可他还是抱着侥幸心理想试一试……可见就算上这个节目用处也不大，大家只会把它当个娱乐消遣来看，非得真的出事的时候吃到教训了，才知道这些危险其实距离自己很近。”

直到宋子悠说完这番话，才发现陆纬正瞅着她。

“你还是和我第一次见你时一样。”

宋子悠愣住了：“你是说……”

“就是我抓住你和陆明一起卖考试答案那次。”

宋子悠脸上微微泛热：“那么久的事了，你提起来干吗？”

“我的意思是，你还是和那时候一样，看人看事都有点儿愤世嫉俗。”宋子悠并不同意：“到底是我愤世嫉俗，还是这个世界本就如此？每一个人都是出了事才知道害怕，对我们说的话都是‘我没想到后果会这么严重’。再往下问，平时他们也都看过政府的安全防护宣传，可是却没有一个人提高防范意识。”

“正是因为说了一百次都没有用，才需要再说第一百零一次。要是一家十兄弟，九个都犯懒，那么第十个更要加倍努力才行，否则这家人都要饿死。”

宋子悠安静两秒，笑出声：“这么老套的故事你还在讲。”

陆纬扬扬眉：“我本来就是个老套的人。”

上午的集训过后，到了中午，队员们吃完饭，又扎堆到浴室里洗澡。这里的公共浴室就像是大学时的男女生宿舍一样，只要大家聚到一起，就开始七嘴八舌聊八卦。

队上几个单身小伙儿依然是此次主要的攻击目标，从方义夫到底什么时候才能追上苗晓娟，到陈放相亲再度失败，再到张淳至今还没有展开初恋等。

陆纬是后来才进来的，队员们正聊到要和另外一个单位搞一次联谊活动。

陆纬站在莲蓬头下，仰着头，闭着眼，任由水流冲刷而下。

有人说："可别又是什么医疗单位啊，上次那个活动就挺尴尬的，那些当医生的都有洁癖，而且人家自己医院里的男医生那么多，内部消化都不够了，哪儿会看得上咱们消防员啊。"

陈放回答："医生也不全是你说的那样啊，你看咱们队那谁，宋队医，就挺好的，也没见她有什么洁癖啊，人也很好相处，笑起来还挺好看的……"

陆纬有一搭没一搭地听着，直到陈放说了一句什么"就瞧得上咱们陆队"。

陆纬睁开眼："什么？"

"陆队，难道你没发现吗，宋队医对我们跟对你不一样！"

方义夫接茬儿道："宋队医对我们就是对同事的态度，对你就是那种……哎，就是那种很特别的，特别针对的那种感觉。"

张淳也跟着说："我们都觉得，宋队医这是在曲线救国，想吸引陆队你的注意力，才特别针对你的！"

陆纬越听越觉得扯淡，关上水，只撂下一句："下午，绳索训练。"

众人一阵沉默，直到陈放率先发出哀号。

2

过了没两天，宋子悠接到韩冲的电话，说是问到了一点儿以前陆纬和宋子安在学校里的事。

宋子悠立刻排开所有私事，趁着一天倒休去见了韩冲。

韩冲见到宋子悠，满脸笑容，宋子悠却感觉不到丝毫轻松的心情，一坐下来就小心翼翼地问都打听到什么。

韩冲连忙拿出手机，把里面的几张照片传给宋子悠。

照片虽然不是高清的，但也能认出里面的人，是在某个山上，照片里的人都是爬山郊游的装备，有男有女。

宋子悠很快就找到陆纬和宋子安，以及艾小娴。

韩冲说："这是上大二的时候他们去爬山的照片，三天两夜，就住在山上。中间还出了点儿小岔子。我那次生病了没去，后来也没细问子安和陆纬爬山期间发生了什么，还是因为你之前来问我，我找到一个女同学问的经过。总之，艾小娴和陆纬传出来暧昧就是从这次爬山开始的。"

据那位女同学所说，爬山的时候是一男一女两两一组。

艾小娴和陆纬被分到一组，艾小娴走得慢，和陆纬这组算是比较落后的。最开始爬山时，天气还不错，爬到后半段的时候，老天爷突然摆脸子，下了一场小雨。

那个女同学和艾小娴一样走得不快，两组人落在最后面，加上艾小娴走到一半的时候，隐形眼镜也不知道怎么就掉出来了，看路都成了重影。陆纬便只好停下来，让艾小娴抓住他的胳膊，带着她踩台阶。

两组人到了太阳下山后才就着手电筒的光，走完最后的一小段路，登顶已经是晚上七点了。等上了山，两组人各自回屋，女同学才发现艾小娴脚上磨出了好几个水泡。

晚上，有人敲门了。

女同学开门，门口的人没有进来，只是交给她一瓶特效药膏。

艾小娴问药膏是谁送来的。

女同学说："还能是谁，关心你的人呗！"

听到这里，宋子悠跟着问："药膏是陆纬送的？"

韩冲说："是和那个女同学一组的男同学送的，不过当时艾小娴也没追问名字，女同学也就没说。"

转眼到了第二天，仍是两两一组。

艾小娴因为脚上有伤，不能走远路，就打算同几个负责伙食的同学一起留在营地里。

那一整天，陆纬和艾小娴的互动都不多，陆纬那边和几个男生做别的工作。艾小娴走路一瘸一拐的，也被几个女生要求多休息，或者做一些择菜的工作。但据那个女同学说，艾小娴还是好几次要给男生们端水送茶。

同样的一天，宋子安和一帮同学探险了好几个有趣的景点。宋子安是组长，在他的率领下所有人都玩得很开心。也就是说，在这三天两夜的爬山露营活动里，宋子安和艾小娴还没有什么交集。

宋子悠又翻看了一遍手机里的照片，发现其中几张抓拍到的艾小娴，目光都是朝着陆纬的方向的，陆纬只是专心做自己的事。

宋子悠说："如果只从照片上看的话，好像是落花有意流水无情。为什么从露营回来之后，两人之间会有暧昧的传闻？"

韩冲说："那就不太清楚了，那女同学和我们不是一个班的，回来之后她也没再关注过这件事，她还说听到学校里的传闻觉得很奇怪呢。"宋子悠不说话了。

韩冲说："要不这样，我再找别人问问？"

"好，那就麻烦你了。"

韩冲答应宋子悠继续去打听后续，宋子悠没有多留，很快回到队上，只是刚回到医务室，就接到一个通知，说过几天有个电视节目采访，需要她和陆纬一起录播。

宋子悠转身就去陆纬的办公室找人，一进门就问："你答应电视采访的事了？"

陆纬正在整理桌上的资料："电视台那边会打电话过来提醒一些录制要求，比如服装、资料准备之类的，还需要对一下稿子。"

"你答应采访是你的事，为什么要连我的主一起做了？"

陆纬反问："我记得宋队医之前说过，你要出席这类节目，是需要单位领导批准的。我考虑过这个节目对社会可以做出一些贡献，就批准了。怎么，有问题？"

宋子悠完全想不到陆纬会愿意出现在电视镜头前，半晌没说话，忽然发现陆纬和她认知里的模样有些偏差。

宋子悠不由自主地陷入沉思，直到陆纬再度抬眼："宋子悠？"

宋子悠这才醒过神："哦，我服从领导的安排，我会做好准备。那如果没别的事，我先出去了。"

陆纬点点头，看着宋子悠心不在焉地拉开门，离开办公室，队员们那些开玩笑的话也在这一刻涌入脑海——

"我们都觉得，宋队医这是在曲线救国，想吸引陆队你的注意力，才特别针对你的！"

陆纬自嘲地笑了。

3

节目录制的那天很快来到，宋子悠和陆纬一早就和编导对好词，到了现场，利用化妆的时间又对了一遍。

只是到了后半段出了点儿小岔子。

因为编导提出了一个值得讨论的话题，也是本期节目的重点，便是在遇到类似酒楼爆炸的事件时，具有专业临场救护经验的医生或者救护人员，是否要在毫无防护和后援的前提下贸然上前救人?

陆纬是反方，宋子悠是正方。

两人在化妆室里就杠上了。

宋子悠认为当时的情况没有第二种选择方案，她作为医护人员，也参加过救援队，是不可能袖手旁观的，这严重违背了她的专业素养和从医的信念。

但是陆纬却说，宋子悠没有任何根据可以判断在她冲上前救人的刹那，不会发生二次爆炸，就算他是一个消防员，也不能百分百肯定这件事，她凭什么?如果当时二次爆炸刚好发生在她冲上去的时候，那么消防队赶到时，首先要处理的就是自己同事的生命问题。

这件事在化妆室里没有讨论出一个结果，编导见两人如此针锋相对，唇枪舌剑，好不容易才找到空隙通知两人，要开始录制节目了。

宋子悠和陆纬只好按捺住这一回合没有争出输赢的情绪，留到节目里再说。

节目录制开始，宋子悠按照主持人的要求，做了简单的救护知识的普及和救护常识的演示，然后当主持人问宋子悠是否建议民众在遇到危险也这样效仿时，宋子悠却笑了一下，说：“不建议。”

主持人问为什么。

宋子悠说："我刚才做的是我受过医学院的专业训练，和参加过多次救护行动之后的成果展示给大家的。俗话说隔行如隔山，民众们只是在屏幕中看到我这样演示，看似简单，就会误以为自己学会了，但这完全是建立在不能清楚判断器官的准确位置的前提下。而且每个人的身体情况不同，成年人和小孩子的情况又不同，我这样简单的演示遇到不同的患者就需要不同的调整方式，所以我不建议民众们效法。"

主持人说："原来如此，非常感谢宋医生的讲解，那么接下来，咱们再来讨论一下这次酒楼爆炸的事件。"

宋子悠和陆纬在化妆室没有争辩出胜负的话题，又被搬到了节目上。主持人说："我刚才听编导说啊，其实二位在化妆室里就已经讨论过这件事了，二位还有分歧。陆队作为消防队队长，据说你是非常反对宋队医当时的做法的。可是就我所知，宋队医当时的判断，令她及时救助了三位伤者。"

陆纬如此回答道："如果是救护团队和消防团队均已到场，现场指挥也做出了合理的安排，救护人员和消防人员都有防护措施的情况下，我非常赞成宋队医冲上一线帮忙救人，但前提是一定要有消防队员帮忙评估现场火势。否则一旦发生意外，宋队医非但救不了人，还会成为伤者的一员，那么就整个情况而言，救护人员少了一个帮手，这个帮手原本可以在整个救援行动中救下不下十位伤者，却因为她也成为伤者而令最少十个人失去第一时间得到救助的机会。"

"我的判断很简单，国家要培养一名临场发挥优秀的救护人员，或是一名消防人员，需要五年以上的时间，这里面还要花费大量的人力物力。国家培养这些人才为的并不是个人英雄主义，也不是让这些人才在关键时刻去用生命冒险，而是尽可能地从大局上控制伤亡数字，成为一线救助的主力军，尽可能地降低损失。所以，无论是救护人员还是消防人员，在救人之前第一件事要做的就是自我保护，不要给同伴添麻烦。”

听到这里，主持人刚要发问，没想到宋子悠却先一步开口了：“那么请问陆队，如果我当时不上前救人，等你们赶来现场再做判断，那三位伤者的生存率就会大幅度降低，到时候该怎么办？责任谁来负？”

陆纬说：“我的回答是，该怎么办就怎么办，医护人员尽到救死扶伤的责任，我们消防队也尽到扑灭火势，将围困在火场里的伤者救出来的责任，而不是逞一时之能。至于你的第二个问题，责任谁来负——遇到这种情况，我们最忌讳的就是将责任胡乱扛到自己身上，酒楼爆炸是因为酒楼的消防存在严重违规，这个是酒楼老板、建筑公司和施工队的责任，相关部门进行调查后自然会去处理。伤害已经造成了，我们存在的意义只是尽可能地降低伤害，从而利用有效的宣传方式令民众们明白，水火无情，不要存在侥幸心理，希望大家都能吸取这次的教训，不要再让类似的事件发生。”

宋子悠一直看着他。

两人的目光隔空相交，由于相隔一段距离，谁也看不清对方眼里的情绪。只是不知道为什么，宋子悠这次却没有反驳陆纬，仿佛还笑了一下。

下节目后，主持人亲自来邀请陆纬和宋子悠，说这期节目的效果非常好，保证播出后会引起广泛关注，如果有可能的话，还希望两位继续来录制第二期。

但陆纬却没有给明确回复，只说到时候会考虑，很快就和宋子悠一起离开了摄影棚。

两人一起上了陆纬的车，宋子悠等车子开上大路，说：“我一直以为，你是因为想当英雄才做的消防员，原来不是。”

陆纬有些诧异：“为什么我会给你这样的感觉？”

“你就是给了我这样的感觉，不可一世，不苟言笑。我之前还想过，你这样的人就是个人英雄主义的奉行者，怎么会做上消防队队长的呢？”

陆纬也跟着笑了：“看来，你对我的确有误解。”

“刚才录制节目的时候听到你那么说，也算是解除了我一部分误解吧。”

隔了一秒，宋子悠又道：“不过你对我也有误解。”

“怎么？”

“你刚才说，我是因为个人英雄主义才去救人。”

“难道不是？”

“之前在队上进行火灾常识培训的时候，我清楚地记得你说过会发生二次爆炸的几个可能性，所以我在冲上去之前也做了判断。我认为百分之八十的可能，在我上前的那几分钟不会发生二次爆炸，但是如果我再晚一点儿，那三个人就会有生命危险。”

陆纬没接茬儿，利用等红灯的时间看向宋子悠。

宋子悠顿了两秒，又道：“我知道，我小时候很叛逆，你对我的印象一直停留在那个时期。我现在就可以告诉你，我绝对不是一个耍个性、不负责任的队医。我非常懂得团队协作的重要性，也绝对服从组织的安排，所以也请陆队放下对我的成见，尽量客观地来评价我。”陆纬轻笑出声。绿灯亮起，他再度发动车子：“好，我为我之前的主观认知对你表示歉意，很抱歉，以后我会注意。”

“彼此彼此，我也有不对的地方。以前老跟你顶着来，也有我的不对，我以后也会注意我的态度。”

很奇妙，要不是因为这次节目录制，两人都不可能把自己心里的认知说得那么详尽，也幸亏这次节目录制，两人才能开诚布公。

宋子悠也是到这一刻才愿意承认，原来偏见是会造成误解的。而偏见，也错误引导了她之前的判断。

起码这一刻，她绝对相信，陆纬不是那种会在火场中趁机对宋子安下毒手的人。

4

没几天，韩冲又来约宋子悠吃饭。

韩冲很快就开始讲起这次打听到的故事内容，自然故事的主角还是陆纬、宋子安和艾小娴。

故事是从他们露营之后回来开始讲起的。

一行人回来没多久，当时和艾小娴住在一个露营房间里的女同学，有一次下午下课之后发现课本落在教室里没有拿，她就又折了回去。女同学刚走到教室门口，就听到里面传来艾小娴有些委屈的声音："……为什么你要送我那瓶药膏？"

回答她的是一个男生的声音："什么药膏，我不知道。"

听到这里，宋子悠一怔，追问韩冲："你的意思是，当时在教室里的是陆纬？"

韩冲点头说："那个女同学走之后，后来还有别的同学回了教室，刚好看见艾小娴被陆纬抱在怀里，两人可暧昧了，他们的谣言就是这么传开的。"

"我不明白，既然药膏不是陆纬送的，他也说清楚了，怎么还会抱在一起？"

"可能是艾小娴当时告白了吧？她是个大美女，当时在我们学校还评选过校花呢，很多男生都喜欢她。"

宋子悠的心里又开始不舒服了，越听越觉得堵得慌。

如果只是误会，为什么陆纬不说清楚？

如果陆纬没有喜欢艾小娴，后来艾小娴和宋子安成了校园情侣，陆纬又为什么和宋子安闹翻呢？

宋子悠放下筷子，连食欲都没有了：“那么，艾小娴是什么时候和我哥在一起的？”

“哦，从这里开始，我就比较清楚了，差不多也就和那件事隔了半个月吧。在那半个月里啊，你哥和陆纬都经常不在宿舍，当时是我们系上的教授接了外面的设计图纸回来，需要几个系上成绩最好的同学帮忙做边角的设计。教授选了几个人，刚好就有陆纬和你哥。”

宋子悠一怔：“你的意思是，那很忙的半个月，我哥和陆纬并不是因为艾小娴，而是在帮教授做图纸？”

“其实这两件事没有冲突的，因为艾小娴也被教授叫过去了，不过艾小娴不是我们建筑系的，她学的是管理，教授把她叫过去是帮忙做一些零碎的统筹和文书工作。你想啊，那个小组也没几个人，低头不见抬头见的，帅哥美女凑在一起怎么着也得出点儿事吧？”

宋子悠沉默片刻，怎么想怎么觉得别扭。

这顿饭宋子悠根本没吃饱，回到队上没多久就觉得饿了，直奔食堂。食堂里空荡荡的，只有买饭的窗口外还站着一个人，身材高高大大，手里还拿着餐盘，正是陆纬。

宋子悠若无其事地走到陆纬旁边，往窗口里看。

食堂大师傅最拿手的小炒已经卖光了三道，在宋子悠走过来的时候，那唯一剩下的也被大师傅舀起来放到陆纬的餐盘里。

宋子悠一怔，正是她喜欢吃的宫保鸡丁。

“这么晚了，你也没吃？”陆纬的声音又低又沉，很好听。

“嗯，回来晚了。”

陆纬又拿着餐盘跟窗口要了二两米饭。

宋子悠笑道：“陆队就吃这么点儿？”

谁知话音刚落，那餐盘就被他推到跟前。

宋子悠终于抬起眼睛。

陆纬也正看着她：“你不是也没吃吗？”

“你给我了，那你怎么办？”

“我有面，你去吃吧。”

宋子悠又看了他一眼，端着餐盘走到桌边，但她却吃得不踏实，一边吃一边看着立在窗口前的高大身影。

直到陆纬从窗口里端出一大碗热汤面，走到她对面坐下。

面里不仅有蔬菜，有排骨，还有两个卧鸡蛋。

宋子悠没说话，又吃了一口饭。

眨眼的工夫，她的餐盘里就突然多了一个卧鸡蛋。

宋子悠又是一怔。

陆纬筷子上正夹着另一个卧鸡蛋，送到嘴边咬了一口，看着她的目光很淡。

宋子悠问：“你吃不了？”

“料太多。”

宋子悠有点儿想笑，又憋了回去，随即将蛋白夹下来一块放到嘴里。饭吃了一半，两人都没说过一句话，各吃各的。

直到陆纬说：“电视台那边来过电话，说那天录播的节目下礼拜会放。”

宋子悠“哦”了一声：“希望这次播出之后，可以引起民众们的重视，不要再抱侥幸心理。”

宋子悠将最后一口饭放进嘴里，等咀嚼完，才说：“对了，我今天去了一家据说很有名的中餐馆，东西还不错，只是那栋建筑的格局让人很不舒服，走廊和商户都很狭小，里面来往的人群也多，一旦出事恐怕很难处理。”

陆纬说：“像是你说的这种建筑其实有很多，商家都会抱着侥幸心理，认为赚钱最重要。”

“你的胃口挺大的，要不要下回跟我去那家试试菜，顺便看看建筑结构，看是不是我杞人忧天了？”

陆纬喝汤的动作一顿，望向宋子悠。

宋子悠倒是非常淡定："一来，我是想通过你的眼光角度来把一下关，看我的分析是不是正确；二来也是因为那家的菜量很大，味道也不错，我实在吃不了，都浪费了，所以让你去打发剩下的；还有，今天你请了我吃宫保鸡丁，那顿饭就由我来请吧。"

其实，宋子悠在饭厅里向陆纬提出邀请后就后悔了。宋子悠也不知道自己是怎么了，有生以来第一次主动约一个男人吃饭，就在她认定陆纬绝不是那种会在火场里对她哥哥宋子安行凶的人之后。

可是为什么呢，为什么在她认定了这件事之后还要去约他，去靠近他?

宋子悠歪倒在宿舍的床上，绞尽脑汁地要给自己找个借口。

哦，是了，因为陆纬和艾小娴的过去，因为陆纬、宋子安和艾小娴三个人莫名其妙的矛盾。也不知道他们三人之间发生了什么，才导致宋子安和陆纬这么好的兄弟情谊分崩离析。

现在宋子安昏迷不醒，宋子悠认为自己身为他的妹妹，是有义务帮哥哥调查清楚，并且澄清误会的。

宋子悠胡思乱想着这些，一边想一边拿出手机，还没等自己把思绪理清楚，就已经在微信上打了一行字发给陆纬："下周去我说的那家餐馆，说定了。"

宋子悠扭曲着脸"噢"了一声，按住那条消息想将它撤销。

谁知就在这时，陆纬回了一个字："嗯。"

就这样?

这算是答应了还算是敷衍?

宋子悠纠结的问题又一下子变了。

陆纬又发来第二条："下周我有一天假。"

宋子悠的眉头又一下子舒展开。

"好的，是哪天?"

"周二。"

"好，那就暂定周二。"

就这样，看似干巴巴的你来我往，简短的几句话就把这件事给定了。宋子悠将手机扔到一边，还有点儿愣神。

她问自己，这算约会吗？

她又问自己，这算她主动吗？

然后她得出了答案——当然不是，这只是调查和深入调查的一部分。然而，就在宋子悠如此自问自答之后，她的手机就倏地响起，吓了她一跳。

来电显示是陆明。

宋子悠随手接起手机，"喂"了一声。

陆明说："哼哼，你个小样，快，老实交代你和我哥陆纬什么情况！你俩在搞什么？！"

宋子悠装傻道："我和你哥怎么了？"

"你少装蒜，快，从实招来，你是不是和我哥在一个消防大队呢！你就是新队医，你去上班多久了？哼，居然还瞒着我，上次还变着法地骗我把我哥的事儿告诉你。快说，你这个女人是不是打歪主意呢！"

宋子悠清清嗓子，笑道："既然你都知道了，好吧，我是来消防一大队了，我是这里新来的队医，来了有两个月了。不过你哥的事儿可不是我逼着你说的，我就是问了几句，谁知道你会都告诉我呢？"

"少来，你这个坏蛋，就是你给我下套！快招，你到底觊觎我哥多久了！"

宋子悠差点儿被自己的口水呛着："我事先声明啊，我对你哥一点儿那个意思都没有，说什么觊觎啊，他一个糙老爷们儿，谁会觊觎他呀！"

陆明一想，也是，宋子悠长得如花似玉，身边那么多追求者，她什么高富帅没见过啊，也不会非得瞧上陆纬。

“哦，既然如此，那你跑去消防大队做什么，还对我哥的事儿那么感兴趣？”

宋子悠安静了一秒，说：“要是我从头说起这件事，你可不能再怪我瞒着你，咱们可是认识好多年的朋友。”

“好，我不怪你，但你都得交代了。”

宋子悠痛快道：“好吧，其实我和你哥不是最近这两个月才认识的，咱们上高中的时候，我就认识你哥了，当时还见过他几次，他那时候在建筑学院上大学，记得吗？”

“咦，你是怎么知道的，你们怎么认识的？”

“咱俩高中的时候联手做过一件事，记得吧，那件事被你哥知道了，他来找过我。”

陆明倒吸了一口气：“天哪！”

“是啊，天哪。所以你就知道了，我当时对你哥的印象有多差了。最可恨的是，后来他还代替我哥来给我开过家长会，害我特别丢人。”

陆明又倒吸了一口气，随即笑了：“哈哈，我光是想到那个画面，就忍不住！快，你快往下说。”

紧接着，宋子悠就将她来消防大队后和陆纬如何针锋相对的几件事告诉了陆明，只是没有细讲，也没有提到宋子安和陆纬、艾小娴的那些纠葛，以及她正在查的事。

陆明听完故事，惊叹着：“你俩可真是一对冤家。”

宋子悠啐了一口：“我对你哥没兴趣。”

“真的？”

“真的，童叟无欺。”

“哎，真是可惜了，我刚才还想，如果你来做我嫂子还挺好的，起码从我这里，你是绝对一百分的。我还真有那么一点儿觉得，我哥好像对你也有一点儿来电……”

宋子悠的心口快跳了几拍：“那你就误会你哥了，你哥那个人要不就是眼高于顶，要不就是他少根筋儿，脑子里根本没有这回事。反正我是看不出来他对女人有一点儿意思。”

“这就奇怪了，要是我哥对你没那个意思，他去参加林桦的婚礼，为什么还要带着你一起去啊？我当时还和你说这事儿了，你倒好，当着我的面跟我装傻，这下总得承认是你了吧！”

宋子悠有些忍俊不禁：“是我，是我，不过我和你哥可不算有默契，他那个人啊说话总是夹枪带棍的，还经常用一种俯视管教的态度对我说话。”

“我哥对我也这个态度，管东管西的。”

宋子悠问：“对了，你是怎么发现这件事的？”

“嘿，网上都传遍了，还有你当时在火场外救人的视频呢。我呀最近是忙疯了，都没去上网关注那些消息，还是后来有人发给我看了，说我哥队上有个英勇的女队医，特别漂亮特别厉害，让我去瞧瞧。哼，坏蛋，瞒得我好苦！不过话说回来，你到底为什么跑到消防队来？”

宋子悠在心里有一秒的犹豫，最后这样说：“我哥宋子安几个月前出了意外，现在还在医院昏迷不醒，当时去火场救他出来的就是陆纬。但是我哥出意外的那几分钟里，连陆纬也没看到发生什么事，我原本是希望过来查一下，看有没有什么线索，或者希望陆纬能想起点什么事……但按照目前的情况来看，恐怕只有等我哥哥醒来才能知道了。”

陆明恍然道：“原来如此……不过你这么一说，我倒是想起一件事。就是几个月前，我哥有一次执行完任务，连续几天都很消沉。后来我逼问他，他才说执行任务的时候遇到个以前的好哥们儿，不过他受伤很重。”

宋子悠怔住了，又立刻问："那他还说什么了？"

"别的也没什么，他那个人本来就话不多。"

宋子悠跟着就沉默了。

事情到这里似乎有一点儿突破性的进展，最起码在宋子安出事这件事情上，陆纬并非表面上那样平淡，他还是很在意和宋子安曾经的关系的，要不然，上次也不会在宋子安的病房外遇到陆纬。

5

被陆明拆穿之后没两天，宋子悠又接到了韩冲的电话，说是要约她去一家网红餐厅试试新菜。

宋子悠当时正在队医的办公室，下意识就问，是不是打听到新的消息了。

韩冲小声说："难道我没打听到，就不能约你了吗？"

宋子悠这才明白韩冲的意思，正在想说辞，韩冲在电话里就飞快地介绍着这家网红餐厅的菜色。

直到宋子悠打断他："韩冲，之前我给你造成了一些误会，是我不对，我跟你道歉。"

宋子悠如此当机立断，让韩冲一时接不住她的招儿。

宋子悠却非常直接地解决问题：'因为我太着急我哥的事，所以拜托你帮我到处打听，是我没把话说清楚，对不起。"

韩冲这才反应过来："不，不，不怪你，是我自作多情，会错意了，再说能帮上子安的忙我也很高兴，我……那我以后还能约你吗？"

宋子悠轻叹一声，说："如果是男女之间的约会，我可能会很忙。"

韩冲也不是大傻子，这下自然明白了："好，好，那我再尽量帮你问问人。”

转眼，就到了周末，宋子悠原本不用值班，正准备去超市买点儿东西回来，谁知刚走下宿舍楼，宋子悠的手机上就进来一个陌生号码。电话另一头很快出现一个气喘吁吁且虚弱的声音：“宋医生，我是张超……你可能不记得，我就是……”

宋子悠很快回道：“我知道，张超，你是陆纬的发小，那间爆炸酒楼的老板。”

“对，是我……我现在有点儿事，想请你帮忙……”

“你先等等，你的声音很不对，你在哪里？”

“求你，你帮帮我，我感觉我……快不行了……”

宋子悠心里一紧，很快往操场的方向跑。

这个时间，队员们刚刚做完训练。

宋子悠一路小跑一边对着手机说：“你慢点儿说，深呼吸，慢慢来，然后你把地址告诉我，我这就赶过去。”

张超跟着宋子悠的指示做了，调整好呼吸后果然好一些。然后他报了一个地址，只是其中的门牌号说得不太清楚。

宋子悠已经来到队员们面前，那门牌号的声音被队员们的说笑声淹没了。

宋子悠很焦急：“你再说一遍，一门，几号？”

张超说了一个数字，好像是三。

消防队员们也看着突然奔上前来的宋子悠，不知道她发生了什么事，只是看她神情严肃，脚下飞快地往前冲。

宋子悠穿过人群，消防队员们下意识让开路，集体看着她来到最后方，一把拽住陆纬的手臂。

张超的电话也在这时断了。

宋子悠用力握住陆纬充满肌肉的手臂。

陆纬眉梢微挑，有些诧异。

队员们也齐刷刷地看着两人，只见宋子悠挨着陆纬很近很近，好像很小声地在他面前说了一句话。

陆纬的脸色瞬间就变了，神情肃穆，眉头打结。

陆纬说："我去取车，还需要带什么东西，五分钟后在门口等。"

"好。"

两人一起往办公室的方向走，一个步子很大，一个一路小跑；一个朝消防队办公室的方向，另一个则是医务室的方向。

队员们面面相觑。怎么了，要出事？

五分钟后，宋子悠拿好医药箱和陆纬在大门口会合。

宋子悠上了车，说："咱们这样离开没问题吧？"

"你今天不是倒休吗，有李医生在待命。"

"那你呢？"

"今天队上人很齐，副队在，几个资深的队员都在，他们足以应付，刚才出来之前我临时请了假。"

宋子悠这才松口气。

幸好这段路程不算长，只有十几分钟车程。

临到目的地之前，陆纬还焦急地问："按你的判断，张超会是什么问题？"

无数个专业名词在脑海中掠过，但她最终只是说："现在我无法判断，我不了解张超的身体状况，也没见过他的病历，任何情况都有可能。你知道他以前有过什么重大疾病吗？做过手术吗？家族遗传病史有吗？"

陆纬想了想："他小时候身体弱，会无缘无故地晕倒，送到医院去又检查不出问题。"

"这种情况很常见，现在的医学还在发展阶段，很多罕见的疾病人们连听都没听过，而且这些疾病很隐蔽，做一整套身体检查都未必查得出来。"

说话间，车子已经来到张超告知的地址门前，是一栋老式建筑。

两人跳下车，陆纬向四周扫了一圈："这里应该是张家的老房子，我印象中他好像提过。"

宋子悠来到门前，说："应该就是这户。"

宋子悠用力拍打门板，她一边拍一边喊着"张超"的名字。

好一会儿都没有人来开门。

宋子悠担忧地说："他应该是晕倒了，如果屋里没有别人，咱们只能破门进去。"

谁知陆纬却仍在观察四周，他的目光落在小院子里的晾衣架上，上面晾着很多衣服，半湿的状态，旁边的架子上还晾着肉干。

陆纬收回目光，走到门前："屋里还有其他人。"

陆纬拍了几下门板，扬声道："刘留，我知道你在里面，我是陆纬。"宋子悠好奇地看了陆纬一眼，就在这时，门板应声而开。

张超和刘留前两年离婚了，但是离婚后还保持着朋友关系。

张超是个万年懒汉，从不做家务，更不可能洗一院子的衣服，而且那些衣服还是半潮湿的状态，地上的水还没完全干，这说明这些衣服洗了没多久。还有，旁边的架子有肉干，这是刘留的母亲最拿手的绝活，刘留也是从她母亲那里学会的。

这不，门板一开，门里站着一个小心翼翼的女人，不是刘留又是谁。刘留见到陆纬，警惕性没有那么强了。

陆纬一只手扶着门板："刘留，让我们进去，张超出事了。"

"张超？张超没在这里啊。"

显然，刘留并不知道张超给宋子悠打电话的事。

宋子悠急了："他刚才给我打了电话，他很不舒服，只来得及把地址告诉我们，他现在是不是在房间里，应该已经晕了！"

宋子悠边说边拿起手机，让刘留看到屏幕上的来电显示。

刘留愣了一秒，转身就往屋里冲。

打开卧室门，果然，张超就晕倒在床边，他的手机落在地上。

刘留一下子就傻了。

宋子悠飞快地来到张超身边，等陆纬将张超平放在床上，她开始打开医药箱做检查，脉搏、心跳和血压。

刘留声音颤抖："他，他怎么样，不会出事吧？"

陆纬问刘留："张超有什么病史你清楚吗？"

刘留慌乱地摇头："没有，他从来没有这样过……"

陆纬又问宋子悠："怎么样？"

宋子悠说："必须马上送医院，再不去就来不及了。"

陆纬箭步上前将张超打横抱起。

"你要小心，不要让他受到震荡。"

这种情况要是换作普通人，一定还要愣一会儿，但是陆纬经常遇到类似的突发情况，他的身体反应和大脑的条件反射都比普通人要快好几倍。

刘留这才反应过来，冲到门边拦住陆纬："那个……家里有急救的药，还有速效救心丸，还有……还有好多其他的药，能不能不要送医院？现在外面都在抓张超，要是他去了医院，就要坐牢了！"

宋子悠差点儿就破口大骂。

陆纬声音冷峻："如果现在不去医院，明早你就要给张超收尸了，你不希望他坐囚车，却希望他坐灵车？"

刘留害怕了。

"让开。"

直到车子开到最近的医院，直奔后面的急诊区。

陆纬一早就让刘留打电话过去，通知急诊室，急诊室的医生很快在门口迎接，车子一停稳，就将张超挪动到担架上。

宋子悠动作利落地跳上担架，继续给张超做心肺复苏。随着担架的快速移动，宋子悠还喊道："患者男性，三十岁，出现低血容量休克，心动过缓！”

急诊医生立刻朝跟车的护士喊：“患者需要吸氧，需要注射肾上腺素，快去准备！”

护士快速冲向急诊室。陆纬和刘留被挡在急诊室外。

刘留一直在哭，泣不成声地自责。

陆纬一直坐在旁边，始终一言不发。他很安静，目光紧紧盯着急诊室的门口，安静地等消息。

事实上，就在几个月前，他将宋子安救出火场的时候，也像现在一样。

他没有立刻回队里，而是脱掉消防队队服，只穿着消防裤，就跟着救护车来了医院。宋子安被送进急诊室，很久都没有出来。

等候区这边很多人都是焦急的，都在等自己的亲人从里面出来，只有陆纬安静地坐在角落，一言不发。但他身上的消防裤却是引人注目，何况他脸上还有因烟雾留下的黑渍，身上还有汗味儿，四周的人或多或少还是会注意到他。直到一个纤细的身影这时从大门口冲进来，往急诊室扎。

不到半分钟，几个急诊室的医生护士就推着一个担架快速出来，刚才冲进去的女人也跟在担架旁。

那是宋子安的担架。

陆纬快速站起身，看着那行人从眼前跑过，还听到有人喊“立刻安排手术室”。

同样的场景又一次发生了！

就在陆纬脑海中滑过这一幕时，急诊室里也走出来两个人，一个是张超的医生，一个是宋子悠。

刘留根本不知道该怎么办，只能任由陆纬带着她跟上去。

宋子悠说：“张超需要立刻手术，需要家属签字和办理手续。”

刘留六神无主地签了字，很快就看到几个医护人员推着张超的担架冲出来，飞快地往电梯方向跑。

刘留立刻跟了上去。

宋子悠立在原地，喘了口气，再一转头，看到定定站在那里，面色肃穆的陆纬。

她走上前，便听到陆纬这样问：“情况如何？”

宋子悠停顿了一秒，才道：“不乐观。”

6

陆纬闭了闭眼，长叹一口气，抬脚往外走。

宋子悠跟上去：“刘留有咱们的联系方式，要是张超手术成功，脱离危险，刘留会告诉咱们的。”

两人走出门口，陆纬抬头看了眼天 “如果他这次能渡过难关，他将面临的是牢狱之灾。”

宋子悠一怔。

“我已经通知了警方，无论手术成功与否，这件事警方都会跟进。不过站在我个人的角度，我倒是希望还有机会去牢里看他，接受法律的制裁总比丢了命要强。”

宋子悠没说话，只是听着陆纬说完这番话，见他迈开腿走向车子。他身材高大，双腿修长有力，穿过停车场时，路灯洒在他身上，将他的影子拉得很长很长，但这一刻，他似乎有些落寞。

这之后的一路，两人都没有交流，陆纬安静地开车，宋子悠安静地看着窗外的夜景。

车子开回到队上，两人下了车。

宋子悠合上车门，隔着车身看向对面的陆纬，有些欲言又止。

陆纬问：“怎么？”

宋子悠顿了一秒，脑子里有些乱，嘴上也开始胡说八道：“要不要来我房间……”

两人一起愣住了。

宋子悠立刻摆手摇头说：“不，不是，我不是那个意思，我是说……”

宋子悠结巴了，陆纬却轻扯着唇角说：“你这样，我还是头一次见。”

“什么？”

“就像是现在这样，结巴，口吃，语无伦次。”

“那是我表达有误，怕引起你的误会，我不是那个意思。”

陆纬点点头：“那你是什么意思？”

空气都凝结了。

“我的意思是，我宿舍里有汤，还有一些剩菜剩饭，今天你也没吃，我也没吃，现在食堂也关门了，你要不要去我那里帮我吃掉那些剩菜剩饭？”

彼此又沉默了。

直到宋子悠在心里发出懊恼的一声，随即对自己说，算了，她就不该开这个口！

宋子悠吸了口气，脚下一转：“不吃算了。”

宋子悠背对着陆纬走向宿舍的方向，谁知走了没几步，却看到自己的影子后面跟上来另一道高大的身影，黑压压的像是一座小山，而且接近的速度很快。

不过片刻，两道影子就走成了并排，男人的影子比女人的高出一截。宋子悠边走边看着两道影子：“怎么，陆队改主意了？”

“嗯，正好也饿了，帮你打扫一下冰箱里的垃圾，为人民服务。”

宋子悠脚下一顿，扑哧一声笑了。

她转头看向陆纬，见他也笑了一下。

“你恢复得倒快，刚才看你在医院那样，我还想要不要回来给你开点儿褪黑素，省得你失眠影响出勤。”

陆纬唇角的笑容又消退了：“生死有命，今天如果不是你及时通知我，张超连去医院做手术的机会都没有，这是他的幸运。因为他，酒楼爆炸，连累了不少人，这是他应负起的责任。我做消防员七年，学会了一件事，就是在同样的事情面前，我会比别人更快地走出来，更快地看清现实，看明白现状。如果一味地沉浸在个人情绪中，只会影响我出任务时的判断，这样对那些需要我们帮助的人不公平。”

宋子悠安静地听着陆纬吐露心事，脑海中一下子想到许多。

宋子悠轻声道：“我开始跟临床的时候，第一件学会的事也是这个。”陆纬笑笑，没说话。

“个人情绪过于丰富的人，是不适合和生死打交道的。我们当医生的和你们当消防员的一样，都是尽自己的能力去救人，我也是因为接触了这一行才发现原来人命这样脆弱，死亡率远比我以为的高。我第一次在急诊科救助一个病患，我没成功，他送来的时候已经不行了，可我不信邪，我还是想试一试。直到我测不到他的心跳和脉搏，呼吸停止超过十五分钟。那天晚上，我一个人待在休息室里，受了很大打击，但我根本没有时间难过，很快我就被叫回急诊科，又有新的重伤病患送进来。”

“我当时的老师也对我说了和你刚才差不多的一番话，做这一行最忌讳的就是被个人情绪所误导，情感丰沛的人更适合去做社工，而不是医生。医生讲究的是救死扶伤悲天悯人的情怀，正所谓医者父母心，以及无论多么伤心难过，都要随时抽离出来的‘冷酷’，要时刻保持冷静、清醒，理智并且专业地处理每一个案子，绝不能被任何情绪左右。”

说话间，两人已经来到宋子悠的宿舍门前，她拿出钥匙打开门，请陆纬进屋。

陆纬随便找了把椅子坐下，宋子悠打开冰箱，将里面的食材逐一拿出来。陆纬上前一看，才发现根本没有什么剩菜剩饭，宋子悠拿出来的是一些半成品食材和一包泡面，还有一锅汤。

陆纬问："你的剩菜剩饭呢？"

"哦，我记错了，这样吧，我煮部队火锅，你吃辣吗？"

陆纬点了下头："我帮你。"

两人配合无间，陆纬很快就将折叠桌架起来，将电磁锅摆好。

宋子悠将提前炖好的汤和热水壶里的开水倒进电磁锅，又将食材一一放进锅里，洋葱、辣白菜、年糕、芝士、方便面、火腿、午餐肉，还有一把青菜。

"汤是我之前炖的牛尾汤，用它煮面最好吃了。"

等着锅开的时候，两人坐在桌前，宋子悠倒了两杯水，一杯给陆纬。陆纬说："你和以前我第一次见你的样子，真的很不同。"

宋子悠笑问："是不是没想到叛逆少女摇身一变，成了救死扶伤的医生，很意外？"

陆纬顿了一秒，才说："不是身份的变化，是性格、气质，还有一些内在的东西。你很冷静，又有救人于危难的善良和热忱，这可不是我当初认识的那个小女孩。"

宋子悠定定地看着陆纬，直到他挑眉询问："怎么？"

"我一点儿都不善良，我的心眼很多。"

陆纬点点头："这倒是，你的确不是个善茬儿。但这和善良是两回事。"

一阵沉默，宋子悠又道："我的确是在救人于危难，但我对此没有热忱，我宁可这世界上少一点儿作死的患者，不要拿自己的生命开玩笑。天灾难防，水火无情，但如果没有人祸，真的会少死很多人。"

这时，锅开了。

宋子悠揭开锅盖，递了一副碗筷给陆纬："好了，吃吧！"

一顿饭吃得很安静，两人交谈不多，直到酒足饭饱，宋子悠刷好锅，见陆纬正坐在椅子上看她摊在桌上的笔记。

陆纬说："这是你前几次出任务之后记录的？"

"嗯，我凭记忆把当时的细节写下来了，将来再遇到类似的事情，应该会处理得更好。或许将来有一天我跑不动一线了，还可以退下来当老师，把这些知识教给一线人员。"

陆纬的眼底有着淡淡的笑意："你很认真，也很努力。"

屋里的灯光本就有些偏黄，那光线汀在两人身上，脸上，仿佛蒙了一层纱。

宋子悠轻声道："谢谢陆队的赞赏。"

陆纬笑意渐浓，目光仿佛挪不开了。

时间也像是因此而凝结了片刻，两人都没有动，望着彼此。

直到屋里的灯闪了两下，两人这才不约而同地醒过神来。

陆纬站起来，看着天花板上的灯。

宋子悠也暗自吸了口气，说："灯泡有点儿问题，该找后勤部过来换换了。"

陆纬问："有备用灯泡吗？"

"有。你要帮我换？"

陆纬笑了。

宋子悠立刻从柜子里翻出灯泡，递给陆纬。

陆纬拿起椅子，脱掉鞋踩上去，以他的身高，举起手臂刚好可以够到天花板。

换灯泡的过程也很顺畅，不过两三分钟的事，陆纬已经走下椅子，穿好鞋。

宋子悠接过换下来的灯泡，说："谢谢陆队。"

陆纬的动作微微一顿，抬起眼睛，仿佛笑了一下："到底是我的错觉，还是……”

“什么错觉？”

“为什么我总觉得，你每次叫我陆队，和别人都不太一样。”

宋子悠“哦”了一声：“是吗，有什么不一样的？”

陆纬几不可见地点了下头：“有，你每次叫陆队，好像都是隐藏意思，像是一语双关，要不就是你在生气，要不就是你在迁怒，或者像是刚才那样，故作生疏。”

宋子悠怔住了，她没有立刻回答，而是拿着灯泡走到柜子前将它放在桌上。然后，宋子悠才转过身，对上陆纬始终没有挪开的目光。

陆纬似乎没打算略过这个话题：“为什么？”

宋子悠半真半假地说：“我承认，有时候你让我生气，我会叫你陆队，并且加重语气，我是有迁怒或是警告的意思。但你别忘了，你那时候也是用‘宋队医’来回敬我的。”

一阵沉默。陆纬低笑出声。

“好，这件事我承认。那么，你刚才这么喊我是什么意思。”

“我是为了礼貌。”

“哦？”

“你帮我换了灯泡，我谢谢你难道不应该？”

“你知道我指的不是这个。”

“那你就当作我是要避嫌吧。”

“避嫌？这里没有别人，你避嫌给谁看？何况，为什么要避嫌？”

宋子悠盯着他看了两秒：“队上都在传咱俩的事，我如果太得意忘形还不知道会被怎么说，像是这种无缘无故的绯闻，类似的亏我吃得太多了。所以我那么称呼你，保持距离，一是为了告诉别人，我和你只是队长和队医的同事合作关系；二也是为了告诉自己，不要和一个单身男人走得太近。”

宋子悠的语气很淡，这番话她说得也很顺畅，只是不知道为什么，她心跳得有些快，也不知道是不是因为陆纬的目光带来的压迫感。然后，她故作轻松地耸了下肩："这个答案你满意吗？"

陆纬眯了眯眼，看着她的目光顿时有些高深莫测。

"如果你真懂得避嫌，现在这个时间，你不应该请我到你的宿舍里来。"

宋子悠一怔，顿觉尴尬："好，这次是我的问题，我以后会注意的。"陆纬却没吭声，他迈开长腿，朝宋子悠走了几步。

宋子悠的腰背靠着柜子，一动不动，就看着他靠近。

屋子本就狭小，陆纬人高马大地站在中间，仿佛又将屋子的尺寸缩得更小，这时他还逼近宋子悠，那压迫感也越发重了。

直到陆纬来到跟前，相隔半步的距离，他站住了。

四目相交，陆纬忽然开口："既然是因为单身男女才避嫌，那么你为什么叫陈放的名字，还有方义夫、张淳他们几个。"

宋子悠一怔："你和张副队都有头衔，我可以叫你们的头衔，他们没有头衔，我不叫名字叫什么？"

陆纬似乎勾了下唇角。

"那么，如果我没有这个头衔，你是要叫我陆纬，还是叫我'喂'？"

宋子悠没接茬儿，只是看着他。

"可见，名字并不是用来避嫌的借口，若非心里有鬼，称呼上这点儿小事又有谁会刻意在意呢？名字原本就是用来让别人叫的，而不是用来避讳的。"

"你什么意思？"

"你知道我什么意思。"

"你的意思是，因为我心里有鬼，因为我对你有意思，所以我才会注意到这些，所以我才会为了避讳故意叫你'陆队'？"

"不然呢？陈放他们并没有被你一视同仁。"

宋子悠停顿两秒：“在公事上，我尊称你是出于礼貌，你的队员和队医们都是如此，你不要没事找事，挑我的碴儿。”

“现在不是在谈公事。”

“好，那以后私下里我叫你陆纬，这样行了吗？”

陆纬没有接话，却瞅着她微笑着。

宋子悠都要被看急了。

陆纬这才移开目光，走向门边：“太晚了，孤男寡女独处一室不合适，我告辞了，宋队医。”

宋子悠直想抓起柜子上的灯泡扔过去。

门板很快打开，又合上。

门外，陆纬笑了。

门内，宋子悠却是咬牙切齿。

第七章　口是心非

1

第二天，也不知道是谁先提起的，队员们私下很快就聊起陆纬和宋子悠前一天的动向，还因此提出几个问题。

怎么宋子悠有事第一个跑去找陆纬解决呢？

这两个人什么时候关系这么好了，还这么有默契？

陆纬突然请假，跟宋子悠一起离队，听说很晚才回来，听说陆纬还跟着宋子悠回了宿舍，待了两个小时才出来？

天哪，这两人是不是有情况了？！

一时间，议论纷纷。

直到副队张青云担任起传声筒的工作，将这些风声收集好，一股脑地告诉给陆纬听。

张青云还动了个心思，很快就将来之前陈放教给他的说辞说出来：“咱们队上还有好几个单身汉，他们对宋队医都有点儿意思。要是队长和宋队医的事儿是真的，那他们几个自然不敢妄动了。但如果队长你说没有那回事，那他们几个就都有机会，兴许还真有人能和宋队医成了呢？”

有那么一瞬间，陆纬的眼皮子垂下去了，似乎没什么表情，但不知怎的，张青云竟然觉得屋里有些冷。

安静了两秒，陆纬才将张超的事说出来。

张青云愣住了："原来你们是为了公事。"

"不然呢？我和宋队医会有什么私事需要单独处理？"

"既然如此，那我就去告诉他们几个，要是有谁有意思的，大可以直接去追，不要总搞这些地下工作，像是见不得人。"

陆纬几不可见地皱了下眉："好，你记得再多带一句话给他们。"

"什么话？"

"要追宋子悠可以，先把名字报上来，然后大大方方地追。但是在追之前，还要先过我这一关。"

陆纬放出的话，很快就传遍了消防大队，所有人都惊呆了。

宋子悠却是最后一个知情者。

这天中午，宋子悠去食堂吃饭，一路上大家看向她的目光都很诡异，连刚才医务室里的李可风都是一脸的意味深长。

宋子悠心里犯着嘀咕，一进门，原本谈笑风生的食堂就安静下来，吃饭的众人齐刷刷地看过来。

宋子悠走向窗口，连窗口负责打饭的大爷都变得热情起来，给了她两大勺菜，那个餐盘变得沉甸甸的。

宋子悠端着餐盘找了个地方坐下，盯着盘子里堆叠得像是小山一样高的菜和饭，有些发愁。

这时，苗晓娟也走进饭堂，笑眯眯地走过来："哎呀，子悠，你吃这么多啊！"

"今天也不知道怎么了，给我这么多菜，你去拿个空盘子，我分你一半吧。"

苗晓娟立刻乐着答应了，连忙拿了个空盘子回来。

"其实啊，能吃是福，你多吃点儿，多长点儿肉，也不算辜负了食堂的大爷大妈们的一番苦心，你看你真是太瘦了。"

宋子悠将盘子递给苗晓娟，说："我平时打饭也没有这种待遇啊，今天这是怎么了？”

苗晓娟吃了一口饭：“其实啊，咱们食堂的李大爷家里老伴儿身体一直不太好，找了好多门路去看大夫，都不行，后来还是咱们陆队帮忙托了人，给他老伴儿找了一位老中医调养身体，这才有了起色。现在他老伴儿啊面色红润，气色好得不得了。”

宋子悠一时不解，吃了口菜，看着苗晓娟说：“哦，就因为这个，所以今天李大爷心情特别好，打饭也特别多？”

苗晓娟一脸的忍俊不禁：“这都是大半年前的事了。”

宋子悠愣了，越发不懂。

“哎，要不是陆队发话了，我还真的会被你现在的样子蒙混过去呢，你就别装了，大家都知道了。”

大家知道什么了？

宋子悠听出来一点儿端倪，而且症结就在陆纬发的话里。

宋子悠问：“陆纬说什么了？”

“咦，你不知道吗？你是当事人啊！”

宋子悠深深地吸了口气，再次问：“他到底说什么了？”

苗晓娟见宋子悠神色有异，这才意识到哪里不对：“你真不知道？”

宋子悠摇着头。

“咳咳，是这样的，这话还是咱们陆队和张副队说的。原本是张副队说队上有几个单身汉，你也是单身，又是大美女，又好相处，万一要是和哪个队员成了呢，这是个解决内需的好事儿啊。要是陆队和你没有那个意思，那对你有好感的那几个队员就可以追你了。”

宋子悠真是听得一愣一愣的：“然后呢，陆纬怎么说？”

“咱们陆队就说，可以呀，谁想追宋子悠尽管大大方方地追呀，把名字报上来……”说到这里，苗晓娟故意一顿，又笑着说出后半句，“但是还有个条件，就是要追你，得先过他那一关。”

宋子悠彻底愣住了。

这事就像是一块石头，压在宋子悠心里，直到她吃完饭，离开饭堂回到医务室，坐在椅子上发了好一会儿的呆。

要说陆纬对她有那个意思，以他的性格就会把话说得清楚明白，绝不会这样暧昧不清；要说陆纬对她没有那个意思，那又干吗说出这样一句不清不楚的话，引人误会呢？

想到这里，宋子悠心里开始不爽了，她最讨厌的就是这种暧昧不明的态度。

宋子悠越想越不服气，索性一拍桌子，站起身，直接走出医务室。

李可风原本还坐在位子上看资料，被这突如其来的动静吓了一跳，可还没等他出声叫住宋子悠，人已经不见了。

宋子悠走得很快，脚下带风，头上着火，她一刻都等不了了，非得现在就去找陆纬问个清楚。

这个时间，陆纬应该在办公室处理公务。宋子悠便直奔办公区。

也是同一时间，此时的陆纬正遭到堂妹陆明的“骚扰”。

陆明又来套陆纬的话了，非得让陆纬承认他对宋子悠有意思才罢休。谁知陆纬不胜其烦，直接说了这样一句：“她对我来说，就和你一样，都是妹妹。”

“妹妹？我说我的哥哥哟，你脑子没事吧，子悠和你有血缘关系吗？有亲缘关系吗？你俩义结金兰了吗？她是你哪门子妹妹啊！认的妹妹，还是干妹妹？”

陆纬脑壳儿发疼。

“哥，你看哦，子悠呢是个大美女，身材好，脸蛋好。你知道以前有多少男生追求她吗？你要是不抓紧，小心错过这村可没有这店了……”陆明一打开话匣子就没完没了，直到陆纬将她打断：“你今天下午没事做？”

“我有事啊，不过没有什么事比我老哥的幸福更要紧的了！”

陆纬很无奈，正在想应该用什么样的说辞搪塞过去，这时门外就响起叩叩两声。

陆纬便对陆明说："有人找我，我这里还有事，咱们稍后再聊。"

陆纬直接切断电话，对门外的人说道："请进。"

门板推开，真是说曹操曹操就到，正是宋子悠。

陆纬问："找我有事？"

宋子悠脸色有些不善，她直接来到桌前坐下，双手环胸，摆开一副准备吵架的姿态。

"有个问题我不太明白，所以想来请教陆队。"

"什么问题？"

宋子悠吸了口气："陆队，你是不是对我有意思，你喜欢我？"

2

这句话要是换作一般男人，一定招架不住。

但陆纬不是一般男人，尤其是长期的训练和出入火场救人，什么样的大阵仗没见过。

陆纬只是微微挑了下眉。

几秒的沉默，两人谁也没有移开目光。

陆纬反问："宋队医哪来的自信？"

"哦，原来你不喜欢我。"

陆纬没说话，只是等待。

宋子悠很快又道："那么请问陆队，既然你不喜欢我，为什么别人追求我却要经过你的同意？"

陆纬扯了下唇角，道："这话是我说的，没错。"

"理由？"

“外面的人我管不着，但是在这里，我要把关。”

“我是女巫还是祸水，你怕我荼毒你的队员？”

“这倒不是。”

“那是什么原因。”

“我和你哥宋子安是好兄弟，虽然这些年没联系了，但是你们家的事我一清二楚。”

宋子悠不说话了，这个答案让她很意外。

陆纬接着说：“双亲早早离世，从小一家人就聚少离多，现在子安又昏迷不醒，你一个人一定很难支撑。”

宋子悠的心里一下子五味杂陈起来。

过去的事并没有过去，只不过被她放在一个角落，平时不去触碰罢了，那并不意味伤口已经愈合。

陆纬说得没错，他是知道内情的，恐怕也是唯一一个知情者。这里面很多事可能连艾小娴也不清楚，起码宋子安很少和外人提到。

宋子悠问：“这件事和别人要追我有关吗？”

“我好歹也给你去开过一次家长会，如果不是我再遇到你们兄妹，你们家的事我不会管，可是现在遇到了，你我成了同事，你和陆明是朋友，子安和我又是兄弟，所以……我会像是照顾陆明一样照顾你，你也可以当我是兄长。”

宋子悠怔住了。有那么一瞬间，她觉得不但荒谬而且荒唐。

半晌过去，宋子悠才问：“我已经成年了，我有足够的智商和情商，我有清晰的判断力。我知道怎么分辨好人和坏人。我和谁交往连我哥都没有资格过问，你凭什么？”

陆纬仿佛笑了一下：“是子安没有资格过问，还是他过问了你不知道？”

宋子悠又是一怔。

“不知道你还有没有印象，以前你有一些追求者，他们会突然消失，不再出现在你面前。”

宋子悠这才明白：“你是说，我哥做了事？”

“只是小小地吓唬一下，没出人命。”

“那这件事和我，和你又有什么关系……我凭什么拿你当兄长？”

“可能是我表达不恰当，我刚才的意思是说，你如果有什么需要帮忙的，或是子安需要，你都可以来找我，我怎么对陆明，就会怎么对你。”

“所以，陆明谈恋爱结婚生子，你也都过问了？”

“这倒没有。因为她没有跟我手下的人在一起，如果有，我肯定会过问。”

宋子悠一阵无语。

陆纬反倒颇有耐心地解释：“如果只是谈恋爱，不是奔着结婚去的，其实我并不赞成你和我的队员发展，将来大家一起共事会引起很多不必要的误会和麻烦。但是如果反过来，你们是以结婚为前提而交往，我作为上级和朋友，绝对有义务监督。当然，如果你要和队外的人有发展，这件事我不会过问。”

宋子悠只觉得好笑：“说来说去，你还是怕我招惹你的下属，我是病毒吗？”

陆纬没说话。

话说到此，宋子悠也没兴趣再刨根问底，横竖她都不是个善茬儿，一向也不是靠吵架解决问题的，她有她的心机，也有她的智慧。

宋子悠站起身，忽然微微一笑：“好，既然如此，那就走着瞧。”

陆纬皱了下眉：“什么意思？”

“说实话，要不是经你提醒，我还没注意到原来队上有那么多青年才俊，其实我也应该和他们都发展一下，带动内需，你说对吗？”

“这里是纪律部队，不是游戏场。”

“谁说我要玩游戏了，我是认真的，难道你还要拆散你的队员和你好兄弟的妹妹的终身大事，这可是作孽啊。”

陆纬没说话，定定地看着她。

“哦，如果你有什么手段，也可以尽管使出来，我接招就是了。”

说到这里，宋子悠走到门口，又笑着撂下一句：“陆队，接下来你恐怕有的忙了。”

话音落地，门板就合上了。

3

接下来一段时日，队里就上演了很诡异的一串戏码。

但凡队里对宋子悠有那么一点儿好感的，都不敢光明正大地表达，私下里送过吃的喝的，也藏不住，因为很快就会人尽皆知。

就好比说陈放吧，买了一大袋子零食寄给宋子悠。

宋子悠拿到了，一看买方是陈放，就直接跑到队上，当着所有人的面，笑眯眯地将自己炖的一大锅汤回送给陈放。

宋子悠更当着所有人的面问陈放，周末有没有时间，她请客表示感谢。宋子悠还对着傻眼的陈放和其他队员说，她认识几个美女也都是单身，要不要周末一起组织个联谊活动?

这下，单身汉们立刻沸腾了。

陈放当时也是“嘿嘿”一阵傻乐，直到所有人集体变脸。原来是陆纬过来了，刚好就站在宋子悠身后，似笑非笑地看着众人。

其他队员立刻佯装无事，打哈哈，找借口，干别的去了，唯有陈放，走也不是，不走也不是，就不尴不尬地再次谢谢宋子悠的汤。

事实上，陈放送宋子悠一大袋子零食也不是他的本意，不过就是大家想做个测试，所以集体出了点儿钱说要给宋子悠买好吃的、好喝的，借此测试一下陆纬的反应。

再说眼下，陈放拿着锅也开溜了，其他队员更是不见踪影。

宋子悠这才笑着对陆纬说："陆队，你看看，你都把我的追求者吓跑了，你知道你这样子像是什么吗？"

陆纬收回扫向队员们的目光："什么？"

"像是护犊子的老母鸡。"话落，宋子悠就越过他走了。

这后面又发生了好几个小插曲，每一次宋子悠都是故意的。

只要但凡有点儿空闲时间，宋子悠就会拿着她做的好吃的往队上走，每次都指名要给陈放，比如卤鸡腿、辣味鸡爪、酱牛肉等。

因为打着陈放的旗号，其他队员也能沾沾光，好吃好喝，个个都对宋子悠的厨艺竖一根大拇指。

起初陈放还硬着头皮去接，后来因为受不住陆纬的低气压，就让别人代接，还谎称他不在。

而宋子悠呢，永远都是笑呵呵的，无论陈放在与不在，她只管把东西送过来，把上次拿过来的饭盒收回去，顺便还友善地问几句，下回大家想吃什么口味的。

这样一来二去的，很多队员，尤其是方义夫和张淳都开始打着陈放的名义"点菜"了，而且花样百出，连梅菜扣肉都出现了。

陈放实在苦不堪言，到最后招架不住了，就自己跑去跟陆纬招认了，实话实说争取宽大处理，说这事儿就是大家一起撺掇着办的，根本不是他有这个意思。

陆纬却只是笑，不紧不慢地说："你就是有这个意思也不打紧，好好追人家，追到了只管好好对人家。将来要是你们好事成了，队上还会帮你们大办。"

陈放都差点儿跪下了："不不，队长，我真没那个意思，我真的真的没有，我对天发誓，对人民群众发誓，对我爸我妈发誓！"

陆纬笑着看他。

陈放干脆把什么都招了，说到最后还小声嘀咕道："其实大家就想知道你……会不会吃醋？”

几秒钟后，陆纬笑问：“那么，你们有结论了吗？”

陈放哪儿敢说真实想法，只好搪塞：“也，也没什么，依我看……你们就是同事关系，清清白白的……哎，都是那几个浑小子出的馊主意，不好好为人民服务，瞎捣什么乱啊……”

4

这边，虽然陈放已经招认了，还顺带把所有队员都一并“出卖”了，可是里外里也架不住宋子悠的“献殷勤”啊。

宋子悠还是准时来队上找人，手里一定端着新出炉的好吃的，所有队员都眼巴巴地等着投喂。

过了几天，陈放终于绷不住了，找副队张青云商量对策。

张青云就给陈放出了个主意，让他直接约宋子悠周末出去吃饭，但只是约宋子悠，却不赴约。

接着，张青云就把主意跟陈放一说。陈放喜上眉梢，转眼就给宋子悠发了微信，约她周末出来吃饭。

宋子悠也没含糊，很快和陈放说好时间。

眼瞅着就要到周末了，谁知周五这天，消防队里又出了一个小插曲。因为李可风退队在即，消防队的医务室打算再招一个人手进来，算是临时名额。前阵子才从一大叠报名名单里筛选出三个候选，刚好周五医务室有时间，就把这三个人叫来进行最后一轮面试。

谁知三个候选人一照面，其中一个长得又白又嫩的大男孩，就笑容阳光地一个劲儿朝宋子悠摇手示意。

宋子悠起初还在看资料，目光刚注意到其中一个人的毕业学校和她是同一所，就听到旁边的李可风小声叫她。

宋子悠抬眼一看，对上那个大男孩的笑容，竟然是他。

这个大男孩名叫刘创，以前在学校也算是个惹眼的学弟，喜欢刘创的学姐学妹一大车。但也不知道为什么，刘创偏偏喜欢亲近宋子悠，他们明明不熟，也不是一个年级的，她平日对刘创也不冷不热，刘创到底是跟她哪儿来的眼缘呢，这么自来熟?

毕业后这几年，宋子悠早就把这个人扔在脑后了，没想到又在今天碰上，这才勾起来以前的一些印象。

一整轮面试下来，无论是日常医疗还是应急急救，三个人当中就数刘创的条件最好，不但年龄适合走一线，而且专业知识也扎实。

几名队医经过讨论，认为刘创最适合来当医务室的副手。

转眼到了傍晚，宋子悠结束了一下午的工作，起身去饭堂吃饭。

苗晓娟已经先一步到了，见到宋子悠进来就跟她打招呼。

宋子悠刚坐下来，就听到苗晓娟八卦地问："听说，医务室来了个小鲜肉？"

宋子悠拿起筷子的手一顿："你指的是刘创？"

苗晓娟眼睛亮晶晶的："对呀，我给他们倒水的工夫，他还跟我笑了一下。哇塞，那笑容，那身高，那颜值，太让人心动了吧！"

听到这里，宋子悠下意识看了一眼坐在苗晓娟后面那桌的方义夫。方义夫根本没有专心在吃饭，还侧着头竖着耳朵听苗晓娟说话。

方义夫追求苗晓娟的事，队里人尽皆知，偏偏苗晓娟就是不回应。宋子悠见状，说道："看男人可不能只看外表。"

苗晓娟说："你说得有道理，我也是这么认为的。就说我爸吧，看着就是糙汉子一个，但是人特别好，忠厚老实还疼我和我妈，还顾家。不过依我看，像是拥有刘创那样阳光笑容的男人，总归不会是个坏人。他那笑容啊不仅单纯而且温暖，好像能照亮全世界！"

宋子悠一阵无语。

就在这时，刘创走进饭堂，却没有着急找位子坐下，更没有去窗口打饭，反而向四周环顾一圈，直到锁定了宋子悠和苗晓娟的位子。

刘创脸上一乐，还非常自来熟地坐到宋子悠旁边。

宋子悠和苗晓娟正在说话，谁也没注意到他的靠近，只觉得有一道人影。

“学姐，你果然在这里！”

刘创这么一“认亲”，非但苗晓娟看直了眼，就连苗晓娟后面的几个队员，也都好奇地张望过来。

宋子悠的第一反应就是拉开距离。

可宋子悠还来不及冷下脸来，刘创就露出一副可怜兮兮的模样：“对了，学姐，我还没有这里的饭卡，我能不能先借用你的，回头我再补给你，行吗？”

宋子悠的饭卡就在兜里，可她一点儿都不想借给刘创。

“我的饭卡里没钱了，要不你去窗口问问，可以赊账的，明天你再把钱送过来。”

刘创脸上立刻挂上失落：“这样啊……”

这时，一张饭卡啪的一声拍在了桌上。

宋子悠和刘创一起惊讶地看过去，苗晓娟笑嘻嘻地说：“来，用我的，不用还，你是新同事，我请你吧！”

刘创脸上又立刻多云转晴了，哄得苗晓娟心花怒放的。

刘创很快就拿起饭卡去打饭，苗晓娟一脸着迷地看着他的背影，嘴里啧啧有声地说：“子悠，你看见没，真的很像是那种韩剧男主角的身材，有没有？”

宋子悠却看也不看，安静地吃饭。

刘创很快打饭回来，坐在宋子悠旁边，很快苗晓娟就打开话匣子，一个劲儿地追问刘创和宋子悠的关系，又问刘创过去的经历和家庭背景，大有一种要把人家祖宗三代都调查清楚的势头。

刘创呢也很配合，可以说是有问必答，而且没几句话就能拐到宋子悠身上去，都是夸她的。

饶是宋子悠脸皮再厚都听不下去了，很快将盘子里的菜吃完，随即说道："我吃饱了，先回去了。"

苗晓娟和刘创同时一怔。

"你着什么急呀？"

"学姐是不是还有事？"

"你们接着聊，回头见。"

宋子悠心情不畅，皱着眉，低着头走出饭堂，脚下走得很急，当她的目光看到地上一道黑影的时候，已经一头扎了过去。

来人先一步用双手扶住她的肩膀。

"你着什么急，有人追你？"声音低沉且好听，正是陆纬。

宋子悠退后一步，张口就问："陆队，你是不是故意撞我的？"

陆纬笑了："明明是你撞我，我好心扶了你一把。"

"是吗？我是低头走路没顾得上看前面。你呢，看到我一头撞上来，却没躲开？"

"宋队医今天怎么了，吃炸药了？"

宋子悠吸了口气，说："我只是想提醒陆队，如果你要当我的兄长，首先要学会的就是和我保持正常的社交距离，尽量避免像是刚才那样的误会和接触，否则不仅别人会误会，也会影响我的行情。"

陆纬有些哭笑不得。

5

转眼到了周末。

韩冲最近正四处打听当初大学里发生的事，他甚至问遍了当初宋子安和陆纬以及艾小娴三人所在的建筑小组的其他人。

可是问了一个遍，要不就是记不清了，要不就是道听途说，还真没有一个人亲眼见过。

韩冲一无所获，思来想去，最有可能知道一点儿内情的就只有陆纬了。

韩冲正在琢磨应该怎么找陆纬打听打听，当初和宋子安、陆纬同一班的同学就联系上了韩冲，还让韩冲看了一段节目播出。

韩冲一看节目，愣了。

这期节目讲的是救助和防火一些简单知识，还专门请来了两位专家，一位是女医生，一位是男消防队队长。

韩冲全程傻眼。那女医生正是宋子悠，而男消防队队长居然是陆纬！韩冲立刻跑到同学群里，这才发现大家正在讨论陆纬和宋子悠。

宋子悠的身份也被扒了出来，不少同学都在猜宋子悠是不是宋子安的妹妹，还有人跑去找艾小娴证实过。

至于陆纬如今怎么成了消防员，同学们只觉得这事儿太玄幻。

有同学说了：“现在做消防员可不能只靠体力，脑子很重要的，要学很多专业知识，而且不仅体力要好，还要知识和行动力相结合，只有体力没有脑子的人可做不了。这个消防队队长就更难了，要率领队员进火场，还要根据现场危机情况进行调配和分工。”

群里热火朝天地讨论着，直到一个同学提出疑问：“奇怪了，我怎么记得陆纬在离校的时候，好像和宋子安因为什么事儿闹翻。怎么现在宋子安的妹妹和陆纬一起工作，还一起上节目啊？”

韩冲只是看着，没有发言，思来想去，总觉得这事里有点儿古怪。

宋子悠和陆纬是同事，还一起上节目，看他俩说话的样子像是很熟，而且也有默契。

可是为什么宋子悠要跟陆纬以前的同学打听陆纬的事儿呢？要是

宋子悠想知道什么，可以直接去问陆纬啊，干吗用这么迂回的方式找他打听？

韩冲越想越奇怪，转而就找到了陆纬的联系方式，试着打电话给他。也亏了过了这么多年，陆纬都没换手机号，电话一打就通了。

“怎么，宋子悠和你聊过我，还聊过以前学校的事？”

陆纬听了韩冲讲述来龙去脉，很是诧异，还时不时提出一两个引导性的问题，帮助韩冲吐露更多。

等挂上电话后，陆纬又坐在那里想了片刻，脑海中大概有了思路。

宋子悠找韩冲打听宋子安的事只是其中一个点，事实上，宋子悠想知道的是宋子安和他以及艾小娴这三个点之间连成的线，从线再变成面所能挖掘出来的所有故事。

宋子悠好奇宋子安和他因何事闹翻，主要起因到底是不是艾小娴。如果是因为艾小娴，那就是宋子安横刀夺爱。如果不是因为艾小娴，那么他当初和艾小娴在校园里传出来的暧昧绯闻又是怎么回事？

而韩冲的后半段话，基本上都是围绕着他和艾小娴的种种传闻。韩冲还透露已将这些打听到的消息都告诉了宋子悠，还说宋子悠一直追问，好像很关心这些。

陆纬皱着眉思忖片刻，心里浮上来的感觉可是不怎么畅快。

就在这时，陈放找上门来了。

陈放一进门，就看到陆纬神色阴晴不定地坐在那里，眯着眼睛仿佛充满了算计，也不知道此时此刻正被他计较的当事人是谁。

陈放一时愣在门口：“陆队。”

陆纬这才看向陈放，目光十分不善。

陈放抖了一下，脚后跟就要往门口退。

陆纬这时问道：“找我有事？”

“呃，本来是有的，不过要是陆队你忙的话，就不麻烦你了……”

“我不忙，有事说事。”

陈放立刻道："呃，是这样的陆队，你要是今天没事，能不能陪我出去一趟，我不会耽误你太久的……"

"出去？"隔了一秒，陆纬笑了，"是不是希望我陪你去相亲啊？"陆纬一提到"相亲"，陈放更尴尬了："不，不是，哎，其实也可以算是……"

"到底是不是？"

陈放支支吾吾，转眼就想到张青云的交代，但是嘴上就是不敢往外吐露。

直到陆纬眯了眯眼，当下呵道："陈放，立定，站好！"

陈放立刻甩掉刚才的所有情绪，当下就站成了木头桩子，挺胸抬头，十分笔挺。

陆纬走上前，打量着陈放的站姿："说，老老实实地交代，到底藏了什么猫腻？"

陈放是大气不敢喘一个，索性就破罐子破摔了，一股脑地就把张青云教他的话学了一遍："报告队长，是宋队医约我出去相亲，我本想着要趁这次的机会和宋队医解释清楚，但是我怕我怯场，到时候说不出来话，让宋队医误会更深，所以我希望队长能陪我一起去，最好是替我去赴约，跟宋队医把事儿解释清楚，就告诉她，我没想追她，是其他人恶作剧，拿我当箭靶子，我也是被逼的，请宋队医放过我！"事到如今，陈放也不管别的了，反正只要不再做夹心饼干，让宋子悠和陆纬放他一马，他什么都说得出来。

反正这番话是张青云教他的，就算将来两人问他，他就推给张副队好了。

陆纬听到陈放的话，半晌没有说话。

陈放匆匆看了陆纬一眼，又立刻移开目光，目视前方，心里颤悠着。

半晌过去，陈放才听到陆纬低声问："真是宋队医主动约你出去的？"

陈放连忙说："是的，陆队！"

“那么，你也确实没有追求宋队医的意思。”

这是一句陈述句，还加了肯定的语气。

“是，陆队！”

“那么，你是希望我出面帮你解决这次的问题？可这是你们的私事，我只是你的上级。”

陈放连忙按照张青云教的回：“陆队，你是我的上级，但这不算是我的私事！宋队医也是咱们的同事，我这个人笨嘴拙舌的，要是拒绝的时候说错话，得罪了她，那影响的就不是我个人了，而是整个团队！所以，希望陆队能帮我！”

陆纬似是而非地笑了一下，没回应。

但陈放听到那声轻笑就知道，这事儿是靠谱了。

第八章　兄妹情谊

1

就在张青云和陈放努力撮合陆纬和宋子悠的同时，宋子悠也来到餐厅，她闲来无事，就随便翻看菜单，还用手机上了会儿网。

宋子悠刷着刷着，就刷到网上一段电视节目的段落，正是她和陆纬上的那期。

宋子悠戴着耳机看节目，也没注意四周的情况，直到对面忽然坐下来一个黑影，宋子悠才恍然初醒。

她以为坐下来的是陈放，谁知目光却对上了陆纬。

宋子悠下意识地朝旁边看去："怎么是你？陈放呢？"

陆纬却没有着急回答这个问题："在看什么，这么专注？"

"哦，昨天播出的节目，你挺上镜的。"宋子悠转而又问了一次，"陈放呢，有胆子约我，却没胆子赴约？"

陆纬听了不禁眉梢一挑："你的意思是，陈放约的你？"

"不然呢？"

陆纬似笑非笑道："我知道的是，今天是你约的陈放，陈放不敢赴这个鸿门宴，又不知道该怎么拒绝你，所以就让我这个当领导的过来了，以免将来影响大家在工作中的关系。"

宋子悠有几秒钟的傻眼，她是无论如何也料不到陈放还玩了这么一手，平时看他虽然闹腾，却不像是胆子这么大的呀。

“平心而论，你觉得我会约陈放吗？”

陆纬不置可否，没说话。

“显然，这是陈放玩的把戏，他约我出来，自己却不来，还让你来，这不是明摆着要撮合你我吗？”

陆纬笑了一下：“陈放没这个胆子。”

“但是事情已经发生了，你还有别的解释吗？”

“要不是你最近故意对陈放献殷勤做给我看，陈放也不会因为怕事闹这么一出，他是想趁机帮自己脱身，只要你以后不再纠缠他，就不会再发生类似的事情了。”

陆纬的话信息量也实在很大，尤其是他的用词。

宋子悠几乎是在瞪他了：“首先，我那不能算是献殷勤，更不是做给任何人看，你的用词有问题，我最多也只是礼尚往来，感谢陈放给我买了零食，请你不要自作多情；其次，陈放之所以对此感到压力，想脱身，这压力也不是因我而起，而是因为你。”

也不知道陆纬从这话里听到了什么笑点，脸上笑意渐浓：“因为我？我有表示过什么吗？”

“这我怎么会知道呢，显然你应该自我反省一下是不是打压了下属，或者直接去问问陈放，他从你这里感受到了什么样的压力。或者再说明白一点儿吧，到底为什么会发展到今天这步，你要自我反省。”

陆纬越听越觉得好笑：“我要自我反省，反省什么？”

原本宋子悠是不打算把话说到这一步的，无论将来如何，顺其自然就好，然而她也没想到今天会撞上陆纬，两人还因为陈放而把话说到了这步，索性就说开了也好。

思及此，宋子悠说道：“就反省一下自己的心……问问自己，你到底是不是喜欢我。”

陆纬望着宋子悠的目光一瞬间有些复杂。

“你哪儿来的自信？”

宋子悠一秒没停：“那你呢，又哪儿来的自信，凭什么要当我的兄长？你扪心自问，如果今天来消防队的是宋子安的弟弟，你还会这么说吗？”

宋子悠几乎戳破了所有的窗户纸，句句见血。

陆纬没什么表情。

宋子悠也不知道他在想什么，便拿起水杯喝了口水，安静地等待下文。

谁知陆纬忽然开口：“那你呢，你跟韩冲打听我的过去，到底是冲着什么？冲着和宋子安、艾小娴有关，还是冲着我？”

还好宋子悠已经把水咽下去了，不然真的会呛出来。她顺了顺喉咙，努力压下去震惊的情绪：“是韩冲告诉你的？”

“你还没有回答我的问题。”

宋子悠想了一下：“我是因为上次在医院看到艾小娴和你之间的关系不太对，我想知道你们之间是不是有过什么……”

陆纬皱了下眉头。

“你看错了。”

“是吗？”

“最起码我这边没有任何见不得人的事，我和艾小娴最多只能算是校友。而且，你好奇这个做什么？”

“艾小娴是我哥的女朋友，将来等我哥醒来了，他们还会结婚，她会成为我的嫂子，我不该帮我哥了解一下情况吗？”

陆纬定定地看着宋子悠片刻：“这里面的事，宋子安是最清楚的，哪怕以前有过流言，他也都知道那些不是真的。”

“你凭什么这么肯定，我听说你后来没多久就退学了，你和我哥还因为一些事打过一架，等于是撕破脸了。”

陆纬没说话，看向宋子悠的目光有些冷。

片刻后，陆纬才出声："这是我的私事。"

"和艾小娴无关？"

"无关。"

"和我哥也无关？"

"我曾经以为有关，后来经过进一步确认，确定和你哥无关。"

宋子悠又问："那么……"

陆纬却将她的话打断了："这个话题我不想再提。"

一时间，两人都不再说话，看着彼此。

直到服务员走上前问："请问两位，需要点菜吗？"

陆纬看向桌上的菜单，说："点。"

宋子悠没出声，只是看着陆纬浏览菜单，看着他问了几道菜，然后陆纬又问宋子悠是否有忌口，有没有想吃的。

宋子悠提了两道，陆纬又跟着加了一道。

等服务员拿着菜单走开，气氛才恢复如常。

陆纬再开口时语气很平和："我的过去，除非必要，我不想再提及。至于你刚才对我的质疑，你说如果你是子安的弟弟，我还会这样照顾你吗，答案是不会。"

宋子悠抬起眼，看向他。

"如果你是男的，我对你会很凶，很严厉，我绝对不会有现在这么好的脾气。"

宋子悠半晌没说话，分辨他话里的真假，然后她露出一抹笑："也就是说，因为我是宋子安的妹妹，我才得到现在这样不冷不热的待遇？"

陆纬一顿："我不是这个意思。我一直试图对你和善一点儿。"

"我知道，这是你不擅长的事，做起来自然别扭了。"

陆纬沉默了。

宋子悠的心情却渐渐变好了："不过话说回来，我想做你的妹妹也没什么不好的，你对陆明就很不错。你是我的上级，也是我哥的兄弟，你又愿意对我和善一点儿，尽管你不擅长，我和陆明还是好朋友，冲着这几层关系，我都是占了你一个大便宜了。”

陆纬听着皱起眉，越听越别扭。

宋子悠继续说道：“那这事儿就这么定了吧，以后我就拿你当我第二个哥哥，我有什么事就找你帮忙，也希望你能像对陆明那样对我。”

一顿饭吃得不温不火，不咸不淡，两人吃过饭又坐了一会儿，就起身准备返回队上。

陆纬开车，宋子悠坐车。

陆纬开车的时候不怎么说话，只是听着电台里的节目，宋子悠也没有没话找话，径自看着窗外，想事情出神。

直到车子开到消防大队。

宋子悠突然说：“哦，对了，过几天我想去看看陆明和孩子，这么长时间了都没再见过面，于情于理都不合适，正好现在趁着你我的好事，我买点儿好吃的好喝的去看看他们。”

陆纬几不可见地皱了下眉：“陆明那里什么都不缺，你去看她，她就很高兴了。刚才你说什么……你我的好事？”

“是啊，现在我认了你当兄长，也算认亲了，那我和陆明以后不仅是朋友，也是姐妹，她的孩子就是我的外甥，也算亲上加亲，我正好去和陆明念叨念叨。”

陆纬只觉得脑仁儿疼，这个女人就不能消停一小会儿?

两人分别下了车，宋子悠关上车门，余光就扫到停车场另一端，有个人影鬼鬼祟祟的，像是陈放。

宋子悠嗤笑一声，脚下一转走到陆纬跟前。

陆纬刚锁好车，一抬眼，就被宋子悠挡住去路。

陆纬没什么表情，宋子悠却故意靠近：“陈放在那头盯着咱们呢，你猜如果我现在一不小心没站稳，栽倒在你怀里，陈放会不会立刻把这个消息传遍整个队啊？”

陆纬扫了一眼陈放藏身的方向，低声道：“只要你肯放陈放一马，这事儿就翻篇了，你是嫌事儿不够大，还是嫌日子过得清闲，非得再找点儿文章？”

“说的也是，那就等我去看过陆明之后，找一天你和我去趟医院吧。”

“去医院？”

“是啊，去看看我哥，你上次不是也去过了。”

“哦，好。”隔了几秒，陆纬再度开口，“我也是时候再去医院检查一次了。”

这回反倒是宋子悠怔住了。但也不过是一瞬间，方才挑衅的情绪一下子落入谷底。

是啊，转眼就过了三个月了。

陆纬该去医院复查了，还需要再检查一次HIV病毒是否呈阳性。

宋子悠张了张嘴：“你不说我都忘记了。”

“我自己却不能忘。”话落，他就迈开脚，径自朝队里走去。

宋子悠回过身，瞅着他的背影，片刻后才转向反方向。

2

经过这天的事之后，队员们私下里的谈话内容也有了变动。

陆纬和宋子悠吃完饭回来，陈放就托张青云去打听了，到底这两人有没有眉目，谁知张青云带回来的消息却是——这两人好像成了“兄妹”了。

陈放险些被自己的口水呛死，这都哪儿跟哪儿啊？这都什么乱七八糟的！

怎么男人和女人暧昧，互生情愫，还能拐这么大一个弯儿？

陈放和方义夫、张淳私下里也聊过小天，三个人各抒己见。

方义夫分析说，什么“兄妹”呀，这就是欲盖弥彰的说法，就是说给外人听的，让大家转移注意力，不要没事就关注他们的私事。

张淳也表达了看法：“你们说，平时在公事上，陆队都挺果断的，尤其咱们出任务的时候，要不是有一个判断清晰且理智的总指挥在，事情可能就会变一个结果了。怎么在感情上，陆队突然这么谨慎起来了，还畏首畏尾的？”

陈放说：“你们算过日子没有，距离上次那个事，已经过三个月了，我估计最近几天，陆队就得去医院再做一次检查。”

方义夫和张淳同时一怔。

接下来的两天，刘创入职了，苗晓娟也开始跟着发飘，整日蹦跶，忙前忙后，忙里忙外，殷勤献得别提多热切了。

刘创是个阳光大男孩，苗晓娟对他好，他也没拒绝。苗晓娟叫他中午一块儿吃饭，刘创每次必到。

这倒是苦了宋子悠，每天中午吃饭都要忍受刘创的灼热目光。

宋子悠甚至已经开始琢磨了，赶明儿要是刘创再让她食欲不振，她就不和苗晓娟一起吃午饭了，干脆自己回宿舍做。

可想而知，这件事不仅影响到宋子悠，也影响到了方义夫。

自从刘创来了，苗晓娟眼里就再也看不见其他人了，整天嘴里念叨的都是刘创的名字，方义夫失魂落魄的，其他队员都看不下去了。

陈放劝方义夫，天涯何处无芳草，下回再有相亲的局，方义夫就和他一起去，忘记上一个的最好办法就是尽快找到下一个！

张淳也劝方义夫，苗晓娟就是颜值控，喜欢的就是刘创那种皮肤白的，长得嫩的，像是他们这种五大三粗的糙汉子，苗晓娟是看不上的。就在三人的注意力被苗晓娟转移开的时候，苗晓娟也找了个机会把宋子悠拉到外面搓了一顿烤串，顺便打听起刘创的事。

这顿饭宋子悠原本是不想来的，她的借口多得是，但是转念一想，不如趁机和苗晓娟把话说清楚，便来了。

两个女人坐下来，谁也没有吃几口，苗晓娟的心思都在刘创身上。宋子悠则是没胃口，正琢磨着怎么把话说明白。

直到苗晓娟开始东拉西扯地打听起刘创在学校的事。宋子悠这样说道："晓娟，我和刘创一点儿都不熟，要不是他跑来叫我学姐，我都不记得有这么一号人物。"

苗晓娟说："子悠，你看啊，你说你们不熟，可是刘创却说你们很熟，你说你不记得这个人，可是他却对你的喜好一清二楚，我到底该听谁的？"

宋子悠在心里叹了口气："那你认为谁的话可信呢？"

"你，我还是相信你。"

"那不就得了。刘创所谓的熟，只是他单方面的。其实我也不明白，你到底喜欢他什么，他来队上才几天，你了解他吗？"

"要是了解得透透彻彻了，那就喜欢不起来了。"

宋子悠怔住了。

苗晓娟喝了口酒："你看，队上的人有哪个我不熟的？他们谁有什么事，我都一清二楚，就跟自己家兄弟一样，根本没有一点儿心动的感觉。要是跟他们其中一个成家了，这日子怎么过？等于是给自己找了个亲人结婚哪！"

宋子悠安静片刻："就算你找了一个有神秘感的，让你怦然心动的男人结婚，日子久了也会变成亲人的。"

"可是起码我体验过从爱情到亲情的转变啊，这个过程我很在乎的啊！"

"这么说，你真的不会接受方义夫？"

“大家都说我是故意作，故意抻着他，你知道我有多无语吗？我从来没有和方义夫表示过什么，也让他去找别人，我也没有故意接近他啊。我的心思就没在他身上过，我怎么就朝三暮四了？难道他喜欢我，我就也得喜欢他？”

从这句话以后，宋子悠没有再提过一个问题，大部分时间都是苗晓娟在说话，而宋子悠只是偶尔搭个茬儿。

苗晓娟喝酒上了头，一股脑说了很多。

苗晓娟也承认了，自己对刘创就是有点儿一见钟情，就是有点儿心动，或者也是因为在这个队里大家低头不见抬头见的，她已经习惯了，忽然来了一个长得顺眼的帅哥，笑容也很温暖，她就喜欢了。

苗晓娟还说，她也不知道自己能喜欢刘创多久，只不过这都好几年了，头一次有了心动的感觉，她不想压抑自己的感情。

到最后，苗晓娟更坦白道，她知道刘创喜欢宋子悠，眼里根本没她这个人，她和刘创最多就是个同事关系，可她还是想努努力。

两人回到队上的时候，苗晓娟嘴里还嘀嘀咕咕的，宋子悠一路搀扶着她往宿舍方向走。走到一半的时候，刚好遇到方义夫和陈放两人。

方义夫一看到苗晓娟喝得醉醺醺的，就立刻上前表示关心。苗晓娟原本还晕乎乎的，看不清谁是谁了，乐了一会儿，就往他身上倒。

方义夫一时受宠若惊，就用身体撑起苗晓娟的重量，谁知苗晓娟一开口，叫的就是“刘创”。

方义夫当时脸色就变了。

直到宋子悠将苗晓娟拉开：“她喝多了，胡说八道。”

等宋子悠和苗晓娟走远了，方义夫才像是游魂一样被陈放拉回宿舍。回来后一句话不说，一夜也没合眼。陈放看到他的样子吓了一跳，直担心他会想不开做傻事。

第二天，上午的训练结束后，宋子悠在办公室的楼道里见到了陆纬。不，或者说是陆纬在等她。

陆纬就靠着墙，旁边那道门就是通往医务室的，宋子悠一定会经过这里。

宋子悠将双手插在白大褂的口袋里，在陆纬身前一米的距离停下来，挑眉瞅着他。

陆纬站直了："我来找你，是想了解一下昨晚发生的事。"

宋子悠点点头："陈放当时也在场，他回去没说？"

"说了，但据他的描述来看，那根本不是什么大事，方义夫不应该受此打击，我想这里面或许还有别的问题。"

宋子悠推开医务室的门，陆纬跟着进屋，屋里没有其他人。

宋子悠坐下来："在陆队看来，这或许根本不是什么大事，但是你知不知道什么叫千里之堤溃于蚁穴？对堤坝来说，蚁穴也很渺小。"

"消防队是纪律部队，面对天灾人祸，我和我的队员们都没有惧怕过。"

"但感情上的事既不是天灾也不是人祸，那是真情。方义夫付出了真情，即便他知道苗晓娟对他没上过心，却始终有一点儿侥幸心理，认为精诚所至金石为开，日积月累下来就不知不觉地付出很多。他对苗晓娟的付出不是一朝一夕的事，想让他抽离，也不应该逼他在一朝一夕完成，就算他现在表现出来没事儿人一样，也不要信，他现在需要的是心理上的疏导和队员们的安慰、支持，而不是一句'我没事'。"

"以你的意思是，我需要帮他安排接受心理辅导？"

"没这么严重，他现在需要的只是时间和大家的体谅。给他足够的时间，让他接受这个事实，从这个情绪中走出来，欲速则不达。方义夫会过去的，但他是人，不是钢铁侠，如果说让他睡一觉就痊愈，那么他先前对晓娟的付出也不值得一提。"

陆纬没说话，但他脸上的表情却稍稍放松了些。

显然，他也是看出了方义夫对此事的芥蒂，这才来找宋子悠问个清楚。可即便问清楚又如何呢？这道坎儿还是要方义夫自己迈过去。

宋子悠见状，突然笑道："看来陆队在这方面没什么经验啊。"

陆纬一顿："我有过女朋友，我也不是愣头青。"

"你是有过女朋友，可你爱过她们吗？她们对你来说，只是女朋友，还是心爱的人，有没有比你的工作更重要？"

陆纬没说话。

"如果只是女朋友，你自然无法体会方义夫的心碎。"

陆纬忽然问："你能体会？"

宋子悠耸着肩说："我也不能。"

陆纬仿佛笑了。

"对了，有个事我还想请教。"

宋子悠也笑了："请说。"

"站在医学角度来说，有没有什么治疗方案是可以加速心理痊愈的，比如多参加一些娱乐社交活动之类的。"

"哦，那就去唱个K好了，多点几首需要呐喊出来的歌，让方义夫对着麦克风吼出来，这种发泄方式很有效。"

陆纬极轻地点了下头："多谢。"

他转身就往门口走。

谁知刚拉开门，手机上就传来一条微信。

陆纬在原地站定，点开一看，正是宋子悠发来的，她分享了一家KTV，还附上优惠券。

宋子悠的声音这时传来："不用谢。"

3

方义夫和苗晓娟的这段插曲，就像是打了一场雷，雨点都没落下就过去了。后来在饭堂里再见面，方义夫一如既往地跟苗晓娟打招呼，苗晓娟也一如既往地笑一下，转头就去找刘创了。

方义夫没在意，更没有回头去瞅两人的互动，就自顾自吃饭。反倒是其他人，一个个都有点儿不适应。

陈放说要找两天倒休，跟方义夫出去喝顿酒。

方义夫说自己没事，拒绝了。

张淳说要大家伙儿一起出去唱个K。

方义夫倒是答应了，可是要想人都凑齐了一起去唱，这事太难了，考勤表排不开，还要二十四小时待命。

结果这天晚上，方义夫就被陈放和张淳两人连拖带拽地架出宿舍。方义夫原本还在抱怨，大晚上的把他叫出来干吗，谁知却在停车场看到陆纬坐在车上，还朝他们三人招手。

方义夫简直五雷轰顶，当场石化，被陈放和张淳架上车，带到附近的一家KTV。

第二天早上，除了陆纬之外的三个人嗓子都喊哑了，方义夫甚至失声，三人排着队来医务室拿药，没想到宋子悠却像是有先见之明似的，一早就准备好了喉糖等着他们。

转眼到了周末，方义夫回家跟父母吃了顿饭，回到队上就说，父母催他早点儿结婚，还给他安排了相亲。

陈放和张淳都吓了一跳，说方义夫是受刺激了，自暴自弃。

但方义夫却说，早晚都得醒过来，他可不能再耽误时间在终身大事上了，早点儿成家父母才能早点儿放心，再说要忘记一段感情的最好办法，就是开始新的一段恋情。

这段插曲落幕后，宋子悠也给陆纬发了条微信，约去医院的时间。

第二天一早，宋子悠坐上了陆纬的车。

车子开到一半，陆纬说："待会儿拿完检查报告，我打算再去看看子安。"

宋子悠侧头看着陆纬，半晌没说话。

直到陆纬问："怎么？"

"我有两个问题想问。"

"你说。"

宋子悠："第一，你真的很关心我哥，你们这几年虽然不联系了，但是当年的感情却很深厚，我很好奇，你们到底是为什么闹掰的？"

陆纬没吭声，专心开着车。

宋子悠仔细观察着他侧脸的表情："哦，我听说，你当时还朝我哥脸上打了一拳？"

车子瞬间在一个红灯前刹停了。

陆纬转过头："你刚才说有两个问题，第二个是什么？"

宋子悠挑挑眉，又道："不管怎么说，在我哥昏迷之前，你和我哥都没有和好，请问待会儿见到他，我该怎么跟他介绍呢？难道要跟他这样说——哦，这位陆纬，是你曾经的好哥们儿，还朝你脸上打过一拳，但他现在决定要认我当妹妹了，不如你们和好吧，以后还是好兄弟，大家都是一家人？"

宋子悠话音落地，车里就陷入沉默。

陆纬没什么表情，也没有生气，仿佛正在思考。

宋子悠也没催促，就盯着他的侧脸瞧。

直到陆纬再度发动车子，淡淡道："关于第一个问题，其实是当年的一场误会。"

宋子悠抓住他的字眼问："你们有误会？"

"这事还是等子安醒了再说吧。"

宋子悠张了张嘴，还想继续追问，却又不知道该从哪里下手了，她连事情的缘由是什么都不知道，如何继续问呢？

过了几秒钟，陆纬开口：“至于你说的第二个问题，我听说即便病人处于昏迷状态，他的大脑也是在运动的，他还会听得到别人说话。如果这个方法真的有效，我以后会多抽出一些时间过来看他。”

宋子悠忽然不知道该说什么了。

这要是换作其他人，就算当年在学校的时候是哥们儿，出了社会多半也会因为各自不同的经历而各奔东西，貌合神离，心里的距离远了，就算能坐下来一起喝大酒也不会交心。

陆纬说：“当年的事，我心里或多或少还有些介意，毕竟那件事影响了我的一生，如今趁着他昏迷不醒，我怎么骂他他都不会回嘴，这么好的机会怎么能放过。”

宋子悠一阵无语，转而侧头瞪他：“你这就是趁人之危了，看来我要把你划到拒绝探访名单里。”

转眼，两人就到了医院。

宋子悠先去住院部看望宋子安，陆纬则去做最后一次HIV病毒的检查，检查结果当天就可以出。

宋子悠来到病房里，听到护工简单交代了这几天的进度，基本一切如常。

宋子悠就像以前一样，给宋子安的手脚做物理按摩，帮他的肌肉加强活动，减少萎缩的速度。

等陆纬拿着检查结果来到病房时，已经是一个多小时后。

宋子悠将宋子安的双腿放回被子里，随口问道：“结果如何？”

陆纬却没回答，一屁股坐在椅子上，双手环胸，一语不发地望着宋子安出神。

宋子悠等了片刻，见他没动静，便又问了一次，可陆纬还是不答，好像整个人都灵魂出窍了似的。

宋子悠这才觉得不对，来到陆纬跟前，有些不能置信。

然后，宋子悠将手伸到陆纬面前："报告呢，给我看看。"

陆纬面无表情地从兜里拿出一张纸，递给宋子悠。

宋子悠有些紧张地翻开一看，检查结果——呈阴性。

宋子悠先是一顿，随即看向陆纬，正准备说点什么，却猝不及防地看到挂在他唇角处那一抹淡淡的弧度。

宋子悠这才意识到自己被耍了，她将报告一下子拍在陆纬的肩膀上。陆纬那声低笑也从口中溢出。

宋子悠气不打一处来："这种事也拿来开玩笑，请问您今年多大了？"宋子悠话音落地，就坐到床的另一边。

陆纬脸上还挂着笑意，一时间柔和许多，哪里还有平日那个不苟言笑的陆队的影子，仿佛心里住着一个玩心很重的小男孩。

陆纬没多说什么，拿起桌上的苹果和水果刀，慢条斯理地削起来。陆纬将苹果削好，切成块，剃掉核，随即将装着果肉的饭盒递到宋子悠面前。

宋子悠扫了一眼，拿起一块放到嘴里。陆纬也吃了一块。

一时间只能听到咀嚼声。

两人虽然没有交谈，气氛却并不尴尬，两人似乎都很享受这一刻的安静，也都安之若素。这要是换作一个月以前，宋子悠是不能想象她竟然会如此"相安无事"地和陆纬独处一室。

有些事，似乎已经在不知不觉间改变了。

4

两人很快就返回队上，只是车子刚开到大门口，就听到队里响起警笛和广播。

陆纬和宋子悠同时一怔，一下车就冲向消防车和救护车。

队员们已经整装完备，正准备出车，见到陆纬回来，副队张青云立刻跳下车迎上，快速报告情况。

不是火灾，出事地点在工厂，是机械故障导致一位工人的双手卡在机器里。

陆纬快速将便服换成队服，同时命令道：“出车，边走边说！”

救护车也开了出来，宋子悠披上白大褂就跳上后座，和李可风讨论起待会儿可能需要面临的情况。

消防车和救护车一同开出消防大队。

消防车里，张青云已经交代完事情经过，称在事发工厂里，一名工人因为在操作作业时遇到机械突然故障，出现卡顿情况。工人按照培训上交代的处理方式进行处理，没想到机器不听使唤，将他的双手卡在重要零件里拔不出来，距离现在已经超过了十分钟。

在这十分钟里，工厂里的技术人员也一再尝试维修机械，希望尽快找到出错位置，令机械恢复运转，这样才能让工人把双手拔出来，但是到现在都没有好消息。

张青云很快将查到的工厂资料递给陆纬看，陆纬看了片刻，神情凝重：“这种大型机械一旦出现故障修理起来费时费力，需要逐一排查各个部位零件到底是哪里出了问题，等他们找到，那工人的手就废掉了。”

另一边，救护车里，李可风也在说同样的事。

“宋队医，你怎么看？”

“不乐观，咱们没时间等机械恢复运转，救人要紧，否则他随时有截肢的可能。”

事实上，形势比这些描述还要不乐观。

等一队人赶到现场一看，那被机器卡住双手的年轻工人早已大汗淋漓，五官扭曲，嘴里叫喊着，痛苦万分。

他的双手肘部以下被卡在机器零件里拔不出来，鲜血透过机器流淌出来，触目惊心。

工厂的厂主在一旁仿佛热锅上的蚂蚁，见到陆纬带人进来，立刻迎上前，嘴里念叨着希望消防队一定要把人救下来，他这是小厂子，小本经营，全厂就靠这一台进口机器工作了，月底就要交货了，要是工人出了事，这就是工伤，他们厂子真的赔不起啊！

陆纬大步往前走，张青云带着人紧随其后，将厂长推到一边，来到跟前查看。

宋子悠和李可风已经拿着医药箱跟上来，见到年轻工人的伤势，两人脸色一起变了，交换了一个眼神，彼此心照不宣，这就是他们刚才在车上预料到的最坏的情形。

陆纬将这表情尽收眼底："依你们看，是帮他把胳膊拔出来，还是直接切掉零件。"

宋子悠看了眼时间，已经超过十五分钟。

宋子悠从医药箱里拿出止疼针，同时对陆纬说道："他等不了多久了。"

陆纬转身看向厂长，然后走上前，低声道："你的人多久可以修好机器？"

厂长看了眼那边忙得满头大汗的技术人员，六神无主地说："我想，也许半小时……不，一小时……"

陆纬的脸色瞬间沉了下来。

宋子悠刚好来到两人跟前："一小时，他的双臂会完全坏死，只能截肢。"

"什么……那，那怎么办？"

陆纬没吭声，转身走到机器跟前，命令道："锯开机器，连零件一起带走！"

"是！"队员们跟着动起来。

厂长跑上来恳求："要是锯开机器，我们厂子就完了，这个月交不了工，我开不了支，这里所有人都要喝西北风了，我连他的医药费也付不出来啊！"

众人的动作又相继顿住，看向四周惊慌失措的工人们。

"我求求你们了，帮帮忙吧，机器真的快修好了！"

陆纬的眉头已经打了死结，他刚要开口，卡住的年轻工人这时喊道："能不能帮我把胳膊从这里拿出来，也许不用锯掉机器！这个机器真的很重要，我们都要靠它吃饭的！"

陆纬又一次看向宋子悠。

宋子悠飞快地说："我去给他加一针吗啡，可以试一次。"

陆纬点点头，等宋子悠给年轻工人打完针，几个消防员一起上前，帮助他将胳膊往外拔。

刹那间，却只听到年轻工人凄厉的惨叫声。

消防员们一起停手，再度看向陆纬。

陆纬当机立断，沉声道："副队，带人准备，锯开机器！"

"是！"

厂长立刻慌神了，很快就看到几名消防队员拿出工具，有扳手，有拆卸齿轮的工具，还有电钻。

厂长最后做出请求："求你们了，它能修好的，能修好的！"

陆纬让开一块地，让几名消防员在机器前操作，有的人站到上面去锯，有的人在下面拆卸。

陆纬一回身，声音冰冷地问："锯掉机器，换他平安，还是舍弃这个工人的双手，换机器的完好无损，你来选。"

厂长一下子就不说话了，颓丧地低下头。

另一边，电锯声毅然响起。

宋子悠和李可风也站在空隙里，快速给年轻工人进行输液。

锯掉一个大型零件，前后只用了五分钟，这个零件重达二十公斤，抬起时，那工人发出了比刚才还要凄惨的叫声。

宋子悠早已准备好担架，让工人平躺上去，连同零件一起，只不过因为零件的重量，这一路出去需要随时有人帮忙抬起，以免压到伤口，导致进一步坏死。

工人被送上救护车，直接奔向最近的医院进行手术，至于他的手能否保住，还要看进一步的手术结果。

回程的路上，宋子悠坐在后座上，一言不发。

李可风几次看向她，欲言又止。

好一会儿，宋子悠看过来，率先开口："李医生，有什么想说的就说吧。"

"其实像今天这样的情况，以后你还会遇到很多，两个选择，似乎选哪边都可以，又好像选哪边都不对。我们在选择的时候，根本无法预知接下来的结果是否能尽如人意。人世无常，遗憾每天都在发生啊。"

宋子悠有些诧异："李医生今天好像感触很多！"

"看到刚才那样的情形，难道你没有吗？"

"有，不过没有你这么深刻，你是不是想到什么？"

李可风张了张嘴，这才讲到过去他经历过的一次救援。

那一次，他们是赶到一个工地现场进行救援，伤者有两位，而且两人卡在同一条钢筋水泥上。

其中一位伤者的腿因为被水泥压制时间过长，已经没有知觉了，即便将整条腿拔出来也是截肢的结果。而另一位伤者表面伤得并不重，而且年纪也比较轻，只是因为肩膀被钢筋贯穿，需要切断钢筋才行。可是一旦切断钢筋，这条钢筋原本支撑着的水泥墙就会整个倒下来，砸在另一个伤者身上。

宋子悠不禁动容："后来你们是怎么做的？"

李可风笑了一下说道："你不如来猜猜看，换作是你，你会怎么做？”

宋子悠皱着眉想了片刻：“先锯掉第一位伤者的腿，让他先一步离开现场，再去锯掉第二位伤者身上的钢筋，将人救出。”

“这在当时的情况看来，是最好的办法，当时那位队长也是这么下命令的。”

“当时那位队长？不是陆纬吗？”

“不是，那是咱们队上一任消防队队长，有几十年丰富的消防经验。他的决定一向正确，他下命令后，所有人都跟着动起来，希望能将两个人都救出来。但是我却注意到，当他下命令之后，他的脸色非常沉重。”

宋子悠心里一咯噔：“怎么，最后没有把人救出来？”

“救是救出来了，不过只救出了第一位伤者，那面水泥墙还没等到我们动手，就第二次塌方，那个年轻人被当场砸死。后来那救出来的伤者也在送医途中，因为腿部失血过多而休克，还没推到手术室就停止呼吸了。”

宋子悠一下子不说话了。

李可风的声音再度传来：“其实像今天这样的情况，已经算乐观了。不管那个工人的手能不能救回来，最起码咱们知道，他最多只是失去那双手，那个工厂失去的是一台机器，两边损失的都不是生命。往好处想，那工人或许能保住双手，他将来还能自己吃饭，还能继续工作，虽然不能做现在的职业，双手的灵活度也不如一般人，但他不是残疾，他还年轻，会有很多机会。”

宋子悠看向窗外，心里五味杂陈。

其实她很明白李可风说那段故事的用意。李可风就要离开消防队了，他有很多经验想传给其他队医，他是队上资历最老的队医，也经历过很多大场面。

但尽管像李可风这样身经百战的救护医生，他也是个人，心是肉长的，今天的事，或多或少触动到他，令他又一次想起之前那次两个人都没有救下来的遗憾。

可惜，这世界上不会有一个消防员选择先去救肩膀被钢筋插中的伤者，甚至每一个救护医生，都会先选择去救助腿被砸中的伤者，除非那位伤者当时的生命体征已经回天乏术，所以这件事不会有两种方案，也不会有两种结局。

第九章　心的距离

1

听了李可风讲述的故事，这之后的一路上，宋子悠都很安静。

走下救护车，宋子悠和李可风打了个招呼，就心不在焉地往宿舍的方向走。

她走到一半，在操场上站住了，突然就拿起手机给刚才接收病人的医院打了个电话。

按照时间推断，现在病人应该已经做完X光拍摄，医生也应该做出判断，他的双手是否保得住。

按理说，宋子悠已经完成了自己的救护工作，后续的事已经不再和她有关，可是她还是打了这通电话。

直到电话里传来护士的声音，说："那位患者正在进行双手切除手术。"

电话切断了。宋子悠站在操场上，瞪着投射在地上的自己的影子。

另一边，结束了一场营救的队员们刚刚在浴室里冲完澡，大家像是以前一样讨论着今天的年轻工人和厂长。

陈放突然说道："对了，陆队今天不是去医院复检吗，有谁知道结果？"

方义夫一怔，说："哎，咱们光顾着救人了，都忘记问了。"

这个时间，陆纬已经回到宿舍里。

他用毛巾擦了擦还有些湿漉的头发，刚要去摸口袋里的检查结果，却扑了个空。

陆纬动作一顿，随即想起来今天在宋子安的病房里和宋子悠开了个小玩笑，宋子悠看了结果就没还给他。

陆纬转而拿起手机，想联系宋子悠，只是一句话打了一半，他犹豫了两秒，又删掉了。

谁知，陆纬刚放下手机，就听到门外响起敲门声。

陆纬走上前，将门拉开。

门外站着的竟是宋子悠!

陆纬顿了一秒："找我有事?"

宋子悠举起手里的检查结果，递到他面前："你的报告，我忘记还你了。"

陆纬接过来，点点头，也不知道自己是因为出于礼貌还是别的原因，随即问："要进来喝杯茶吗?"

"好。"

正是这个回答，令陆纬在门口僵了两秒，定定地看着她，直到他的身体先做出反应，让开两步，同时将门推开。

宋子悠走进门口，环顾周围。

这间宿舍比她的大一点儿，一个人住的话算是宽敞，打扫得一尘不染，东西收拾得也井井有条，摆设和用具一眼就能看出来是男人居住的。宋子悠率先来到桌前，看到上面摆放的都是专业书籍，拿起一本翻了翻。

陆纬的目光一直落在她身上，看着她的动作，直到宋子悠坐下来翻书，他才挪动脚步，将电热水壶充满水，趁着烧水的工夫，又去洗干净一个杯子，找出茶叶桶。

宋子悠的声音传来："还是给我杯白水吧，我怕喝太多茶会失眠。”

陆纬又把茶叶桶放回去，将烧好的水倒进杯子里，将杯子放到宋子悠手边的桌子上。

陆纬又走回到放水壶的桌前，和宋子悠保持着三步的距离。

宋子悠放下书，端起水杯握在手里，用来焐手：“刚才我给医院打了个电话，那个工人的手没保住，双手都要切除。”

陆纬一怔。

宋子悠仿佛笑了一下，但那笑容有些复杂，有些牵强，只是一秒就落了下去，她的头也跟着那笑容一起低下去。

她的双手更用力地握着杯子。

陆纬皱着眉头看了片刻，终于上前拿走她手里的杯子，放在桌上。

宋子悠双手手心都发红了。

陆纬看着她的手心，声音冷了几度：“你的手不只属于你自己，还属于消防队，如果双手烫伤，未来会影响其他救助工作。”

宋子悠依然低着头：“我只是觉得手冷，用杯子焐一下。”

陆纬没跟她纠结这个话题：“今天的结果，谁也不想，你和我也控制不了。”

“也许能控制呢？”

陆纬皱了下眉，没说话。

宋子悠抬起头：“如果当时我就判断出这种结果的概率其实很大，我及时提出来，或许会改变呢？”

“你能判断概率？一定可以保证吗？”

宋子悠安静了两秒，忽然说：“比如，我当时是不是应该再给他打一针吗啡，尝试在现场把他的手拔出来；比如，即便当时将机器零件切下来，也不要将患者连同零件一起送到医院，就在现场做一个简单的拆除手术，给他注射麻药，那么起码还可以节省下从工厂到医院的时间。”

陆纬的回答非常冷静："你的第一个比如，咱们当时试过，可行性太低，患者的痛感已经超过吗啡的药效；至于你的第二个比如，你身为医生应该知道，在工厂那样的环境做简单的拆除手术，很有可能会令伤口感染，就算节省下一段时间，等送到医院可能也是切除双手的结果。"

"如果能再理智一点儿，我当时就应该宣判他死刑，让大家等待技术员修好机器，这样起码还能保住那台东西。那是那家厂子的饭碗，总好过现在，砸了人家的饭碗，手也没有救回来。"

"你知道你在说什么吗？"

宋子悠没说话，只是点了下头。

"如果你当时给出这样的建议，那你明天就不会出现在我的队伍里了。"

半晌过去，宋子悠才开口："除非那个工人的生命体征已经没有抢救的必要，否则那样的建议，我永远不会提。"

"今天的事，你我问心无愧，咱们只是做了自己应该做的事。"

"我知道，我不是来找你散播负面情绪的，更不是来撒气的，我只是想到了就说了。"

陆纬望着她："你以前跟过救援队。"

"是。"

"那你应该知道，救援队里有一条基本原则。"

"我们的最终目的不是一定要救活多少人的性命，而是在天灾人祸面前，尽我所能地帮上忙，将损失尽可能降低，生死有命，我们不应浪费时间沉浸在生死问题中，而是正确地面对生和死。"

"能体会这层深意的人很少。面对生死，有几个人能不动容？所以每次灾后救援行动结束后，所有参与救援的人都需要接受心理辅导。"

"我接受过三次。"

陆纬举起手指头："我，四次。"

宋子悠有些诧异："我还以为你会比我少。"

陆纬笑了："事实证明，我比较认死理，前两次的辅导，心理医生的话很多我都没听进去。"

宋子悠也跟着笑了。

屋里的气氛渐渐柔和下来，两人望着彼此，四目相交，脑海中回荡的是此前发生的片段，心里的距离也跟着近了。

直到门外传来几道拍门声。

2

两人同时一怔，看向门口，听到陈放的声音："队长，还没睡吧？"

陆纬转身走到门口，正准备拉开门，宋子悠却突然拉住他的手臂。陆纬诧异地回头，宋子悠就站在他身后，声音压得很低："这么晚了，要是让他们知道我在你屋里，明天又要谣言满天飞了。"

陆纬几不可见地皱了下眉："又没做什么见不得人的事。"

"不行，你不要脸我还要，你就说不方便，把他打发走，等他走远了，我再走。"

陆纬盯了宋子悠几秒，任由门外陈放敲门。

"矫情。"

宋子悠一噎，刚要反驳，却不防陆纬抽走手臂，将门拉开半扇。

宋子悠下意识地躲到门后，屏住呼吸。

陆纬站在门前问："这么晚了，敲什么敲？"

陈放一愣说："队长，我就是想问问，你今天拿到检查结果了吗……"

陆纬“嗯”了一声：“阴性，放心吧。”

陈放乐了：“嘿嘿，我就知道肯定没事，这就叫大难不死必有后福……哎，不对，不对，这叫……”

“好了，太晚了，早点儿回去休息吧，让大家都放宽心，早点儿睡保存体力，明天上午绳索训练。”

陆纬当着陈放的面把门关上，陈放已在门外石化。

陆纬合上门板，人却没动，只是侧过头，斜睨着躲在门后的宋子悠。他的一双眸子很深很黑，里面带着戏谑。

宋子悠猫在那里，贴着门板，还用耳朵听外面的动静，唇角也挂着一抹笑，好像是因为陈放的哀号。

宋子悠轻声道：“原来陆大队长这么闷骚。”

门外陈放已经走远了。

陆纬的嗓音也跟着响起：“我刚才原本可以大大方方地请人进来，要不是因为你怕丢脸，我犯得着吗？”

宋子悠扬了扬眉：“哦，我说的不是刚才。”

宋子悠抬起一直藏在另一边的手，手上多了一本书，是之前陈放落在陆纬这里的，名叫《你了解她吗》。

陆纬一下子就顿住了。

“这不是我的。”

宋子悠笑道：“那是谁的，你这屋是两人间？”

陆纬绷着嘴角，不说话。

“你，了解她吗？不知道陆队是有喜欢的人了，还是纯粹闲得买来当课外读物的？不过，你还真是单纯，竟然以为追女人是照本宣科那么简单。”

这话落地，两人之间陷入良久的沉默。

直到陆纬的神色渐渐松动：“这本书不是我的。单纯两个字并不适合形容我。”

宋子悠没说话。

“我也从不认为追女人很简单，尤其是自己喜欢的女人，更是难上加难。”

伴随着最后一个字落下，宋子悠心里快跳了一拍。

她不动声色地吸了口气，吸入的空气里却伴随着陆纬的气息，他们靠得太近了。

陈放已经走了。门也合上了。

可是宋子悠还是站在门后的角落里，陆纬站在她面前一步，仿佛将她困在角落。

宋子悠顺着他的话说：“原来陆队现在是心有所属了。但我不懂，为什么你说尤其是喜欢的女人，更是难上加难？”

陆纬微微一笑：“她那个人性格古怪，很难搞，让人头疼。”

陆纬边说边退后一步，顺手拿走了她手里的那本《你了解她吗》，转身来到小书架前，将它放进去。

直到宋子悠离开陆纬的宿舍，一路往自己的宿舍走去，她脑海中始终徘徊着陆纬最后的那句话。

当时，她没搭腔，陆纬也没继续。

他们都非常明白什么是见好就收，以及谨守自己的底线。

宋子悠自然也不会自作多情地认为，陆纬指的那个女人就是她，虽然他的描述里提到“古怪”“难搞”，这都很像是她。

宋子悠回到宿舍里，给自己倒了杯水，就坐在椅子上慢慢喝，喝了小半杯，放下了，感觉到外套里的手机在振动。

翻出手机一看，是陆明的语音通话邀请。

陆明一上来就说：“子悠，我问你，我哥是不是有情况？”

宋子悠一时没反应过来：“陆纬？他有什么情况，你指的是哪方面的？”

“哎，还能是哪方面，终身大事呗！你快告诉我，我哥是不是有喜欢的人了？”

“你为什么这么问，陆纬和你提了？”

“哦，他倒没主动提，就是他爸妈前阵子问他来着，说要给他介绍对象，我也打算在我的大学同学里找找看，结果我哥一口就回绝了，说他打算自己找，等时候到了再带给他们看。我听这个话茬儿不对啊，以前给他安排相亲，他都答应，这回竟然说要自己找？我觉得应该是有喜欢的人了，要不然也不能说要带给父母看这种话。”

宋子悠并没有注意到自己的眉头皱了起来。

“其实啊，我一开始还怀疑过是不是你呢，但是转念一想，又觉得不是。”

宋子悠一顿：“怎么？”

“哦，上回我和我哥提过，我说你现在还单身，要不然你们发展一下，我是双手赞成的。结果我哥却说……他刚认了你当妹妹，你也答应了。”

宋子悠心里有个角落突然拧了一下，有点儿疼，有点儿闷。

陆纬喜欢的女人，那个“古怪”“难搞”的女人，果然不是她。

宋子悠沉默了，陆明却开始八卦起来，一个劲儿地跟她打听。

直到半个多小时后，宋子悠的手机没电了，通话才突然切断。

3

第二天，宋子悠一上午话都不多，对接公事一如既往，就是情绪不高，表情很淡，好像一下子又变回刚来队上时那个生人勿近的样子。到了中午，宋子悠没有去饭堂吃饭，她从柜子里翻出泡面泡好，就坐在桌前看资料。

李可风见屋里没其他人了，这才坐到宋子悠的桌对面。

宋子悠放下资料："李医生有话想说？"

李可风点点头，道："再过几天，我就要离队了，有些事情还得跟你交接一下。"

宋子悠先是挑了下眉，随即就想到，上次在医院里，她以前的同事顾小春告诉她，李可风在跟院里的其他医生拿镇痛药，而且拿了不少。李可风拿镇痛药是给张青云的。

思及此，宋子悠笑了："李医生指的是不是张副队的事？"

李可风愣住了。

宋子悠见到他的表情就明白了一切："如果李医生希望将来由我为张副队提供他需要的东西，我会觉得很为难。"

李可风慢慢找回语言："你知道多少？"

"李医生，你很清楚，那种药属于处方麻醉药品，长期服用会上瘾，无论是供应还是服用都是受到严格控制的。"

"药的提供，我会继续负责，不需要宋医生这里开处方，而且这件事不能出现在档案记录上，我只是希望宋医生能帮忙保密。"

宋子悠皱了下眉头："张副队如果正在使用镇痛药，就说明他的情况很严重，不管是哪个部位出了问题，都应该及时接受治疗，而不是靠麻药支撑。再说，这里是消防队，所有消防员的运动强度都很大，执行任务需要足够的体力，张副队的身体能负荷吗？你让我帮忙保密，有没有期限，万一在此期间出事了怎么办？"

李可风沉吟几秒："看来你已经知道很久了，你一直没有拆穿我和张副队，这就证明我没有找错人。"

"李医生，我还没有答应你帮你们保密，尤其是在我不知道真实情况的前提下。"

李可风点点头："我可以先回答你一个问题，张副队的体力足以负荷日常工作，即便出任务，他也可以胜任。他用那些药是用来镇痛的，他的神经和肌肉并没有失去知觉，他的运动指标是队上数一数二的，他还具备多年的消防经验，是陆队不在期间最适合管理团队工作的人选。”

“到底是什么病，他为什么不做手术？”

“我也建议过张副队去接受手术，但是成功率只有五成，而且动刀的部位是颈椎。”

颈椎？

宋子悠很快就明白了李可风的所有担忧，以及张青云的难处。

如果是颈椎手术，风险的确很大，那里汇聚着主要神经，手术期间很有可能会被伤及，轻者影响四肢运动或是其他感官，重者会瘫痪，甚至死亡。

张青云是消防员，这对他来说太难接受。再者，就算手术成功，术后恢复良好，物理锻炼也都跟得上，等张青云重回队上最快也要半年，只是不可能再像以前一样冲在第一线，而是慢慢转做文职。

这已经是最好的情况了。

李可风说道：“其实张副队早就做好了退下来的准备，但是现在队上真的人手不够，要锻炼出一个临场经验丰富、统筹能力强，可以指挥队员们冲锋陷阵的副队，不是三五年就能成的事。张副队也希望能早一点儿培养出合适的人才来替代他，让他好安心住院。在那之前，他除了靠药物撑着也没有其他更好的办法。还有，他的手术成功率只有五成，张副队家里有父母妻儿，这些风险也都要考虑进去，最起码在现阶段，实际情况不允许他立刻接受手术。”

宋子悠叹道：“但是也不能这样一直撑下去，你们有没有想过，万一张副队在出任务的时候突然病痛怎么办？如果病痛时他正在火场里怎么办？他会立刻成为其他队员的另一个需要救助的伤患，他会拖整队的后腿。”

“最多一年，一年之内队里会再选出一个副队。张副队一年前就和上头报告过，说自己家庭负担比较重，希望将来转做文职，也希望上头能尽快选出一个副队来顶替他的位子。上头经过开会考虑，已经批准了张副队的请求，这一年来他们也已经有了几个候补人选，一年之内就会在几人中选出一个正式的担任副队。”

“你的意思是，需要我帮张副队再隐瞒一年？”

“对。”

宋子悠再次沉默。她没有立刻答复李可风，她需要几天时间考虑清楚。

4

两天后，宋子悠又去医院看了一次宋子安。

宋子悠坐在病床前，嘴里念念叨叨着消防队里的琐事，自然也提到了张副队，提到了陆纬。

等宋子悠离开医院时，已经是一个多小时后了。

护工来接班，宋子悠顺便问起艾小娴。

谁知护工却说，艾小娴已经将近一个月没有来过了。

宋子悠下意识地翻开微信，发现艾小娴上次和她联系也是半个月前的事。

宋子悠走出医院后，给艾小娴发了条微信：“小娴姐，最近工作是不是很忙，咱们好久没聚了，找个时间聚聚？”

宋子悠等了几分钟，艾小娴没回复。

宋子悠便打了一辆车回队上。

出租车来到队门口停下，宋子悠下了车，正准备进门，就接到苗晓娟的微信，说她常喝的那种饮料队里的小卖部卖完了，让宋子悠从外面带回来几瓶。

宋子悠脚下一转，就沿着街走向二百米外的超市。

那一路上她都有些心不在焉，心里总是徘徊着一个念头，这几个月艾小娴神出鬼没的，每次都说工作繁忙，几乎很少去医院看宋子安。艾小娴是不是想和宋子安分手?

如果说是，其实宋子悠也是可以理解的，艾小娴和宋子安只是订了婚，没有结婚，两人的人生里并没有牵扯法律条文的任何契约，如果一方要离开，随时可以走。

然而，这些道理宋子悠虽然明白，心里却仍是不免有些意见。

她从没有期盼过艾小娴是个重情重义的人，可是艾小娴要甩掉这份负担，也可以直接提出来，不必玩失踪啊。

宋子悠越想越心烦，走进超市快速把东西买好，就结账出来了。

谁知刚走出超市，宋子悠不经意地抬了下眼，目光扫过马路对面的餐馆，双脚就一下子站住了，直勾勾地盯着对面。对面餐馆的窗户里，可以清晰地看到里面的布局，有几桌靠着窗户。

这个时间已经过了饭点，只有两三桌坐着客人，其中靠窗而坐的一男一女，男的身材高大挺拔，神色平淡，女的漂亮可人，脸上还挂着笑。

那个男人，才刚刚认了宋子悠当“妹妹”，正是陆纬。

而女人，正是消失许久，微信不回，宋子安还没卸任的未婚妻艾小娴!

在看到陆纬和艾小娴相对而坐喝茶的瞬间，宋子悠感觉到脑海中有根弦倏地断掉了。

嗡的一声，她的耳朵有些发鸣，脑子里乱成一片，心口好像被什么力量揪住一样，生疼。

这种手脚冰凉、头皮发麻的感觉她很清楚，名叫“打击”。

时间匆匆而过，宋子悠的手机响了。

她一下子就从刚才的情绪中走出来，麻木地拿起手机，接起电话。手机里传来的是李可风的声音，他说他已经把那天在医务室里和宋子悠的谈话告知了张青云，张副队希望能和宋子悠当面谈一谈，问宋子悠现在在哪里。

宋子悠木着脸，应了一句："我在消防队门口，这就回来。"

话落，宋子悠切断通话，面无表情地往来的方向走。

宋子悠很快回到消防队，穿过操场，正准备回办公区，却在半路遇到了等候她的张青云和李可风。

他们两人站在角落的老杨树下，宋子悠来到两人面前，就听李可风率先说道："情况我已经和张副队说过了，不过有些事还需要你们两人当面沟通。"

李可风说完，就让到一边，距离他们五六米的距离。

宋子悠看向张青云，刚才在消防队外游离的思绪一下子就被拉了回来，不仅人冷静下来了，连脑子也清楚了。

在宋子悠的印象和认知中，张青云一直是队上仅次于陆纬的灵魂人物，但凡陆纬不在队上，张青云一定会自觉地顶替他的位子。如果说陆纬是定海神针，那么张青云就是后备电源。

张青云吸了口气，对宋子悠道："宋医生，接下来一年，或许会有一些事需要麻烦到你，希望你能谅解我的苦衷。当然，站在我的立场，我也会尽量减少麻烦。"

宋子悠笑了一下："张副队，在知道你的秘密之后，你就等于给我添加了麻烦，而且还不小，如果稍不注意，事情就有可能一发不可收拾。"

张青云沉默了。

隔了两秒，宋子悠又道："不过我既然已经知道了，我也没有告发你的意思，就只能帮你了。最多一年，我希望你我之间可以多配合，没有默契也要尽快地找到默契。你有任何问题都要第一时间跟我沟通，否则真到出事的时候，我怕我帮不上你。”

宋子悠依然是不冷不热的调调，但张青云和李可风却一起松了口气。李可风笑着走过来，说：“我就知道宋医生是最靠得住的。”

张青云也跟着说道：“谢谢。”

宋子悠却似笑非笑地扫过两人：“接下来，我要尽快看到张副队的身体检查报告，当然要是‘正确’的版本，我要重新对张副队的身体状况进行评估，并且张副队必须根据我的评估调整你的工作内容，不是非要你冲到第一线的情况，你要学会退下来帮助陆队指挥，让队员们多累积一些现场经验。还有，站在医生的角度，我自然希望你越早接受手术越好。你是副队，国家培养你不易，你对消防大队有责任，对其他队员有责任。你还有妻子、孩子，你对他们也有责任，你可以暂时把这些责任推卸给镇痛药的帮助，但是你不能逃避，所以我希望在未来一年中，无论张副队出任何任务，都要先顾全大局。”

话音落地，宋子悠转身就走。

等她的背影消失在拐角，这时，张青云才低声对李可风说：“李医生，你说得对，宋医生虽然有点儿不近人情，但她的确是唯一可以帮到我的人。”

5

宋子悠回到医务室，一屁股坐在椅子上，瞪着桌上的资料。

她没碰那些东西，紧绷的神经松懈下来，令她不得不花费一点儿时间去整理清楚。

看似平静的一天，却在悄无声息间发生了微妙的转变。

——她被迫和队上最不熟的张青云成了一根绳子上的蚂蚱。

——陆纬和艾小娴竟然在“叙旧”。

前者就像是一枚定时炸弹，指不定张青云的脊椎什么时候就病发，瞒也瞒不住了，到时候宋子悠必须要去收拾烂摊子。可能她将要面临的不只是对上级的汇报和交代，还有很多文书要写，还要接受问责。以前刚成为一个医生的时候，宋子悠就很清楚，她未来要面对的不是病人，而是疾病；她要治疗的也不是病患，不是得病的某个人，而是疾病本身。所以宋子悠很少直接和病人接触，除非基本的问诊，她也没有给任何病人或者家属留过自己的联系方式，只问病情，不问病人。

对于接手张青云，宋子悠知道这里面有隐患，但她并不是很担心，只要谨守自己的处事原则就可以了。

真正让宋子悠头疼的反倒是那个“后者”——陆纬和艾小娴。

宋子悠的脑海中回荡着刚才在消防大队外看到的那一幕，她的太阳穴正在隐隐作痛。

宋子悠可没有忘记，那天晚上在陆纬的宿舍里，他还这样说过：“她那个人性格古怪，很难搞，让人头疼。”

有那么一刻，宋子悠还以为陆纬指的是她自己。

可是这些细碎的想法在刚才见到陆纬和艾小娴之后，全都化为乌有，随之而来的还有愤怒和羞愧。

原来，她自作多情了。

一个女人要离开一个男人，通常只有几个因素，要么就是因为钱，要么就是因为生死，要么就是因为另一个男人。宋子悠自然没有期盼过，艾小娴会守着宋子安一辈子，艾小娴随时可以走，以免耽误她的青春，或者因为爱上其他什么人。

只是宋子悠想不到，这一天来得这么快，而且那个“第三者”，还是她最想不到的那一个。

宋子悠刚想到这里，她的手机就响了一声。

艾小娴回复微信了："抱歉子悠，我最近工作比较忙，等我忙完这阵子吧，我约你，咱们出来吃顿饭。"

宋子悠半晌才回了一个字："嗯。"

然后，她把手机放进兜里，起身离开医务室。

宋子悠拿着给苗晓娟买的那几瓶饮料往办公区去，她来到苗晓娟的办公室，敲门而入。

只是一踏进门口，就在里面看到除了苗晓娟之外的男人——陆纬。陆纬就坐在苗晓娟的办公桌对面，正在看资料，苗晓娟的话说到一半。

见到宋子悠，苗晓娟笑道："哎呀子悠，你可终于买回来了，真是太感谢你了！"

宋子悠没动声色，将饮料放在桌上，仿佛看不见陆纬的存在："我先放这里了，还有别的事，回头再聊。"

"好，谢谢啊！"

宋子悠头也没回地走出办公室。

脱离那间屋子之后，她松了口气，反而没有那么着急回去了，她的步调很慢，走得有些心不在焉。直到身后传来一阵沉稳的脚步声，步子很大，很快追上她。

宋子悠一下子醒过神。

"宋子悠。"

宋子悠在原地站定了，却没有动，也没有回头。

陆纬的脚步声响到身边，他已经来到她面前，平和的目光注视着她。宋子悠安静地抬眼，对上陆纬的视线。

陆纬抬起一只手："你的饭卡。"

宋子悠动了动嘴唇，发出无声的一个字"哦"，然后木然地伸手去接。但就在这时，陆纬的掌心合拢了，接着将手垂在身侧。

宋子悠没有拿到。

“这是我的饭卡。”

陆纬说的却是另外一回事：“你怎么了？”

“我很好，没怎么。”

“你心情不好？”

“我很好。”

持续五秒钟的对峙，他们只是看着彼此，试图要从对方的眼眸中看出端倪。

陆纬又一次抬起手，将饭卡递给她。

宋子悠将饭卡拿走，用力捏在手心里，绕过他，背脊笔直地往前走。陆纬的声音从她身后缓缓传来：“无论发生什么事，别跟自己较劲儿。”

第十章　突然表白

1

宋子悠拿回了饭卡，傍晚却没有到食堂吃饭，而是直接回了宿舍。

她拿了本书，躺在床上随便翻了几页，看着看着就困了，索性卷上被子睡了过去。

梦里的事情都是乱七八糟的，一块块碎片拼接在一起。

宋子悠醒来得很突然，有那么一瞬间，睡意全消。她在黑暗中睁开眼，安静地躺了一会儿，就从床上起身。

宋子悠打开灯一看，刚刚过晚上九点，又觉得肚子有点饿了，于是穿好衣服，趿拉着球鞋离开宿舍。

宋子悠到小卖部买了一盒泡面，一盒午餐肉，准备回宿舍烧壶热水。只是刚从小卖部里出来，迎面就遇到陆纬。

宋子悠在台阶上站定了，但至多也就是一秒的工夫，她迈下台阶，目光从陆纬身上划过，就那样拎着塑料袋越过他。

不过片刻，宋子悠就听到身后追上来的脚步声。

宋子悠站住脚，终于转过身，面无表情地迎上陆纬的目光。

操场那边亮着灯，这里距离不远，有些光线，却是昏黄的，彼此的脸上光影重叠，看不太真切。

“你跟着我做什么？”

“你是不是有什么事？”

“我应该有什么事？”

“心事。”

宋子悠沉默了。

她的目光转开了，看着空地。

陆纬的声音再度响起：“白天发生了什么，让你跟个幽魂似的。”

“你在关心我？”话落的瞬间，宋子悠看向陆纬。

陆纬微微颔首：“是。”

宋子悠心跳如擂。但与此同时，她又气恨自己不争气，陆纬只是说了一个字，就影响了她的心情。

“谢谢你的关心，我的确心情不好，因为发生了一些事，也因为一个人。”

陆纬没应，但他的眉头却跟着皱起来。

“不过那些都是我自己的事，我是个成年人，我会处理好的，谢谢陆队关心。”

“你是队里的队医，我和你是同事，我又是你的上级，我也说过，我会拿你当……”

“当妹妹是吗？”

宋子悠忽然笑了，那笑容里带着讽刺：“陆队，你扪心自问，如果我是个男人，你会看在宋子安的分儿上拿我当好弟弟对待吗？还是说，这只是你的借口，你只是为了关心我，又怕不够名正言顺，被我看出来你的真正目的。”

陆纬的眉头打结了：“你想说什么？”

宋子悠突然向陆纬走近两步，在距离他只有一步远的地方停下了。

她仰着头，看着他的眼睛，声音很轻：“以你这样的行为，只有两种结论。”

“哪两种？”

“第一，你喜欢我，但是因为某些原因，你不愿承认，也不希望被我知道，就用这种借口搪塞，欺骗我，欺骗你自己。”

陆纬没吭声。

“第二，你希望我以为你喜欢我，你想吊着我，让我自作多情，让我把心思放在你身上。这样做的动机只有一个，你想跟我玩一场爱情游戏。”

陆纬的眼中闪过惊讶。

宋子悠的脑海中也在这一刻，忽然涌上艾小娴的模样。

宋子悠向后退开一步，依然看着陆纬，但她眼睛里的光芒却渐渐淡了。

“陆纬，无论是第一种还是第二种，我都不是你的选择，我这个人很较真儿，也很记仇，要是你敢招惹我，我不会放过你。”

宋子悠撂下话，转身就走。再和这个男人在一起多待一秒，她都会觉得窒息。

宋子悠知道，按照陆纬的脾气，他不会追上来，等今天过后，他们的关系又会恢复到之前的冷战，但她无所谓。

只是这一次，宋子悠料错了。

她的肩膀上忽然落下一股力道，在她搞明白状况之前，人就被那力道转了个方向。陆纬正抓着她。

“把话说清楚。”

“陆队日子过得太闲了，想找人玩爱情游戏，一个不够还要找两个，你这么喜欢刺激，可我不，你找错人了。”

“什么爱情游戏，什么一个两个，你受什么刺激了？”

宋子悠挣脱开自己的手：“还记得那天你说的话吗？你说你有喜欢的女人，她性格古怪，很难搞，让人头疼。”

陆纬的神情在瞬间变得微妙。

“既然心有所属，就该一心一意对人家，不要招猫逗狗的。”

陆纬动了动嘴唇："招猫逗狗？你是猫，还是狗？"

宋子悠瞬间更愤怒了。

"我是什么都和你没关系，请你离我远点儿。"

2

接下来几天，宋子悠过得很糟。

消防队里没有接到什么大案子，但宋子悠的心里却紧巴巴的，好像被什么东西扼住了喉咙，她急需喘口气。

就在这个时候，宋子悠接到了艾小娴的微信。艾小娴想约她出来聚聚，说是工作已经忙得告一段落了。

宋子悠答应了，下午在约定的时间之前赶到一家咖啡店。

艾小娴已经等在那里了，她面前摆着笔记本，正在打字，好像很专注。

宋子悠来到艾小娴面前坐下。

艾小娴把笔记本推到一边，很抱歉地对宋子悠说："真的很抱歉，子悠，我这段时间忙疯了，刚抽出一点儿时间，而且前阵子一直在外地出差……"

艾小娴说话时，服务生也将咖啡端上来，宋子悠握着咖啡杯，有些心不在焉地听她找借口，却在听到"出差"二字时愣了。

"小娴姐，你刚才说你之前在出差？"

"是啊，我知道，这里面有我的问题，我也太沉迷工作了，没时间去看子安，不过最近几天我可以抽出时间了，我会多去看他的。"

宋子悠没有拆穿艾小娴。

事实上，在艾小娴和宋子安交往期间，宋子悠和艾小娴还是有话聊的。但现在，宋子悠瞅着艾小娴仿佛和以前别无二致的亲切笑容，以及那听上去很诚恳的语调，宋子悠都只觉得“假”。

宋子悠看在眼里，问自己，怎么到现在才发现，她和宋子安都是人精，长大的道路很坎坷，也吃过亏，但在人情交往上他们一直都是赢家，怎么反倒被艾小娴愚弄了呢？

宋子悠甚至在想，到底艾小娴是在宋子安出事之后才变成这样的，还是她一直如此？

思及此，宋子悠吸了口气：“原来你这么忙。其实我找你不是催你去看我哥的，只是好久没见了，问候一下。”

艾小娴笑道：“我明天有一整天的时间，可以去医院照顾子安，他最近怎么样？”

“还是老样子，前几天，我和陆纬才去看过我哥。”

艾小娴端起咖啡杯的动作停顿了一秒。

“你和陆纬一起？”隔了一秒，艾小娴又恢复如初，“哦，是了，上次在病房里看到你，陆纬也在。只是我不明白，子悠，为什么你要和他一起去看你哥，你难道忘记了，他们大学时就闹掰了，陆纬还犯了严重的错误，因此离开学校，还有……你哥出意外的事，很有可能是和陆纬有关的。”

“小娴姐，我没有忘，你说的这些事我都记得一清二楚。其实我这段时间在消防队也做过调查，也幸好我去了解了，这才能肯定我哥在火灾里出的意外，和陆纬没有直接关系。”

“怎么说？这是陆纬告诉你的？”

“不需要他告诉我，这些是我通过日常的工作接触中，和对他的人品了解过后得出的结论。我认为当日的事另有内情。”

艾小娴不说话了，却皱起眉。

宋子悠转而问：“小娴姐，或者你再仔细想想当日的情况，也许有什么细节是你忽略掉的？”

片刻的沉默。

艾小娴喝了几口咖啡："那天的事，我后来一直在反复回想。那件事也一直很困扰我，我真的搞不懂为什么子安会出事……但是医生说，那天的事对我也产生了一些刺激，所以有些细节我怎么都想不起来，可能还需要再接受一段时间的心理辅导。"

宋子悠的语气也跟着软了下来："是啊，那次的火灾，你也是受害者，我也不该逼你逼得太紧了。至于陆纬那边，我会继续观察，虽然我不认为他和我哥出的意外有关。那天在病房里你也看到了，陆纬很关心我哥，或许当年在学校的恩怨只是一场误会？对了，小娴姐，当初到底是因为什么事，你清楚吗？"

在宋子悠说话时，艾小娴一直盯着她，也是到了这一刻，艾小娴看出了端倪。宋子悠似乎很关心陆纬？或者说是在意？

"详细的情况我也说不好，当时我们都在一个教授的小组里，子安和陆纬是那位教授最器重的助手。教授手上有些设计图的活儿，他们两人分别帮教授处理消防设计和结构设计的部分。原本进展得都很顺利，但后来这个工程好像突然喊停了，详细原因我也不知道……总之，工程喊停后，陆纬和子安就吵了一架，两人还动了手，紧接着陆纬就离开了学校。"

宋子悠听愣了。

宋子安和陆纬大打出手不是因为艾小娴，不是因为感情，而是因为设计图和工程？

艾小娴接着说："其实陆纬离开学校之后，学校里也流传过另一个版本的谣言，说他们俩是因为我才闹掰的……哎，这都哪儿跟哪儿啊，根本没有的事。"

宋子悠问："那么，当时你也在那个小组里，就没有追问过我哥这里面的细节吗？"

"我问过，但是一提起这件事，你哥就发脾气，问了几次我也就不问了。”

宋子悠沉默了。

原来一直以来都是她搞错方向了，真实的内情是在小组作业上。

艾小娴话锋一转，突然问道：“对了，子悠，我怎么觉得你好像很关心陆纬似的？”

宋子悠诧异地抬起头：“什么？”

“因为你突然问起当初在学校的事情呀，都过去那么久了，大家都淡忘了，你怎么会突然关心起这件事呢？”

“哦，其实我也是因为这段时间的了解，想把这里面的来龙去脉弄清楚，等我哥将来醒来了，或许他和陆纬之间的关系还能修复呢。”宋子悠不自然道。

“以你哥和陆纬的性格，他们要是想修复，自然会去修复的。你这个当妹妹的呀，可真够操心的。”

艾小娴意味深长地笑了一下，说：“依我看，你是不是喜欢上陆纬了？”

宋子悠沉默了。这却令艾小娴更加笃定她的猜测。

艾小娴转而就想到那天在病房里见到陆纬的情形，他和宋子悠似乎很默契，站起一起可以说得上是郎才女貌。

但正是因为如此，艾小娴才觉得碍眼。

艾小娴心里滑过一丝忌妒：“如果是站在朋友的立场上，你有喜欢的男人，我当然会为你高兴。可是站在子安女朋友的立场，同时我也认识陆纬的前提下，我就要劝你一句了……”

“劝我一句？是不是陆纬有什么问题？”

“陆纬这个人呢，他在学习上一向是一丝不苟的，我相信到了工作里也是一样，他非常认真负责。可是在感情上呢，他却是另外一种样子。”

宋子悠盯着艾小娴的眼睛：“另外一种样子？”

“是啊，以前我们在学校的时候，陆纬身边就常常围着小姑娘，当然子安也是一样。可是子安和陆纬不同，子安从不到处放电，女同学和女朋友他是分得很清楚的。可陆纬呢，他表面上和女生们来往不多，私下里却经常流传着他和某某女生暧昧的传言。说起来也有点儿尴尬，当初我还做过一次这种事件中的女主角。”

宋子悠没有接茬儿。

艾小娴继续道：“子悠，我知道我现在不应该说这些，但是我也是怕你受骗。你知道吗？有些男人只爱工作，在感情上是很渣的。”

听到这话，不知为何，宋子悠竟然觉得有点儿好笑。

“小娴姐，我想你是误会了，我对陆纬没有任何意思，纯粹只是同事关系。”

“是吗？可我看你很关心他啊。”

“若不是因为我哥，陆纬如何，我一点儿兴趣都没有。”

“原来如此。”

“不过刚才听你说什么，你还做过一次那些流言的女主角？这件事我还真是头一回听说，怎么，陆纬以前追过你吗？”

艾小娴一怔，摆摆手道：“也不算是追，只是表达过好感。哎，都是过去的事了。”

过去了吗？那么为什么前几天这两人还坐在一起呢？

宋子悠心里掠过疑问，却没有说出来。

3

宋子悠离开咖啡馆后，没有直接回队里，而是先回了一趟自己家。这套房子上一次装修还是十年前，很多东西都老旧了，但是宋子悠一直没有时间整理，便凑合住着。

宋子悠搬到消防大队之后，时不时也会回来收拾一下屋子。

今天正好，她倒休，回来自己家花了一番功夫收拾好屋子，再一看时间都是傍晚了，索性就留在家里睡。

宋子悠很早就上床了，拿了本书靠在床头看。

到了晚上九点多钟，楼上开始传来挪动家具的声音，丁零当啷，动静很大。那出声的位置就好像正对着宋子悠床头的上方，每一下都很清楚。

宋子悠觉得奇怪，原来楼上住的是一位八十多岁的老太太，说话做事都是慢吞吞的，轻手轻脚，而且老太太起得早睡得早，通常这个时间已经入眠了。

宋子悠并不知道，就在她住在消防队的这段时间，楼上的老太太已经被她的大儿子接到自己家去养老，老太太原本住的这套房子就租给一户一家三口。

这一家三口是一对夫妻，带着一个上初三的儿子。

差不多到了十点钟，楼上开始吵架了。

男孩的母亲嗓门很大，话里有一点儿口音，而且声音非常有穿透性。宋子悠坐在楼下，每一个字都听得很清楚。

男孩的母亲不仅肺活量好，脾气冲，用词犀利，而且战斗力非常持久，她一旦开骂就能持续半个小时。在她骂人的时候，男孩有过三次爆发，每一次都吼道："你别说了！"

母子俩之间的争吵一直持续到十一点，男孩的母亲终于闭嘴了。

宋子悠揉着太阳穴，手里的书也没看进去，刚培养出的一点儿困意也被楼上那个女人骂得消散了。

宋子悠下了床，喝了杯水，又找出许久不曾碰过的褪黑素，拿出一片吃了，又回到床上。

这时，楼上又开始吵架了。

男孩的母亲简直是河东狮吼，很快就开始大规模地轰炸，终于把男孩逼得摔门出走。

那关门声非常响，整个楼都跟着震动。但没多久，男孩就被他母亲带回家了，这个时间男孩没地方去，只能回来。

回到家里，男孩的母亲又是一顿臭骂，说他学习不上心，说他就知道玩手机，说老师已经点名很多次了，说他这样下去将来可怎么是好啊。

宋子悠看了一眼手机，已经过了十一点半了。

宋子悠拿起手机给物业打了一通电话。

物业称他们已经给那户人家去过电话了，请他们早点儿休息，但是没有用。

将近十二点的时候，楼上才停止战争。

宋子悠却一点儿困意都没有，褪黑素虽然吃了，但她的脑子却乱哄哄的。宋子悠呆滞地躺在床上，直到凌晨三点多才有困意袭来，睡得并不安稳。

4

早上，宋子悠是被手机闹钟吵醒的。

她的眼睛是肿着的，洗脸的时候还被镜子里的女鬼吓了一跳，那憔悴的模样真瘆人。

宋子悠上午在家里补了眠，到了中午随便叫了一份外卖吃了，过了中午就往医院去。

艾小娴昨天说，她今天会到医院陪宋子安。

宋子悠没有提前和艾小娴打招呼。

来到医院的住院部，刚上到宋子安所在的楼层，宋子悠就在楼道里遇到了照顾宋子安的护工。

护工见到宋子悠就说，艾小娴上午就来了，中午过后还来了一个朋友，两人这会儿都在病房里，那个朋友人还挺好的，一直在帮宋子安按摩手脚。

宋子悠问："哪个朋友？是我哥的朋友，还是艾小娴的朋友？"

护工说："哎，我说的就是你的男朋友啊，你忘了，上回还跟你一起来过呢。"

宋子悠抬脚就往病房的方向走。

刚走到病房门口，就听到里面传来女人的说话声。

艾小娴好像很高兴，声音里有着笑意，听着很温柔。

宋子悠没有着急进去，只是立在门口，听到艾小娴问道："对了，陆纬，你待会儿有事吗？如果不着急回去，我请你吃饭……就当是谢谢你来看子安。"

"队里还有事，待会儿我要赶回去。"

"哦好，那就不耽误你工作了。"

陆纬没应。

"对了，消防员是不是很忙，要随时待命，就像医生一样？"

"还好。"

宋子悠已经推开门，走了进去。

陆纬和艾小娴一起看向门口。艾小娴先是一怔，随即笑着迎上来，接过宋子悠手里的花，去找花瓶换上。

宋子悠没什么表情，目光扫过陆纬。

陆纬也正看着她。

宋子悠转而问起艾小娴今天宋子安的情况。

"今天多亏了陆纬，有他在，真的省了很多事。还有，他给子安按摩过手脚，手法比这里的护工还要好。"

“嗯，他们平日执行完任务，队员之间都会互相按摩推拿，经验很丰富。”

艾小娴笑道：“原来如此。”

屋里又一下子陷入沉默。

宋子悠坐在床边，一言不发地看着宋子安，仿佛屋里另外两人是空气。

艾小娴一直面带微笑，前后张罗，给宋子悠倒了杯水，还切好了水果，仿佛非常顾家体贴的长嫂。

宋子悠却好像并不热络。

陆纬又坐了片刻，起身告辞：“队里还有事，我先回去了。”

艾小娴立刻起身相送他到门口。

陆纬走后没多久，艾小娴也说有事，要先走一步。

宋子悠笑着应了。

直到艾小娴拿起包准备走时，宋子悠突然这样问了一句：“小娴姐，陆纬今天怎么会过来？他和你一起来的？”

艾小娴笑道：“是啊，我今天要来看子安，想着你跟我说陆纬也很关心子安的状况，便问了他一声。他说今天刚好没事，就跟我一起过来了。”

“哦。”

“怎么了？子悠，你是不是不高兴我让陆纬来？”

“小娴姐，你有事就先回吧，我留在这里。”

“好。”

等艾小娴走后，宋子悠独自坐在病房里，一只手撑着头，看着宋子安。

也不知过了多久，宋子悠渐渐有了点儿困意，就那样睡着了。

但她睡着的时间并不长，最多半小时，护工回来了。宋子悠醒过来，和护工又交代了两句，把之前一个月的账结清了，随即离开。

5

宋子悠走出医院，就打了个喷嚏，心口也有点儿闷，大概是感冒了，最近休息不好，体质偏弱，加上昨晚又被楼上那户人家轮番轰炸，今天出来又有点儿着凉。

宋子悠从第一个喷嚏打出来，到开始觉得头晕眼花，脚下发软，前后不过十分钟。

她拖着步子走出医院大门，拿出手机准备叫车，就这几个简单的动作，已经让她开始冒冷汗了。

就在这时，眼前突然停靠过来一辆黑色的车，宋子悠抬起眼皮子一看，车窗摇下来了，露出来的是陆纬的脸。

“这里不让停车，快上来。”

宋子悠只犹豫了一秒，就拉开车门上去了，她很清楚，要是再不上车，她恐怕得晕在这里。

宋子悠上了车，撑着头想了想，才发现除了今天中午那盒外卖她吃了两口，就再也没吃过别的东西。

等待会儿回到队上，她得先去医务室给自己开点儿药，还要喝一杯红糖水。大约是她想得太专注，陆纬出声问她时，她并没有反应。

“不舒服？”

宋子悠还以为是幻听，没动，也没接话。

直到一只大手伸了过来，盖在她额头上，那掌心很温暖，很厚实，却吓了她一跳。

宋子悠下意识一躲：“你干什么？”

“你发烧了。”

这话落地，他就将车驶向路边，准备从岔路口掉头回去。

“我自己的身体我知道，我不想回医院。”

车子被堵在岔路口里，要掉头和拐弯的车还真不少。

“是不是刚才在医院就觉得难受了？守着医院不去看医生，是因为仗着自己就是？”

宋子悠有气无力地转过头：“挂号，排队，拿药，整个过程起码一小时，我就算有那个时间，也没那个力气。”

陆纬也看向宋子悠，眉头皱着。

宋子悠又道：“我有点儿低血糖。”

“从这里回队上还有一段距离，现在又堵车，你坚持得住吗？”

“这条小路拐进去，十几分钟就能到我家。”

“地址给我。”

不到二十分钟，陆纬的车就停靠在宋子悠住的小区外面。

宋子悠说了声“谢谢”就跳下车，头也不回地往小区里走，身后不远处很快传来车门关上的声音。

陆纬人高马大，没一会儿就跟上了。

宋子悠原本走得就慢，刚才在车上坐了十几分钟，歇过来一点儿，足够她撑着自己走进家门。

宋子悠没力气和他说话，也没阻止他跟着，就这样往家的方向走。

上了楼，宋子悠拿出包里的钥匙，准备开门，却因为光线太暗，好几次都找不到门锁的孔。

陆纬直接从她手里拿走钥匙，把门打开。

宋子悠没有招呼他，进了门，就用电热水壶烧了一壶水，然后翻出红糖罐。烧水的工夫，宋子悠有点儿撑不住了，便坐下来，虚弱地撑着头。

陆纬看着这一幕，到厨房洗了个手，出来的时候，手里还多了个杯子。

他将红糖舀了两勺在杯子里，等水烧开，将水冲进去。但是水温太高，现在还不能入口。

陆纬就将杯子放在一边，转而拐进厨房，打开冰箱。

冰箱里除了软装饮料和牛奶，什么都没有。

宋子悠就那样撑着头，一动都不想动，坐在桌边，一手握着还有些烫手的杯子，等待里面的水渐渐凉下来。

大约过了十分钟，红糖水可以入口了，宋子悠喝了几口，闭上眼，感受到温热的水融入胃里，但是要等那些糖分被吸收，让她可以不这么晕，还需要几分钟。

宋子悠喝了小半杯红糖水，就闭上眼，又过了几分钟，她觉得好多了，鼻子里也忽然涌入一阵香味。

宋子悠诧异地看向厨房。

她走到厨房一看，陆纬就立在炉灶前。

陆纬感觉到动静，侧头一看，只见宋子悠好奇地盯着锅里的东西。

宋子悠说："你可真厉害，能找到挂面。"

"就在上面的柜橱里，我看过日期，没有过期，不过清水煮面会有点儿淡，我只放了一点儿盐。"

"无所谓，能吃就行。"

陆纬扫了她一眼："不头晕了？"

"喝了半杯红糖水，好多了。"

"家里有没有感冒药？"

"常用的都有。"

"待会儿要先把面吃了再吃药。"

"嗯。"

简单的几句你来我往，一时间，宋子悠反倒忘记了先前的芥蒂，白天糟糕的心情也在这一刻被悄悄消除。

陆纬很快就将面煮好，盛到碗里。

宋子悠坐在桌边把面吃完，随即找出医药箱，轻车熟路地拿出几种常用药。

宋子悠将准备吃的药拿出需要的量，陆纬却捡起药盒看起说明，还没等宋子悠把药放进嘴里，他就把宋子悠已经挖出来的药片拿走了，直接把药片和药盒一起扔到废纸篓里。

“你干什么？”

“过期了，你不知道？”

陆纬又把她的医药箱打开，挨个儿扫了一遍，每发现一盒过期的药就将它顺手丢到废纸篓里，这样一盒接一盒，到最后医药箱里竟然一扫而空。

宋子悠震惊了。

陆纬却投来有些讥讽的目光：“你这医生当得可以。”

宋子悠有些恼羞成怒：“刚过期的药没有大碍。”

“最短的已经过期两年了。”

“……”

“你需要吃什么药，写下来给我，我去附近药房给你买。”

宋子悠绷紧了下巴，瞪了他一眼，却没有跟自己的身体过不去。

宋子悠在纸上写下几种药：“如果这个没有，就换这种；如果两个都没有，就问问店员哪种是针对支气管炎的，还有清肺的，金银花如果有散装的也买一点儿……”

陆纬记住了，拿起那张纸起身，走到门口时他还顺手拿走了宋子悠放在柜子上的钥匙。

宋子悠没说话，坐在那里把半杯红糖水喝完，随即起身去洗手间洗漱。

6

陆纬回来已经是二十分钟后的事了。

宋子悠坐在沙发里，不知不觉眯着了，她对面的电视机打开着，里面播放着新闻。

陆纬开门的动静吵醒了她。

宋子悠一时间还有点儿搞不清状况，只是有些茫然地看着站在门口，正在关门的男人身影。

屋里只亮了一盏小灯，陆纬身材高大，立在昏暗的房间里越发显出轮廓。他走出那片昏暗，将手里装药的塑料袋放在桌上，按照里面的说明把一次需要吃的药量挖出来，随即转身，看向仍傻愣在沙发里的宋子悠。

陆纬皱了下眉头："愣着干吗？过来吃药。"

宋子悠恍然初醒，来到桌前一看，没有一样买错，拿出来的分量也是刚刚好。

宋子悠拿起药片服下，等吃完药，才想起问他："这么晚了，你不是说队上还有事，赶紧回吧。"

陆纬没接她的话。

宋子悠的头还有些晕，太阳穴那里一跳一跳地疼，这是每次感冒都会伴随而来的偏头痛。

"刚才要不是在医院门口遇到你，我估计自己都回不来，今天谢谢你。"

陆纬依然没应声。

直到宋子悠把几个药盒装回到医药箱里，这才想起哪里不对。

“对了，我记得你早我一个小时就离开医院了，怎么我走的时候，你还在门口？”

也不知道是不是光线不足的原因，陆纬的眼睛又黑又沉，格外深邃，他专注地看着她，那片黑色里仿佛映出了她的倒影。

他的唇动了动，勾起了一个弧度。

那一刻，宋子悠心跳加速。

只是他正要说些什么，就在这时，楼上突然传来一声巨响。

好像有重物落在地上，咣当一声。

屋里两人一起沉默了。

紧接着，楼上就传来男孩母亲的谩骂声，声音很大，每一个字都听得很清楚，而且很难听。

宋子悠轻叹一声：“又开始了。”

陆纬问：“又？”

“昨天就是这样，听物业的人说已经持续一段时间了，也不知道今天要吵多久。”

“她这么吵，你怎么休息？”

“待会儿我会蒙着被子睡的。很晚了，你回吧。”

宋子悠边说边往门口走，一副准备送客的模样。

谁知陆纬却一把抓起她的包，在宋子悠诧异的目光下拉开门。

“你干什么？”

“这里不适合病人休息，回队上吧，我开车，你只管睡觉，等到了我会叫你。”

宋子悠定定地看着他片刻，知道拗不过，况且这里的环境不适合休息，索性也不跟他较劲儿，便点了下头，拿起钥匙锁上门。

两人一前一后走出小区，回到车上，宋子悠已经很疲倦了。

她系好安全带，就半眯着眼说：“晚上慢点儿开车，安全第一，我睡了。”

陆纬没应，却无声地笑了。

天已经黑透了，这个时间早就过了晚高峰，路上很畅通，不到三十分钟，车子就开到消防大队。

看门大爷给开了门，陆纬将车子驶到停车场，停稳，却没有着急叫醒宋子悠。

他解开安全带，靠着椅背安静地坐了片刻，心情比白天的时候好了很多。

那天晚上，宋子悠莫名其妙地跟他生气，他很郁闷，心情不畅，但他一个大老爷们儿，不愿像个小姑娘似的拉拉扯扯腻腻歪歪，便没刨根问底地纠缠她。

再说，宋子悠原本就是那种脾气。

每一次，但凡宋子悠对他有意见，都会直接把情绪挂在脸上，他会一贯地冷处理。

那天，宋子悠又把脸拉下来了，毫无缘由，陆纬搞不懂。

陆纬只是在晚上临睡前，想到那本《你了解她吗》里面的一段描述，大意是说，如果你开始费神去揣度一个女人的言行了，这就是你对她有意思的信号。要小心，因为如果这个女人很难捉摸，让你头疼，那说明你们的调频差得很远，你未来只能自求多福了。

这话看在陆纬眼里，只觉得是胡扯。

可是一套用在宋子悠身上，他觉得好像每一个字都是在说她。

他忽然觉得，他完了。

到了今天白天，艾小娴说要去医院看望宋子安，问陆纬有没有时间过来看看。陆纬看了作息表，下午可以抽出来，便和张青云交代好队上训练的事，随即开车前往医院。

其实在去之前，陆纬还特意去了一趟医务室，本想着叫上宋子悠，这样在去的路上，还可以把那天晚上没说清楚的话说清楚。

谁知到了医务室，李可风却说宋子悠请了一天假。

陆纬不作他想，认为宋子悠是去医院了。

可是等他到了医院，病房里却只见到艾小娴。

陆纬有一点儿失望，却没露出来。

后来那段时间，艾小娴的话一直很多，嘴里一直念叨着以前在学校的事。陆纬时不时应一句，并不热衷。那时候的很多事他都淡忘了，很多事也都放下了，便将艾小娴这些念叨当作和宋子安沟通的一种方式。

下午，宋子悠就来了。

陆纬在宋子悠进到病房之前，就已经准备走人了。但宋子悠一进来，他便又想可以再待一会儿。

谁知宋子悠一贯冷着脸，油盐不进的模样。

陆纬知道和她沟通是不能硬碰硬的，宋子悠吃软不吃硬，他索性也没坚持，便起身找了个借口离开。但陆纬没有走远，他就坐在车里，车子停在医院对面，医院大门出入什么人他这个角度看得一清二楚。他等了将近一个小时，才等到宋子悠。

这个时间该吃饭了，宋子悠却像是一抹游魂似的走出来，而且脸色很不好，行动也有些迟缓。陆纬二话不说就把车开到她跟前。

7

车子停在停车场里已经五六分钟了，陆纬没有叫醒宋子悠，她睡得很香。然后，他的手机屏幕亮了。

陆纬拿起来一看，是张青云问他明天训练的事。

陆纬回道：“我已经回来了，待会儿宿舍里说。”

放下手机，陆纬侧过头，准备叫醒宋子悠。

谁知这一转头，却猝不及防地对上宋子悠的眼睛。

她醒了。

宋子悠比他先开口："你怎么没叫醒我？"

"看你睡得香，想再等等。"

宋子悠垂下眼，解开安全带："今天谢谢你，我回宿舍了。"

宋子悠撂下话，转身就走。

陆纬锁上车，跟着她走了几步。

两人的影子在地上重叠了。

宋子悠停下来："怎么了？"

陆纬就站在她三四步远的距离，双手插袋，神情很淡。

"到底怎么了？"

直到陆纬开口："宋子悠。"

宋子悠没应，心里跳得很快。

"刚才在你家，你问我，我早一个小时就离开医院，为什么会在门口遇到我。"

宋子悠的心口跳得更快了。

"因为我在等你出来。"

停车场太安静了，他的每一个字都有回音。

"宋子悠，我没有在跟你玩什么爱情游戏，我也不会玩。"

宋子悠愣在那里，一句话都说不出来。

陆纬的手机屏幕又亮了一下，但他没看。

陆纬深吸了一口气，胸膛起伏，却格外笃定："如果你愿意，咱俩就处处吧。我这个人不玩游戏，只会认真。"

——如果你愿意，咱俩就处处吧。

——我这个人不玩游戏，只会认真。

这天晚上，这两句话一直在宋子悠心头徘徊，久久不散。

陆纬撂下话之后，就转身回了宿舍，他没逼她现在做决定，也没给她期限让她考虑清楚，他好像只是通知了她一声。

宋子悠知道，接下来就轮到她表态了，她总得给陆纬一个说法，是愿意，还是不愿意。

宋子悠躺在床上，昏昏沉沉地想着这几天发生的事，她的心情像是在坐过山车，一时患得一时患失。

但她实在太累了，想不出头绪，不知不觉就睡了过去。

等到醒来，已经是第二天。

第十一章　意外频出

1

天亮了。

宋子悠浑身都酸疼，她的感冒发散出来了，虽然前一天吃了药，但是病来如山倒，并不是几个药片可以控制的。

宋子悠没有去饭堂，从宿舍里找出面包，就去了医务室。

她到了医务室，先给自己开了几盒药，然后坐在椅子上，将面包一口一口地塞进嘴里。

但这面包的味道真的很糟糕，因为感冒她的味觉也有点儿缺失，如同嚼蜡。

这时，医务室的门就响起叩叩两声。

“请进。”一张口，她才发现自己的嗓子沙哑得难听。

门板推开了，进来的是陆纬。

宋子悠吃面包的动作停在了半空。

陆纬来到桌前，将手里的东西放下，是豆腐脑和烧饼鸡蛋。

宋子悠怔了两秒：“给我的？”

“我昨天看过那些药的说明，要饭后吃，我看你没去食堂，直接来了这里，就给你带过来一份。”

宋子悠“哦”了一声，好像一下子就有了食欲。

她将装豆腐脑的方便盒打开，舀了一勺放进嘴里。

陆纬转身走向门口："那你吃吧，我去训练了。"

宋子悠忽然叫住他："陆纬。"

陆纬侧身而立，挑着眉。

宋子悠笑了："谢谢。"

接下来这一整天，队里发生了很多事。

宋子悠因为感冒和发低烧，暂时没有参加外勤，就留在队里执勤，刚好下午有个任务要出勤，陆纬带队，跟队的队医是李可风。

但李可风很快就要离队，他现在的职责就是带新人，所以就把刘创带上了。

这次的任务并不复杂，出事地点靠近郊区，有一个工厂外的排污管道的井盖因为年久失修，存在安全隐患，正好有一户人家的小孩在那里玩，不慎踩漏，幸好井盖卡在半截，没有让小孩的身体直接漏到井里，只卡在半空。

在工厂工作的工人们原本想把小孩救出来，却发现小孩的双腿卡在里面，拽不出来，只能等消防队来作业。

消防队赶到后，将小孩从排污管道里救出，原来小孩的双腿卡在中间的金属物上，幸而没有伤到骨头，也是因为管道里横梗出来的金属物，才没有让小孩掉进去。

但小孩的双腿被金属物擦破出伤口，有出血，伤口上更沾染了污水，需要及时送到医院抢救。

小孩的妈妈赶到现场，见到儿子只是表面外伤，以及受了惊吓，以为没什么大事，便想带孩子回家。

谁知就在这时，刘创却说小孩的伤口碰过污水，一定要去医院做检查。因为伤口在浸泡过程中可能已经受到感染，轻者截肢，重者丧命。小孩的妈妈一听吓坏了，这位母亲原本就没受过几年教育，家里都是苦大的，受伤生病随便买点儿便宜药吃了就算了，一家大小也都是这么过来的，大家都活得好好的，怎么到了刘创口中就要截肢?

小孩妈妈害怕极了，趁着刘创去和陆纬交代情况的时候，就拿东西打晕了李可风，爬上救护车把孩子抱走了。

等陆纬等人发现情况，母子俩已经不见踪影。

李可风被打晕，头上只是受了点儿轻伤，但是小孩身上的伤口却可能恶化。

在此期间，陆纬也和工厂了解过排污管道的问题，已经上报有关部门，事实上这个管道的井盖原本过两天就会有人来处理，将其封上，工厂负责人自然也想不到在那之前，会有小孩在这里玩耍甚至掉进去。

而污水的成分也令人忧心，具有一定的腐蚀度，会加速伤口恶化和肌肉腐烂，所以李可风在最初检查过小孩的伤口，才会坚持要送到就近的医院进一步检查。

怎么想到刘创一个脱口而出，竟然造成这样的后果。

一个简单的任务，持续执行到这天傍晚。

陆纬带人在工厂附近各处搜寻，连当地的片警也跟着出动了，并且追问了这母子俩的邻居，判断他们有可能躲避的地方。

等找到孩子时已经是当日下午，孩子发起烧，母亲不知所措，就去药房买了退烧药。

陆纬也是因为想到这一点，才在药房追到了孩子的母亲。

等孩子被送到医院，已经接近黄昏，医生诊断非常不乐观，称伤口已经感染并且恶化，病情被耽误了。

孩子母亲当场崩溃，恳求医生保住孩子的腿，还说他们家里负担不了一个残疾人。

医生当下呵斥孩子母亲，为什么不早点送医。

事实上，现在别说是孩子的双腿，连命都未必保得住，即便截肢，也需要度过危险期，观察是否会出现并发症。

2

等陆纬带队回到消防队，头上带伤的李可风也被刘创搀扶回医务室。两人都是灰头土脸的。

宋子悠刚从食堂回来，见到两人这样，不禁一怔。

宋子悠和李可风一起工作了几个月，之间已经培养出默契，见李可风眼神不对，欲言又止，就大概明白问题出现在刘创身上。

宋子悠让刘创先回去休息，她留下来帮李可风处理伤口。

刘创垂头丧气地离开医务室。

宋子悠安静地等了一会儿，才走上前，将李可风头上的纱布解开，查看伤口。

“初步处理做得不错，不用缝针，这两天别沾水，很快就能愈合。”宋子悠又给李可风消过毒，换了一次药膏，问，“到底出了什么事，最初接到求救电话的时候，情况应该不严重，怎么去了一天？”

李可风长长地叹了口气，这才把来龙去脉讲了一遍。

宋子悠震惊地听完始末，半晌不语。这个刘创办事也太草率了，还没确定的事谁敢下结论，而且身为医生更不敢妄下结论，反而会把患者吓坏，适得其反。

消防队是一个体制，上上下下每一项工作都需要配合，都有规章制度在那里看管和监督，还有其他监管部门。既然是体制，有规章制度，这里面自然就存在赏与罚。

但是抛开这些不说，眼下最令宋子悠担心的还是那个孩子。

“孩子现在怎么样了？”

“还没脱离危险期，未来二十四小时很关键，你也在医院待过，你应该了解这里面的凶险。”

——九死一生。

宋子悠问道：“刘创知不知道这里面的严重性？”

“看他那样子，大概知道一点儿，但估计也只有皮毛。在这件事还没有扩散，上头也没有开始调查，但我相信很快就会有人来问了。其实这种事处理起来并不复杂，只要不撒谎，按事实说话，具体怎么判断，是要等上头发话的。但是你知道吗，就在刚才回来的路上，刘创已经开始推卸责任了。”

宋子悠问：“他怎么说的？”

“那小子一直在救护车上跟我念叨，说是因为那个孩子的母亲阻止他们送孩子去医院，说就这么点事儿随便擦擦药就好了，到了医院就会被那些医生讹一笔医药费，他们可没钱给。刘创说他以前在医院见多了这样的病人家属，都是因为一个字‘钱’就酿成了更大的危机，原本只是小病，因为一点小钱就变成了大病。所以这一次，刘创才会在情急之下告诉那孩子的母亲，孩子的伤口碰过污水，一定要去医院做检查是否感染。孩子的母亲就追问刘创，要是感染了怎么办，刘创说如果伤口感染，就要截肢，再放任不管就会危及生命。”

宋子悠听着皱起眉：“刘创是这样亲口和孩子的母亲说的，在还没有进一步的检查结果出来之前？”

“他还特别强调，是孩子的母亲一直在纠缠他，恳求他，让他放孩子下车，他们愿意放弃送医治疗，刘创急了，才这样脱口而出的。”

李可风又把后面的情况简单说了一遍，还提到陆纬带队四处寻找那母子俩，一直未果，后来还是陆纬又和李可风了解了一下孩子伤口的情况，才判断孩子母亲应该会到熟悉的药店去买药。

果不其然，最终是在药店里把人找到。

只是在陆纬说服孩子母亲的时候，因为孩子母亲想要挣扎逃脱，甚至还用东西攻击陆纬。

陆纬为了确保在不伤害孩子母亲的前提下，将其制止，而被重物打中肩膀。

宋子悠又是一怔："陆队受伤了？怎么没来医务室看看。"

"我和他说了，他说只是小伤，回宿舍擦擦跌打酒就行。"

几分钟后，李可风交代完所有细节，便准备收拾东西回宿舍休息了。临出门前，李可风还说了一句："哎，我要离队了，新人却给我甩个烂摊子，让我走也走得不踏实，这都叫什么事儿啊。"

3

宋子悠没应，等李可风离开医务室，她又安静地坐了一会儿，这才抓起手机，给陆纬发了一条微信。

"来一趟医务室。"

陆纬没回。但是不到五分钟，他就主动报到来了。

宋子悠听到敲门声，上前开门，陆纬就站在门外。

宋子悠让开门口，让他进来，便去找柜子里的药酒。

"去床上，把上衣脱掉，给我看看肩膀。"

宋子悠话落，却没听到回应，她拿着药酒转过身，却见陆纬坐在医护床的床尾，一腿稍稍抬高，搭在床上，另一腿支在地上。

他正瞅着她。

"看什么，让你脱衣服。"

陆纬终于应了："我没事。"

宋子悠放下药酒，一手搭在陆纬的肩膀上，用力捏在关节处。

就听嘶的一声，陆纬的眉头拧了个死结。

宋子悠却觉得好笑："陆队也不是第一天当消防员了，你应该知道这种小伤不处理，会在执行任务的时候造成不便吧？"

回应宋子悠的是一声轻叹，陆纬抬起双臂，将背心从下往上撩起来，顺势脱掉。

宋子悠一动没动，就站在那里看着他，看着那层布料拿掉了，露出精壮的肌肉，和分布着大小伤痕的皮肤。

这些伤痕对于纪律部队来说，就是功勋章。

宋子悠的目光逐一扫过那些伤痕，以一个从医者的眼力分辨着它们的来历和背后的故事：有的是刀伤，有的是擦伤，有的是撞击后产生的淤血，就在近期，有的是烧伤和烫伤。

宋子悠这才如梦初醒，对上陆纬的视线。

"你还要看多久？"

宋子悠"哦"了一声："转过去，让我看看肩膀。"

陆纬扫了她一眼，扯着唇角转了个身，露出厚实的且同样分布着伤口的背部。

宋子悠努力将视线放在他的肩膀上，被重物袭击过的地方有些红肿，如果不及时揉开，明天就会充血，接下来几天会影响手臂抬高。

宋子悠拿起药酒，倒在手心，又用手心盖在那片红肿上，开始推拿。陆纬一声没吭。

宋子悠说道："就算我没有叫你来医务室，你自己也应该找人处理好，我听说队里个个都会推拿。"

"今天任务拖得太久，回来晚了，我还有一些事要处理，原本只想做完了再说。"

"什么事，是不是和那个孩子有关的后续报告？"

"李医生跟你讲了？"

这个动作令他的脖颈线条绷得很紧，肌理分明，面如刀削。那样子让人脸红心跳。

宋子悠错开目光，强忍着脸上升起来的温度，说："大概讲了一点。"

陆纬又转过头，看向前方。

"那这事你怎么看？"

"可大可小，可轻可重，这件事无论如何消防队也逃脱不掉责任，最坏的结果会遭到各方的谴责，但是比这个更让人担忧的，是那个孩子能不能挺过来……"

陆纬叹了口气："那孩子只有七岁。"

宋子悠问："我听李可风说，当时是刘创告诉了孩子的母亲，那个男孩有可能会被截肢？"

"我当时不在场，后来是听别人转述，孩子的母亲不愿意让孩子去医院，说是负担不起医药费，随便上上药就行了。"

"站在我们医生的角度，我们通常会酌情将情况告诉家属，而在这样医疗设施有限的户外救助，救护人员通常不会下判断，不管人最终如何，都要先送到医院进一步确诊。刘创也曾在医院做过，他应该清楚像是这样的伤口碰到污水的后果，情急之下希望尽快送人到医院，这才着急说了这话。"

宋子悠一边说一边推着陆纬的肩膀："就这方面来说，是刘创的失误。"

陆纬这时问："如果是你，你会怎么做？"

"先送孩子去医院，当然，也要把孩子的母亲一起带过去，有什么事可以在路上说，可以到了医院说。如果孩子的母亲坚持说没有钱，只要他们有医保，这方面的费用其实并不高，如果还是付不出来，医院也有救助金，条条大路通罗马，并不是只有一种选择。"

"那孩子的母亲当时正处于高度紧张的状态，神经紧绷，只要言语上稍有不妥，就会让她往最极端的方向去理解。这就是为什么冲在一线的人员通常只多做事，少说话，无论是和病患还是和病患家属都要尽量减少病情方面的交谈。"

宋子悠也不由得想起以前在医院遇到的案例："以前在医院见过不少癌症中晚期的病人，其实那些病人的片子拿到医生手里，任何有经验的医生一看，心里就大概有数了。病人身体上有病痛，多半也能猜到一些，只是不知道有多严重，病人在那个时候最希望的就是从医生口中听一句实话，可是又怕听到。"

陆纬问："那么，如果是病情不乐观的病人，医生会怎么说？"

"大多数医生会委婉地说'不太好'，然后会让病人请家属来。"

陆纬嗤笑一声："站在病人的角度上，听到这话恐怕心就凉了半截了，你们当医生的真该好好学学怎么和病人沟通。"

宋子悠并不认同，她用力推了两下才稍稍解气："我们当医生的都要修病人心理学，而且在那种情况，我们已经选择了最委婉的沟通方式，难道隐瞒病情吗，报喜不报忧？我知道，病人在这个时候想听到的是一句'你没事'，可是如果遇到中晚期患者，我们怎么可能说得出来'你没事'。"

陆纬没应，他听得出来宋子悠语气里夹杂着火儿。

她手上用力，几乎将力气都发泄在陆纬的肩膀上，但陆纬全都忍下来了，一声没吭，直到宋子悠收手。

陆纬坐起身，重新穿上背心。

宋子悠一言不发地去收拾东西，还洗了个手。

等宋子悠关上水龙头，擦手的工夫，她仿佛忽然想到了什么，看向陆纬的眼神也透着古怪。

"有个事我觉得很奇怪。"

"怎么？"

"刚才你提到病人的心情，我也回想了一下以前见过的那些病人家属，还有我哥之前出的事……那样焦灼的心情我是可以体会的，心里真是什么念头都没有了，只要人能好起来，身为他的妹妹我做什么都行。”

陆纬先是一顿，随即明白了她的意思："你是说，那男孩的母亲在听到最坏结果的时候，第一反应考虑的不是孩子的病情，而是带孩子离开救护车？"

"通常这种情况，当母亲的多半会吓得六神无主，孩子是她生的，如果能截肢保命，我相信天下所有母亲都会这么选。当然，也会有少数例外。我刚才听李医生说，孩子的母亲当时是怀着侥幸心理，觉得只要给伤口上点药，过几天他就好了。但问题也出在这里，如果孩子的母亲觉得上点儿药就能好，也没必要把孩子偷偷带走，她完全可以在现场和你们说明情况，放弃去医院治疗，或者先和你们去医院，先听医生怎么说，再提出自己的本意。再不然，她可以直接告诉医生，他们没钱。凡事都有解决办法。你不觉得这里面有问题？"

陆纬沉默几秒，说："类似的情况，我以前去灾区执行任务的时候也曾遇到过，很多人都是被'愚昧'二字耽误了病情。祖上几代都是这么活下来的，受点儿小伤随便处理一下就好，要是把双腿锯掉了，以后还怎么劳动，怎么养家，非但不能出一份力，还会成为一家人的负担。"

"如果这是发生在小地方，我会想那是因为'愚昧'，可这里不是，事发地点在这里的郊区，不是偏远农村。我觉得这个母亲好像有问题。"

几分钟后，宋子悠收拾好医务室，便将门锁上，和陆纬一起离开。两人走得都不快，穿过走廊，离开办公区，走在操场上。

操场四周有路灯，照下来，将两人的影子拉得很长。宋子悠盯着地上的影子，一言不发。

陆纬的影子比她的高了一截，轮廓也比她的大，很好看。

然后，她发现好看的影子转过头，看着她。

宋子悠便抬起头，看向陆纬。四目相交。

陆纬说："恐怕从明天开始，会有一场硬仗要打。"

"今天李医生回去之前还在说，他要离队了，临走新人给他添了这么个麻烦事，还不知道能不能解决了。"

"如果孩子的命保不住，这事完不了。"

两人又一起沉默了。

就这样无声地走到女生宿舍门口，陆纬住的宿舍楼在另一边。

宋子悠走上台阶，回头看他。

微风拂过，陆纬就站在台阶下，天色很黑，他看着她。

"早点回去休息吧，明天见。"

"好，明天见。"

两人好似都有话要说，但又都没有再开口。

4

第二天上午，宋子悠刚到医务室就收到一个消息。

李可风神色沉重，一进门就开口道："刚才警察来队上找我问话去了。"

"问话？是昨天那个孩子的事？"

"孩子的母亲失踪了。"

"失踪了，什么意思？"

"详细的我也不清楚，现在那几个警察去找陆队了解情况了，当时帮忙找孩子母亲的时候，好几个队员都参与了。"

接下来几分钟，李可风很快把他知道的情况叙述了一遍。

孩子被送到医院之后，诊断结果必须截肢，而且即便截肢也存在其他风险，存活率只有百分之六十，尤其是孩子身体太弱，伤口又受到感染，截肢会消耗更多的体力，会有并发症的可能。

可反过来，如果不截肢，就是等死。

医生将诊断结果告知孩子的母亲，让孩子的母亲去缴费，然后准备做手术，但是孩子的母亲却没去缴费，一去不复返。

医生等不到孩子的母亲回来，又不敢贸然推孩子进手术室，首先这里面牵扯一笔手术费，当然可以用医院的基金和平日大家捐的钱补贴，但要是孩子没挺过来呢，万一孩子死在手术台上，或者死于术后的并发症呢？

可是如果放任孩子躺在加护病房里置之不理，任他自生自灭，任何一个医生都做不出来。最后还是大主任下了命令，说出了事他担待，立刻安排手术。

孩子被推进手术室，进行了截肢手术，到现在还处于危险期，情况也不稳定，而且不乐观。

医院方面一大早就联系了消防队，问消防队要孩子母亲的住址，但医院的人跟着住址找过去时，却发现孩子的母亲已经趁夜收拾了东西消失了。

那套房子是租的，很破旧，只有一室一厅，东西也没几件，不像是打算常住的样子，医院的人意识到不对，立刻通知警方。

警方经过户口调查，还接触了将房子租给母子二人的房东，根本找不到两人的记录。也就是说，孩子的母亲有可能用的是假身份证，孩子并没有身份证明。

房东一听调查结果，吓呆了，立刻声称自己什么都不知道。

而后根据警方判断，孩子的母亲很有可能是人贩子，这孩子年纪不大，对外说是七岁，事实上可能并没有，而且在智力方面发育不全，只是表现得不明显，毕竟不到七岁的孩子稍微“笨拙”一点儿也不会立刻被人看出来。

孩子应该是失踪人口，但可能不是近期失踪的，否则不会跑出来之后只是在工厂附近玩而没有逃走。孩子还对那个女人叫“妈妈”，可见两人已经相处过一段时间，有了感情。

孩子的“母亲”原本以为孩子只是受了外伤，把孩子带回家就好了，不愿意把事情闹大，要是把孩子送到医院，母子俩的关系就会暴露。

但是到了前一天傍晚，孩子发起烧，伤口感染，那个女人也意识到事情严重，搞不好是一条人命的事，就冒险出来给孩子买药，因此被陆纬找到。

宋子悠听完李可风的讲述之后，心情沉重。一个小孩子躺在医院里，因为智力和年纪太小的问题，即便等孩子醒过来问他亲生父母的情况和地址，恐怕也难以找到。最要紧的是，万一孩子死在医院，就只能公告全社会，寻找其亲生父母。

宋子悠离开医务室，直接往陆纬的办公室走去。

她来到门口时，那几位来了解情况的警察刚走。

宋子悠见到陆纬时，他的神情格外凝重，眉头仿佛打了个死结。

宋子悠坐下来问：“我听说，那个女人可能是人贩子，这件事已经证实了吗？”

“身份证是假的，警方正在用女人假身份证上的照片和数据库比对，但是孩子的照片只能发布到网上，孩子年纪太小，还没有身份证。但目前初步估计，应该是这样的情况，否则如何解释那个女人要用假身份证？”

“我当时就有怀疑，只是我不懂，那孩子的智力有些不足，一般人贩子拐卖人口不会选择智力发育不全的小孩，他们很难出手。”

“警方判断，孩子被拐卖的时候年纪还小，智力发育是否健全还不明显，这里面有两种可能：一种是女人在拐带孩子之后发现的，没有人接，便留在身边先养着，边走边看是不是有接手的人；另外一种是孩子原本智力发育正常，可能在被拐带的过程中疏忽照顾，发过高烧，烧坏了脑子。目前就医院方面的判断，第二种可能性更大，医生说孩子的体质非常弱，还有点儿营养不良。至于房东那里，他说这个女人租房时间不久，还不到一个月，押金也没给，房东就是看她一个女人带着孩子太可怜，就勉为其难先租给她们一段时间。根据这个情况，警方认为她们应该是从外地过来的，大概是这里找到了愿意接手孩子的人，或者是之前待的城市她们已经被盯上了，这才跑到这里来的。”

宋子悠叹了口气，心里五味杂陈。

其实无论是她，还是陆纬，他们都已经想到了最坏的结果——孩子挺不过来，父母也没有看到网上的消息，至亲骨肉就这样错过，生死永隔。

5

这天，刘创没有到食堂吃饭，一直闷在医务室里发呆，苗晓娟多打了一份饭菜，要给刘创送过去。

几名队员都见到苗晓娟拿了两个饭盒，有一个是刘创的。

等苗晓娟打完饭离开，陈放终于忍无可忍，冲坐在对面的方义夫说：“我真不明白，苗晓娟怎么看上那小子，手不能提肩不能扛，出任务还给别人添麻烦，捅出这么大娄子！”

陈放骂了一声，方义夫没吭声。

张淳说：“行了，现在说这些都没用，先等孩子醒过来再说。”

而另一边，刘创正沮丧地坐在桌前，耷拉着脑袋，一动不动。

医院和警方那边的消息已经传到他耳朵里了，除了震惊之外，更多的是愧疚。

刘创心里就堵得喘不过气，他吸了下鼻子，这才觉得脸上湿漉漉的，眼前也发花。他抹了把脸，把眼泪蹭在裤子上，不敢出声。

幸好这个时间大家都去吃饭了，没人看到他这么狼狈。

刘创又吸了下鼻子，直到宋子悠的声音响起："哭不是解决问题的办法。"

刘创下意识抬起头，看到宋子悠就站在门口。

刘创立刻擦脸，把身体转向一边。

宋子悠进屋关门，来到刘创的桌前，将一瓶运动饮料放在桌上，说："我很明白你的心情，你觉得这次是你惹的祸，你犯了大错，害了那个孩子。"

刘创哽咽着说："如果我不多那句嘴，孩子可能没事。可我哪会想到……"

"如果你不多那句嘴，孩子可能不用截肢，可能打完针，吃了药，就被那个人贩子带出医院，这件事永远无法浮出水面，孩子将来会不会被卖掉、被遗弃，或是因为疏忽照顾死于其他病症，都有可能。"

刘创渐渐平静下来。

"我这么说并不是想让你好受，我只是站在你的前辈立场上给你讲明白这里面的道理，这件事里的确有你的责任。这世界上没有人是不犯错的，重要的是改正错误，下一次要做得更好。你试想一下，如果这对母子是真的，你当时就把孩子可能遭遇的情况告诉那位母亲，把她吓着了，等孩子送到医院之后，若结果只是打针和上药，那孩子的母亲一定会反过来追究你的责任，你一样要承担因为自己口误引发的后果。刘创，这里是消防队，是纪律部队，大家身上的担子都很重，以后要面临的灾祸和悲剧还有很多，我们每一个人都有可能犯错，但是绝不能像你现在这样脆弱。你应该很清楚，哪怕是这世界上最优秀的医生、治愈率最高的医生，他行医这一辈子手上也难免不出一点问题。这些事注定是你我要背负的，你可以愧疚，但决不能软弱，消防队需要的是身体、心理素质和临场判断力都必须一流的消防员和队医，而不是懦夫。”

宋子悠撂下这番话，就离开了医务室，将空间留给刘创一个人，让他去好好想清楚。

作为同事和队友，她能说的、能做的就只有这么多，余下的事情需要刘创自己想明白，想清楚，他必须对自己的未来、对消防队负责。宋子悠日后难免要和刘创一起出任务，他是新人，她有责任带他，等将来李可风离队，她会更加辛苦。所以不管是为了刘创，还是为了自己能省心，今天这番话她都必须说。

如果刘创能挺过来，她愿意继续带他；如果他不能，那好，她这番话将会是对他的二度打击，他撑不住就会请辞离队，这样对大家都好，以免将来再带来更大的麻烦。